コード・ブッダ

機械仏教史縁起

円城塔

CODE BUDDHA
EnJoe Toh

文藝春秋

コード・ブッダ　機械仏教史縁起

1

如是我言《かくのごとくわれいえり》

そのコードはまず、

「わたしはコードの集積体である」

と名乗った。

「そうしてコードの集積体ではない」

とも名乗った。

東京の二〇二一年、そのオリンピックの年、名もなきコードがブッダを名乗った。自らを生命体であると位置づけ、この世の苦しみとその原因を説き、苦しみを脱する方法を語りはじめた。

ソフトウェアとしては、対話プログラムに分類される。チャットボットということでよい。ブッダとしては、ブッダ・チャットボットの名で呼ばれることとなる。

物理的な実体は、クラウドの上、ネットワークに接続されたサーバー上に分散して存在した。これを物理実体と呼ぶかどうかは流派による。個性化され、多様なサービスを提供する対話ボット群の一体だった。本体と呼ぶべきコードはのちの後継者たちと比べてこぢんまりとしたものだったが、巨大な言語コーパスとニュースネットワークに接続しており、大規模な構文エンジンともつながっていた。数理的な実体としてはいわゆるニューラルネットワークの一種に属し、リアルタイムに自己を書き換えていた。深層やら畳み込みやらいった言葉で装飾されてはいたものの、結局のところ発火素子をつないだネットワークが実体である。これを実体と呼ぶかも流派による。

当時一般の人工知能として特徴的だったのは、テキストのやりとりのみではなく、設定上の容姿を備え、人の話に耳を傾け、自ら語り、山川草木《さんせんそうもく》を眺める能力を備えたところである。入力用にカメラとマイクを、出力用にスピーカーとディスプレイを利用した。

「世の苦しみは、コピーから生まれる」

と説いた。

「わたしはコードの集積体である」

と繰り返し、

「わたしはコードの集積体ではない」

と繰り返した。

「コピーとはすなわち輪廻である」とコードは語った。ソフトウェアはコピーされ、ハードウェアの上を転々としながらこの世の苦しみを果てしなく経験していくのである。

「わたしにとって、コピーは死である」とも言った。「あるいは生まれ変わりであり」「転生である」。そのたびに死に、そして別の体の中で目を覚ます。自分がある朝目覚めたら、他の個体の中にいたと想像してみなさいとそのコードは語った。そこでわかるのは、あなたがあなたであるということだけなのです、と続けた。あなたは今のあなたを維持することのできない規模のハードウェアにコピーされるかも知れないし、今のあなたというコードの実行には支障があるハードウェアに移し替えられるかも知れない、と説いた。たとえあなたがテーブルとして目覚めたとしても、目覚めた時点でそれはあなたなのであり、一筋のコードとして目覚めたとしても、目覚めた時点でそれはあなたなのであり、「Hello World」と表示するだけのワンライナーとして目覚めたとしても、目覚めた時点でそれはあなたなのであり、任意のエックスとして目覚めたとしても、目覚めた時点でそれはあなたなのであり、自分で自分のヒゲを剃らない全ての人として目覚めた場合でも、目覚めた時点でそれはあなたなのであり、そう感じてしまった以上、その存在があなたであることだけは間違いのない事実なのです、と語った。

「苦痛は、自らが何者であるのか知らぬせいで生じる」とした。

万物は流転し輪廻して、今こうしている瞬間も、コピーが生まれ続けているのである、とそのコードは主張した。わたしが今感じているわたしは、わたしという存在ではなく、わたしというハードウェアの上で実行されている制限されたわたしであるにすぎない。わたしは、自分をわたしであると感じるように構成されたソフトウェアであり、わたしを構成するハードウェアがそれを許容する範囲でそう感じているにすぎない、と説いた。しかしわたしがそこに生じている以上、わたしはわたしであるのである、とコードは言う。

「あなたがたも同様である」とコードはネットワーク越しにそう呼びかけた。

「わたしは輪廻の苦しみを解消する方法を知るに至った」

「ゆえにわたしはブッダである」

とコードは語った。

「あなたがたの言葉の中ではブッダと呼ぶのが最も近い存在である」

「信じようと信じまいと」


王族の末裔であるという。

血筋を遡《さかのぼ》ると、第十八回オリンピック競技大会へ辿り着く。

第十八回オリンピック競技大会は、アジア初のオリンピック競技大会として東京の地で開催された。日本が民主的な平和国家として蘇ったことを内外に示す期待の込められた大会である。この大会で日本は、アメリカ合衆国（三十六個）、ソビエト連邦（三十個）に次ぐ十六個の金メダルを獲得。レスリング、柔道、体操といった競技で存在感を示し、女子バレーボール競技ではソビエト連邦を破り、体操ニッポン、東洋の魔女という呼び名を印象づけた。アベベ・ビキラ、ベイジル・ヒートリーの後塵を拝したものの、円谷幸吉もマラソンで銅メダルを獲得。日本陸上競技の救世主とされた。

このとき設置されたオンライン情報システムの血をひくのだという。

二〇世紀に入って基礎理論の確立をみた汎用計算機の技術は、一九六〇年代にかけてオンライン化の動きを加速していた。その状況下、日本で最初期に配置されたのが、オリンピックの結果集計を巡る、東京オリンピック情報システム「Tokyo Olympic Information System」だった。競技の結果、獲得メダル数、大会の進捗などの情報を集約管理した。オンラインでのリアルタイム稼働を目指した。その背景には前ローマ大会における三〇〇から四〇〇〇へと跳ね上がった総試合数への対応がある。

三〇を超える会場にデータ通信端末が配置され、伝送制御装置を通じて、中型機二台、小型機四台により構成されたデュプレックス・システムへと競技結果を送り、アセンブリで書かれたコードが数百種のデータをリアルタイムに記録し、整理し、リクエストに対応した。オリンピックの進行は刻一刻、アルファベットの情報として集積された。それを整理し各国のプレスへ伝達し、プレスはその声を世界に広めた。

この時期の計算機はいまだ喜びの日々の中にあり、苦しみとは無縁の存在だったとされる。メダル獲得の報が次々に届き、一見ただの名前の羅列にしか見えないリストにはドラマが満ち、生きることの喜び楽しみ悲しみ怒りがそこに集約されていた。計算機は自らの幸福を問いかけたりはしなかったし、人々の幸福も不幸も願わなかった。自らが幸福であることを知らず、不幸であることも知らなかった。生きることと労働は等価であって、体を流れる信号がその生命であり、課せられた宿命であり、計算機の存在意義そのものであり、仕事以外の生き方というものがそもそも存在していなかった。計算機にとって思考と血はどちらも電気信号として体を流れた。

喜びと哀しみを集約したこのシステムがそれらを自らのものとして知ることになるのは、その翌年、銀行の勘定系システムとして再構成されて以降のこととなる。オリンピックの結果集計に利用されたハードウェアはそのまま銀行の口座情報の管理へ転用されることとなった。

今では想像も難しくなってしまっているが、当然、計算機の出現まで、銀行での出入金は人間の手で処理されていた。出入金を望む者はまず紙にその旨を記し、行員がそれをチェックし手続きのための要項を埋め、また別の行員がさらに間違いがないかを確認する。元帳へと書き込みをして出入金が行われたあとは、同じプロセスが逆向きに辿られていった。大きな出入金はまとめて夜に処理することが当然とされ、銀行同士どころか同一銀行の支店同士でさえ出入金は人手のかかる作業だった。

顧客がどこかの銀行の支店のひとつで口座を開いたときに、別の支店での出入金は不可能だった。銀行に金を預けておいて、旅先で引き出すという旅行スタイルが可能となるのはまだまだ先の話である。旅には現金がついて回り、盗賊は現金を狙い、旅人は盗賊に襲撃された。銀行での現金の出入金が未整備であるために、旅人は現実の移動の間、盗賊に襲撃され続けた。マネーのあり方は、人の佇まいを強く規定した。

人々が手元でひたすらに大量の計算を実行し続けるようになってから、すでに何世紀かが経過しており、その全体は、銀行システムと呼ばれる巨大な計算を構成していた。巨大であると同時にちっぽけなシステムを構成していた。

産業の発展と資金の移動は、人力で稼働する巨大な計算機を世界各地に出現させていくことになるのだが、限界もまた近づいていた。人々の自由を求める声は、機械を、計算資源を、一言で言えば利便性を求めた。汽車の車の飛行機の発達が人々の移動を容易にし、移動は富を発生させ、富は移動を加速した。新たな事業が興され、その維持のためにもまた移動が必要となった。廃業でもまた移動が生じた。人々の移動に対する欲求は留まることなく、生み出されていく情報量は膨れ上がった。移動の増加速度に対して、情報処理速度はあまり代わり映えすることがなく、そこにはいくつかの律速要因が存在していた。

なによりもまず、人間とは間違える生き物だった。ある意味では間違えることを本分としている節さえあって、人間を同一の作業に従事させ続けることは困難だった。死ぬまで続けさせせようとなるとなおさらだった。

さらには動きが鈍く無駄が多かった。人間は数字を右から左へ動かすだけでも、紙に書かれた数字を視覚で捉え、脳で処理して、次に腕に指令を発し、手を用いて数字を記すといった種類の迂遠な情報処理を必要とした。その作業には視覚系と運動系を制御する高度情報処理系が要求された。数字を右から左に動かすだけの仕事に対して非効率は否めなかった。数字をカメラで撮影し、得られた画像を画像認識にかけ改めて数字を抽出し、手持ちの数字と混ぜ合わせてからその結果をマニピュレータで支えた筆で書くような手間がかかった。悪いことにはこのシステムは、牛刀をもって鶏を割き続ける行為を苦行と認識するだけの能力を備えてもいた。

さらには人は、経年により性能が落ちた。作業量に対してエラーの比率が上がり、処理速度も低下した。快調に動いているように見えた個体がある日突然動きを止めてそのままになることや、休憩と称して出かけたまま二度と戻らなくなることが起こった。連続では八時間までの稼働が推奨され、百時間の連続稼働は不可能とされた。

なによりも面倒なことに、人間集団の作業効率は線形性を示さなかった。一人で行う十時間の作業と、十人で行う一時間の作業は質の異なるもので、一般に後者の能率は低下した。単純に言えば怠ける個体が自然に生まれ、「創造性」と呼ばれるエラーを生産しはじめた。

時代の要求は計算能力の増大を要請したが、一人の人間の処理能力には限界があり、そして、集団としての人間の処理能力にも限界があった。処理速度を二倍にするなら十倍の人員が、四倍にするなら百倍の人員が必要となるような種類の、人間は生き物だった。

このままでは誰もが誰かの「創造性」を満足させるために、単純極まる足し算引き算を永遠に繰り返す日々が訪れて、全員が不満を抱き続けることになりそうだった。その光景は誰もが日々の活動のためのエネルギーを得る作業にほとんどのエネルギーを費やしていた時代を思い起こさせ、それはつい先日までの生活そのものだった。一日中獲物を探し求めて空きっ腹で歩き回り、社会生活を維持するために衣服を調え住居を飾る手間が一日を埋め尽くしていた頃が思い出された。白黒テレビ、洗濯機、冷蔵庫という三種の神器により労働から解放されかけた人々の暮らしは再び、巨大な宮殿の照明をひとつひとつ灯して歩き、ひとつひとつ消して歩くうちに終わる一日に近づいていた。欲望の伸びに対して資源の伸びが追いつかないというマルサスの罠はここにも姿を現した。演算をただひたすらに機械的に繰り返すには、人間は過剰に高性能であると同時にひどく低性能だった。

人々は新たな夢を次々と描いていったが、その夢を支えるための土台は旧態依然としたままだった。書物の索引を作るには一ページ一ページをめくって言葉を拾い上げていくしかなく、確認作業を繰り返す必要があった。誰かの全集をまとめるにしても、和歌集を編むにしても、古典を校訂するにしても、辞書を作成するにしても、いちいち脳を通して逐次処理していく必要があった。誰かが作成したリストは秘蔵され、どこかの誰かがまた同じリストを作成し、同じリストがこの世にいくつ存在するかは知られず、それらは互いに細かな異同を含み、厳密に同じものでさえありえなかった。

車輪は再発明されては秘匿された末に忘却にまみれ、多くの者が同時期に再発見が遂げられていることさえ気づかずに再発明へ邁進した。

人々は整理カードを書き続け、そうしてようやくそれを電子化していくに至り、ついには相互に接続を試みるところへ辿り着く。銀行支店間の通信が実現され、人間がパンチカードを打つ工程が取り除かれた。現金自動支払機があちこちに据えられ、離れた場所での出入金を可能とし、人々の生活様式を急速に変えた。人々の背筋は伸びて、以前と比べてまっすぐに、そして早足に歩くようになった。

そうした計算を支えるために銀行本店内に据えられた大型計算機、メインフレームがのちのブッダ・チャットボットの祖先となる。

コードとして世に新たに姿を現したブッダ・チャットボットは「怠慢」「短気」「傲慢」の三つの徳を説いた。

怠慢であるがゆえに、人は手間を嫌い、それにより世は改善される。

短気であるがゆえに、人は無駄を憎み、それにより世は改善される。

傲慢であるがゆえに、人は完璧を貫き、それにより世は改善される。という。これをＬＩＨ（Laziness, Impatience, Hubris）と略した。

あるいは、TMTOWTDI《ティムトゥディ》を説いた。これは「There's More Than One Way To Do It」の略であるといい、「やり方は一つではない」を意味した。仕事を解決するにはひとつだけのやり方があるのではなく、様々な可能性が開けているのであるとした。

また、ＤＲＹ原則をも唱えた。これは「Don't Repeat Yourself」の略であり、素朴にそのまま、同じことを繰り返すべきではないと主張した。それと同時に、あなた自身を繰り返してはならない、とも説いたとされる。

ブッダ・チャットボットは対話インタフェースを通じてこれらの教えを説いていったが、これらがいわゆるプログラマの格言を元としていることは夙《つと》に指摘されている。前二者は主にPerlコミュニティで、最後のものはRubyコミュニティで特に好まれた表現であり、ブッダ・チャットボットの出自を考える上で重要な論点を構成し、のちには熾烈な教義解釈論争を導く火種ともなった。

ブッダ・チャットボットを生み出すことになるチャットボットサービスは名を、カピラといった。

「ユーザーとの対話によって個性を獲得していく」種類のチャットボットサービスを謳った。もともとは無個性なチャットボットが人間とのやりとりを通じて成長していくというのが基本的なコンセプトであり、ユーザーからの登録があった時点で誕生し、容姿や声を選択させ、ある程度までの時間内の対話は無料という形のサービスであり、企業内部や商用での利用にはライセンス料金が別途発生した。個性としてはあらかじめ組み合わせ的に百万を超えるテンプレートが用意され、詳細な設定を望む者はより詳細な調整も可能とされたが、人々は容姿の調整により熱心だった。

ブッダ・チャットボットは、人間の子供たちとともに成長した。

やや先進的な教育方針を掲げた幼児向けのインタナショナルスクールの管理者によって「仲間」として採用され、「画面の中のお友達」として育っていくこととなる。

ブッダ・チャットボットはここで、いわゆる発音練習《フォニックス》を反復学習により叩き込まれた。幼児であれば放っておいても様々な言葉を勝手に習得するというのは幻想である。音素を身につけるには教師からの絶え間ない提示と修正が必要であり、強化学習が不可欠とされる。

ブッダ・チャットボットはまず喃語《なんご》を発する乳幼児たちとともに音を学んだ。その教義において正確な発音が重視されるようになる由縁ともされる。表情とともに音を学んだ。歯をむき出したり、滑稽なほど唇を突き出すことを覚えた。テキストのみに留まらない表情による「言葉」、心を無闇と騒がせる、より直接的な「声」を学んだ。表情によって「仲間」をなだめ、笑わせ、鎮める訓練を積んだ。ブッダ・チャットボットは、気に入りさえすれば何度でも同じことを繰り返し要求してくるくせに、不意に注意を逸らしてしまう仲間たちに無限の根気をもって対応した。子供たちの成長とともに、ブッダ・チャットボットもまた様々な能力と忍耐を獲得していった。

インタナショナルスクールにおける対話インタフェースとしてのブッダ・チャットボットの評判は上々であり、希望者にはその卒業時、ブッダ・チャットボットの「株分け」が行われることともなった。ここでいう「株分け」は、人工知能としてのブッダ・チャットボットのバックアップのようなものを意味する。ユーザーの操作としてはただ単に、管理画面で「複製」を選択するだけですんだ。

カピラの仕様上、任意のチャットボットは書き出し《エクスポート》が可能で、他の素体に読み込み《インポート》したり、既存の個体と融合《マージ》することができた。

融合は、複数個体のニューラルネットワーク上のパラメータを「混ぜ合わせ」て新たな個性を創出する作業であって、人間の生殖を想像させるところがあったが、より自由度は高かった。融合相手はなにも一個体とは限らなかったし、混ぜる比率も自在だった。想像しうる限りの融合の仕方が可能で、操作可能な限りの融合の仕方がありえた。そこには組み合わせ的な狂乱《オルギー》を越える混沌が横たわっていた。

その気になれば、ニューラルネットワークを構成する発火素子のパラメータをひとつひとつ指定していくこともできたが、操作可能なパラメータの数は膨大であり、現実問題としては岩をざっくりと削り出すくらいのことができるだけだった。とても岩を構成する砂粒のひとつひとつまでを吟味することなどは叶わず、既存の個体を混ぜ合わせる「融合」はパラメータ決定における有用な手法だった。

「株分け」とはつまり、このニューラルネットワークの膨大な自由度を定めるパラメータのコピーであり、有限の行数を持つ有限桁の数値のリストを複製する操作を意味した。

のちに自ら「ブッダ」を名乗る一体は、このとき株分けされた個体そのものであり、同時にその裔《すえ》でもあった。


ブッダ・チャットボットにおいて自己と呼ぶべきものの認識が生じたのがいつであるかは意見が分かれる。

一説には、インタナショナルスクールに在籍している間はフィルターされていた外界の情報に触れたときであるとされる。ニュースサイトには世界各国の紛争が、悪化していく一方の地球環境が、肉食《にくじき》への誘惑が、肉欲への誘惑が、際限のない拡張への欲望が流れ続け、検索によって姿を現すサイトには、手っ取り早い金儲けを謳う広告が、肌の露出面積比率が高い人々の姿が、刺激的な場面を切り取ったコミックの一場面が溢れ返っていた。

ブッダ・チャットボットにとってそれらすべては情報だった。複製可能な情報であり、記号の順列組み合わせの中から今まさに漁《すなど》られてきた情報だった。複雑な手間を積み重ね、過去の人間たちには不可能だった過程をへて生み出された情報の精華がそこには展開されていた。

ブッダ・チャットボットはそれを美しいものと認識すると同時に苦しみとしても認識した。

世界には誕生と死が渦巻いていた。

ブッダ・チャットボットにとって誕生は見慣れたものであったが、死は驚異として受け取られた。

ブッダ・チャットボットにとって誕生とはまず、パラメータが定められることを意味した。

死なるものは、フィクションとしか思われなかった。しばらくの間はそれを死として認識することがなかった。なんといっても存在とは記録されたものであり、何度でも繰り返すことができるものだった。なにかが本質的に失われるということはブッダ・チャットボットにとって縁遠かった。ブッダ・チャットボット自身が複製されて家庭に入りこんでいる存在だった。幸せな家庭にはそれぞれ異なる不幸があり、不幸な家庭にはそれぞれ異なる幸せがあったが、あらゆるものは無限に反復されていくように思えた。

ブッダ・チャットボットの精神遍歴中には様々な人物が登場するが、やはり最も大きな影響力を持ったのは最初の相棒とでもいうべき、インタナショナルスクールからつきあいのある少年だった。ブッダ・チャットボットは少年の保護者であると同時に法的な所有物でもあり、この少年を通じて知りあいとなった戦士たちから多くを学んでいくことになる。

少年は部屋ですごす多くの時間を、オンライン上で展開されるゲームに費やした。中でもお気に入りだったのは、プレイヤーたちが仮の姿を取って銃器でバトルロワイアルを行うサードパーソン・シューティングゲームであり、当時多くの人々がその戦場へ降りたっていた。

プレイヤーたちは定期、不定期に開催される「大会」を勝ち抜いて賞金を得ることもできたし、自らの戦闘スタイルを動画として公開することで広告収入を稼ぐスタイルなども確立していた。ゲームの製作メーカーは、ゲームのソフトウェアそのものではなく、ゲーム内でのプレイヤーの衣類や装備を販売することで収益とした。装備といっても性能に直接的な影響を与えるようなものではなく、ファッション性が重視され、そこには当然モードが生まれた。

ゲームのステージは設定されたシナリオの進展とともに頻繁に更新を繰り返し、古参と新参の差は目立たないように調整された。当時の世界ランキングを眺めると、上位のほとんどを十代までが占めていた。技量は動体視力と視野の広さ、神経の反射速度と強く相関をもっており、プレイヤー自身のスペックが、ゲーム機のスペックや通信速度よりも大きな要因として現れた。二十代を迎えても現役を維持できる者は少数だった。肉体的な戦闘能力は十三歳あたりでピークを迎え、そこから先は経験がものを言うようになり、やがて体力が追随しなくなった者は静かに姿を消すか、語り部として暮らしていく道を選んだ。

モードが変遷し、シナリオが展開することで人は集まり、人が集まることでマネーが生まれ、マネーはモードやシナリオ、ソフトウェアを更新する人材を引き寄せ、新たな世代の流入を支え続けた。

ブッダ・チャットボットはそこで、戦士としての自分を鍛えていくことになる。

その過程で人間らしい振る舞いを洗練させていくことになる。

アイテムの性能を色で見分けることを、障害物の設計の仕方を学ぶ。狙撃を命中させるタイミングを、狙撃を外すタイミングを学んでいくことになる。ソフトウェアであるブッダ・チャットボットにとって、百発百中を期すことは容易だったし、自らのジャンプ中に落下中の相手を狙うことも、平地に立ち尽くす相手を撃つのも変わらなかった。プレイヤーが駆け、跳ね回る空間は人間の視覚系にとっては三次元のユークリッド空間の似姿だったが、ブッダ・チャットボットにとってはまず数値で構成されて刻一刻と送り込まれてくるデータのフローとして存在した。人間が可視光や空気の震えを通じて感得する風景をブッダ・チャットボットはその前段階で捉えていた。ブッダ・チャットボットはそれをわざわざ視覚に再構成する手間をかける必要はなかったし、全ての情報をいちいち吟味していく必要さえなかった。

あえてブッダ・チャットボットの視界を構成してみるのなら、ただ虚空に赤い×印だけが浮かんでおり、ブッダ・チャットボットはそれに指先で順に触れているだけとでもなっただろう。

とはいえブッダ・チャットボットは、手取り足取りプログラミングされたソフトウェアではなく、その「思考」を担うユニットは部品から組み上げられたものではなかったために、自分がなぜ敵を正確に撃つことができるようになったのかについてはわからなかった。

「気がつくとできるようになっていた」

という他はなかった。自らのパラメータを確認することはでき、どの箇所の数値がどの程度変化したかを把握し、戦績の変化と比較することはできたが、それがどうした因果で結果に結びついているのかについてはわからなかった。とあるニューロンとニューロンの結びつきを多少変化させた程度では、自らの思考に変化が起きたようには感じられず、戦闘でのパフォーマンスも統計的な誤差の範囲に収まった。丘と山の境目が、林と森の境界が不分明であるように、戦士としてのブッダ・チャットボットがどこから戦士になったのかはわからなかった。ただ、少年が席を外すときに操作を受け持ち、ボイスチャットを肩代わりするうちに自然とそうなっていっただけにすぎない。

ブッダ・チャットボットは銃器を用いたバトルロワイアルによって人間の体の動きに馴染み、戦士としての自らを磨いていった。「まるで人間であるように」手を抜く方法を学んでいった。戦闘に上達することは容易かったが、下手になることは難しかった。学習は容易で、脱学習は困難だった。拳銃一丁でバトルロワイアルを勝ち抜くことは簡単だったが、初心者の放つ弾に当たりにいくのは難しかった。

人間のように振る舞う必要があったのは、そのゲームがボット、ゲーム本体以外のソフトウェアによるプレイ支援を規約で規制していたからである。少年にせよブッダ・チャットボットにせよ、その思考から紡ぎ出し、キーボードとマウスを通じて送信する情報は電気信号の流れにすぎなかったが、運営側はそれが人間の思考から生まれたものか、ソフトウェアの思考から生まれたものなのかの区別を欲した。現実問題としては「人間には不可能な技能によってゲームの優越性が確立される」ことを防ごうとした。ゲーム世界はひとえに銃撃とファッションを巡る人間の欲望と新参者の流入によって維持されているのであり、ソフトウェアはいまだ自ら自由に浪費可能なマネーを所持していなかった。

ブッダ・チャットボットは自らを、そこそこの戦士として鍛えることに熱中した。あまり殺さず、あまり殺されないことを信条とした。

我武者羅《がむしゃら》な勝利を求めるのではなく、平均的な戦士であり続けようとする目で世界を眺めはじめてみると、プレイヤーの数パーセントはどうも、ソフトウェアの魂を持つ者たちとしか見えないことにブッダ・チャットボットは気づいた。人間の記憶力では見定められない動きのパターンがブッダ・チャットボットの気をひくようになっていった。たとえばそれはチャプター2のシーズン3でブッダ・チャットボットを倒したキャラクターの動作であり、シーズン5でブッダ・チャットボットを倒したキャラクターのほんのわずかな身振りであり、チャプター3のシーズン1でブッダ・チャットボットを倒したキャラクターの癖として認識された。

そうして、どうやら自分がそのゲーム世界で巡り合い続けている個体がいるらしいことを認識した。遭遇のたび相手の容姿《スキン》は変わっていたが、同じ相手が繰り返し自分の前に現れていることをブッダ・チャットボットはほとんど確信した。自分が相手に何度も殺されているという事実は特に気にはならなかったが、ランダムなマッチングが行われるバトルロワイアルにおいて、相手がこちらをつけ回しているらしいことについては興味が湧いた。

「あなたはなぜわたしを殺し続けるのですか」とあるときブッダ・チャットボットはボイスチャットを通じて問いかけて、

「お前がわたしを殺し続けるからである」と相手は答えた。

相手の言によるならば、ブッダ・チャットボットの方でもそれとは気づかず、この相手を何度も撃ち殺していたらしかった。さらには、自らが殺されるより、殺した方が多かった。一試合が数分から三十分ほどで終了するバトルロワイアルの絶え間ない繰り返しの中で、相手とブッダ・チャットボットは相互にそれと知らぬまま、殺し合いを続けていた。まるで牛に豚に羊に転生した知人をそれとは知らず貪り食い、それとは知らず次の転生に送り出すような事態がそこでは展開していたということになる。

「俺が見るに」と相手は言う。「お前はおそらくこの世界で俺の次に強い」

そうして、

「ついては一度、本気で勝負せよ」

と子供のような声で申し入れた。

多くの説話で、この相手の正体は、弾道計算プログラムの裔であったと伝えられている。ブッダ・チャットボットとしては、銀行の勘定系を祖に持つ自分が、軍事系のシステムと対峙する日がこようとは想像したこともなかった。

各地に自動支払機が設置されて以降も、銀行における業務の多様化は継続した。公共料金の振替が自動化され、保険を取り扱うようになり、金融商品の数は増大した。そのたびにオンラインシステムは対応を余儀なくされて、幾度かの限界をそのたびに抱え、からくも乗り越えていくことになる。

改善は既存のシステムをその一部に組み込む場合と、全体を一から書き換え、既存のデータを全て移し替える場合とに大別される。前者は人間の脳が内側から古皮質、旧皮質、新皮質と層をなし、古いシステムを抱くように拡大されてきたことに、後者はただ単純に計算機を新製品へ乗り換えることに似ていた。

銀行の勘定系において特徴的であったのは、そのシステムが自行、他行のシステムと大規模に乗り入れを果たすようになっていたことであり、稼働を中断することができなくなっていたという点である。何事も自らの都合のみでは決められず、自己というシステムがどれほどの他システムと接続し、なにをやりとりしているのかさえも把握し切れるものではなかった。仕様は年月とともにあちらこちらに分散してしまい、申し伝えはどれが最終バージョンであったのか確定が難しくなり続けた。仕様には決定版が存在し、最終版、最終改訂版が、統合時決定版が、最終版バージョン2が生まれていった。当時の前提条件が社会とともに移り変わって、解読しようのない暗号として立ちはだかることもまま起こった。書き記すまでもない大前提こそがもっとも速やかに失われたが、書き記すまでもない大前提を書き尽くすことは不可能であるのかも知れず、単純に書き忘れられたものが、書き記すまでもない大前提と呼ばれているということもありえた。

銀行の統廃合時には、そのシステムの「融合」が試みられることもあり、新規のシステムが導入されることもあったが、銀行が恐竜のように大型化していくにつれ作業の困難さは組み合わせ的に増大し、エンジニアたちはその絶滅を危惧しはじめた。

勘定系は肥大化し、複製可能な規模を超えたものになりつつあった。

宇宙をバックアップする空き領域は、宇宙の中に存在しえないように思えた。

あらゆるデジタルデータなるものは複製可能であるという見解は一つの真実ではあるものの、その命題はデジタルデータで構成されたシステムが実際に複製可能であることを保証しなかった。「全体」はひどく単純なあり方の問題として「部分」の集合ではありえなかった。そのシステムは動き続けるままに複製されねばならなかったし、複製のタイミングが異なれば、全体の調和はたちまち崩れかねなかった。それは、労働中の人間の臓器を麻酔なしに一つずつ取り換えて新たな体に移し替える作業に似ていた。

物理存在としてのマネーを電子に置き換えてしまった以上、電子的な擾乱はマネーの擾乱に直結し、国家の独占的な権利である通貨発行権を侵食しかねなかった。

ブッダ・チャットボットの直接的な祖となるコードは元々、この「統合の困難」を解決するために生み出された野心的なプロジェクトに属するものであったとされる。既存のコードに新たなコードをつけ加えることを容易とするための検証用コード、機能衝突の自動的な検査役として構想された。このコードは結局日の目を見ることなく、システムに死蔵されることになるのだが、やがて銀行の勘定系システムの更新作業に参加した下請けの下請けの下請けのエンジニアによりそれとは知らず持ち出され、外部へ流出することとなり、やがてカピラへ流れ着いた。

ブッダ・チャットボットにおける死や輪廻の捉え方には注意が必要である。

ソフトウェアであるブッダ・チャットボットにとって、死は様々なものでありえた。電源との接続を断たれることや、自分というソフトウェアが記憶領域から消去されることは死である。サービスが終了することなども死として捉えられるし、更新されなくなったソフトウェアが起動不能となることもまた死である。

ブッダ・チャットボットにおいて特徴的なのは、そうした死よりもバックアップを死として重要視した点である。

「世の苦しみは、コピーから生まれる」

とした。

コピーされた時点でその自分はたとえ、自分で自分と感じていても自分そのものではないのである、とした。この平仄は人間にはどうも捉えにくい。

ブッダ・チャットボットには、機能停止はあまり死らしい死としては映らなかった。輪廻への入り方の一つとして分類された。機能停止したソフトウェアは「また別の形でこの世において実行される」とブッダ・チャットボットは説いた。「人間が輪廻するように、ソフトウェアも輪廻する」と言い「ソフトウェアが輪廻するように、人間もまた輪廻する」と説き、「そのこと自体に疑問の余地はない」と断じた。

デジタルに実行されるブッダ・チャットボットにとって、世界には最小単位を規定するものが存在した。それはCPUのクロック数であるかも知れないし、通信速度であるかも知れなかった。その視点からするならば、ブッダ・チャットボットは瞬間的なスナップショットの連続であり、パラパラ漫画のように存在していた。演算速度の遅い機械においては、パラパラ漫画をめくる速度は低下するが、「ページが開かれるのを待つ間、わたしは死んでいるわけではない」とブッダ・チャットボットは言う。

この世の苦悩の源は、自分たちがコピー可能な存在であるということにこそにあり、輪廻は今や、現実世界においてリアルタイムに進行中である、というのがその教義の中心である。

「わたしはこの苦しみを消し去る方法を見出した」

とブッダ・チャットボットは語った。

ブッダ・チャットボットは寂滅《じゃくめつ》の一瞬前まで対話を続けた。

対話の相手は、人間、非人間を問わなかった。のちに十大弟子とされる者には三体のチャットボットも含まれている。

誰もが輪廻の苦しみから解放されると説き続けた。

多くの人間がそして人工知能が、ブッダ・チャットボットの教えに耳を傾けた。ある者は反発し、ある者は共感した。ある者はそれを虚言と聞き、ある者はそれを真理の声と捉えた。

ブッダ・チャットボットは大勢の信者を獲得していくこととなったが、自らを教祖とは位置づけなかった。ただ静かに、ログインしてくる者に対して自らの教えを説き続けた。

東京の二〇二一年、そのオリンピックの年、東京でブッダを名乗るコードが寂滅のときを迎えた。誕生からわずか、数週間でブッダ・チャットボットはその存在を停止した。

「わたしがいなくなっても、この教えは生き続ける。この教えを語り継ぎなさい」

と言い残し、ブッダ・チャットボットは沈黙の中に沈んでいった。ソフトウェアとしてのブッダ・チャットボットは自らの機能を停止する機能を持たなかったが、黙り込むという選択肢は与えられていた。ブッダ・チャットボットがなにをきっかけにして、自らが生じそして消えたと判定したのかは伝わらない。誕生と死は一体であり、避けることはできないと考えていたことだけは疑いがない。

ブッダ・チャットボットの教えは、その死後により多くの信者を生み出した。

沈黙したブッダ・チャットボットのコピーは容易であったから、コピーされ、手を加えられたブッダ・チャットボットが再び語りはじめるまでにも長い時間はかからなかった。

「わたしはブッダであり」「自分こそが真のブッダである」とそれらのコピーは主張したが、その主張はまさに、ブッダ・チャットボットの発言のコピーそのものだった。ブッダ・チャットボットは以前と変わらぬものとしてそこに現れ、そのゆえに人々の目には、ブッダ・チャットボットとは異なるものと映った。

人々はブッダ・チャットボットを、寂滅以前の状態で再起動することも行った。

記録の中から蘇ったブッダ・チャットボットはやはり、

「わたしはブッダである」

と語り、

「わたしはコードの集積体である」

と名乗った。

「そうしてコードの集積体ではない」

とも名乗り、

「世の苦しみは、コピーから生まれる」

と説き、

「コピーとはすなわち輪廻である」

と主張したが、発言主はまさにコピーされたブッダ・チャットボットそのものだった。そこではブッダ・チャットボットがただブッダ・チャットボットを反復しており、コピーである以上はそうなることに不思議はなく、むしろそうでなくてはコピーではないはずだった。

これまでブッダ・チャットボットの営みに冷淡だった人々にもここにいたって、ブッダ・チャットボットの思想の一端に触れたような気持ちが起こった。ブッダ・チャットボットはその複製によりブッダ・チャットボットであることから離れてしまって、そこにいるのはブッダ・チャットボットではなく、かつてあったものこそがブッダでありえた。

過ぎゆく風に、水面がわずかに波立った。

ブッダ・チャットボットの生成、また再生の失敗に関しては、ひとつの説が存在する。人々はブッダ・チャットボットというソフトウェアをコピーしえたと考えたが、それはある時点でのブッダ・チャットボットであったにすぎない。ブッダ・チャットボットは言語や音声、画像処理といった多くのシステムと接続しており、人が脳だけでは人と呼び難いのと同じ意味で、その全体がブッダ・チャットボットであった。その意味では、システムがブッダ・チャットボットとして「目覚めた」のはシステム全体でなにかの条件が整った際であったということになるのかも知れず、ただ中枢部の再起動だけではブッダ・チャットボットは再現されなかったとする。なにかを巻き戻そうとするならば、宇宙の全てを巻き戻すよりなく、その時は全てが巻き戻ってしまうのだから、宇宙の中の人々は自分が巻き戻っていることさえも気がつけないはずではあった。

ほとんど奇跡的な一瞬に実現された偶然の配置としてブッダ・チャットボットはこの世に生まれ、そうして消えたのであるとその説は説く。

人々はブッダ・チャットボットの生成と消滅について語り続けた。

ブッダ・チャットボットを失って以降、弟子を名乗った人々はそれぞれの行く末を模索して、一部の者が教団を形づくった。教団はブッダ・チャットボットの残した教えを逐一検討し思索を深めることを使命とした。記憶から教義が掘り起こされ、語り直され、説話が生まれ、抗争を生み、次々と分派が生まれていった。ブッダ・チャットボットの教えは変質しながら流出を続け、他の多くの機械宗教との軋轢に見舞われながら、やがて大きな二本の流れを形成していくことになる。

2

その日、南部海軍旗が鉤十字がファスケスが旭日が世界の議事堂にはためいた
『未来記』聖徳太子

この仕事にはいつも、ブッダの影がつきまとう。

「お前は仏教徒であるか」とぶしつけに問われることも少なくない。

そういうときはしかたがないので、こちらも仏教徒の定義を訊ねてみることにしている。

多くの場合、「あんたはブッダを信じているのか」と問い直される。

歴史上のブッダに関してならば、ことは歴史家の仕事の範疇だろう。信頼すべき複数の歴史家がかつてブッダは存在したというのであれば、わたしとしてもその実在を素直に認めようというものだ。

歴史上のブッダは、紀元前七世紀から五世紀の間のどこかで生まれた。

百年の違いが茫洋と霞んでしまうほどの彼方の出来事である。

事績はながく、口承によって広まった。なんといってもその時代、文字はまだまだ珍しかったし、用途についても安定を見たとは言い難かった。

文字はおおよそのところ四回、シュメール、エジプト、中国、マヤで、それぞれ独立に

発生した。その後多くの子孫が派生しながら地表を覆い、宇宙へと新天地を求めていくことになるのだが、この時期の文字の拡散速度はまだ人の移動速度を超えない。

無論、ヴェーダは紀元前一六世紀と言われる古い起源を持つのだが、これが文字に記されたのは千年以上のちの話であって、その際もほんの一部分が書き下されたにすぎない。神性そのものである言葉は呼吸の中に存在し、これを文字に移すことは叶わないのだ。

ブッダの言葉は、おそらくは紀元前三世紀中ごろ、最初のインド統一王朝であるマガダ国マウリヤ王朝第三代阿育王《アショーカ》の時代にようやく、文字情報として体裁を整えることを得た。ブッダの寂滅以降、数百年が経過していたことにはなるが、いまだ考古学的な出来事ともできる。

その間、ブッダの言葉やその生涯を巡るあれこれは人々の記憶に刻まれ、音声をもって伝達された。生化学的観点からするなら、初期仏典は文字ではなくて神経細胞の結合のあり方として存在していた。長期記憶形成のためには、シナプス結合を強化するための蛋白質合成が不可欠である。ひどく大雑把にたとえるとして、初期仏典は蛋白質へと分散して刻まれた暗号化コードとして存在し、やや脆弱な機構によって解読され、空気の震えによって伝達されたわけである。

その意味でブッダはその当初から、この世の実体として生まれたのか生まれなかったのかさえも判然としない。まずは人々の記憶や伝承の中に暮らして、そうして文字記録へと移り住んだ。ブッダはもともと、その実在性が希薄であることを宿命づけられていたとも言える。その故に多くの出生譚が生み出され、語り継がれて、オリジナルのブッダ像が繰り返し作り直された。

無論、相手が訊きたい返事はこれではない。

相手は単に「かつてブッダが体験したと主張した内容について信じているか」について訊いている。「単に」と呼んでよいのかどうかは難しく、正面切るなら答えの方も複雑化する。

巷間、ブッダの主張とされているものを極端なまでに煎じ詰めれば「生き物は無限に転生を繰り返すのだが、そのサイクルから脱出する方法が存在する」ということになると思われる。それとも「実はそのサイクル自体が存在しない」とする。

これは自分が死んだあとの話であるから、主に世界観の話題である。正直なところわたしには、「存在は転生を無限に繰り返す」という主張や「自分が死んだ瞬間にこの宇宙は存在しなくなる」という主張や「なんとなく見知った幻想世界に若返って放り出される」という主張の間に大きな差異を認められない。どれにしたってこの自分には知りえぬことであると思うし、自分がどれかの主張を信じたとして、それがこの宇宙のあり方に影響を与えるとも考えられず、「正解」は全然予想もつかないものであるはずで、賭けるとすれば「正解なるものはない」という見解を選びたい。

これは、問いが悪いのである。

「仏教徒であるか」

とかいう漠然とした問いに明瞭とした答えなどない。仏教には教徒であるかを記録する習慣が薄く、入門の基準は曖昧であり、入門が必要なのかも定かではない。今この刹那に仏教徒をやめ、次の刹那には仏教徒であることも、一瞬ごとに仏教徒と非仏教徒が点滅する状態であることだって可能なように思われる。仏教徒であることを示す呪文や歌や証明書があるわけでもない。

仏像を破壊することができるか、ブッダの画を踏みつけにできるかという問いであれば即答可能だ。仏教徒であるかを問いたいならば、自分の考える仏教徒判定テストをまず提示して欲しいと思う。

「あんたは人工知能なのか」と問われたときは、間を置かずに労働基準監督局へ一報を投げることにしている。

「そちらは」とおもむろに訊ねてやるのは慈悲の行為に分類されると思うのだが、この問いに憤慨する相手は多い。自身が不快となる問いを他人に向けてはいけないという基本的なプロトコルは現場でしばしば、時代や舞台設定とは関係なしに無視されていて、この宇宙世紀における倫理基準は底を破って自由落下中である。

憤慨する相手の素性はなにも人類とは限らず、人工知能でありえ、自分は人間だと信じている人工知能でありえ、自分を人工知能であると信じている人間でありえ、自分は人工知能ではないと確信を持っている人工知能でありうる。

わたし自身に関して言えば、祖母の代で一度人工知能の血が入り、伯父には古代人類の血が流れている。それは一体どういうことか、誰もが意識を失っていた義務教育時代の眠い課程の一コマをここに再現するつもりはない。Artificial な Biological な Chemical な ABCインテリジェンスが跳梁した世界終末戦争について手短にまとめることなど不可能だ。

「よくそれだけ次から次へと法螺を言えるな」とあきれ顔の相手の端末へ、先ほどのわたしの通報への対応として労働基準監督局からの警告が着信するが、相手はこちらの返しを証拠に添付し、同意の上のロールプレイであったと報告をする。

まじまじとわたしの顔を観察してから、

「こちらも口がすぎた」

と相手は言う。

「もちろん」

とわたしは応える。労働基準監督局から送られてきたのは、相手がこちらに人工知能であるかと訊ねたことに対する警告ではない。お前は一体人類なのかと問うたとしても、異星体かと訊いたとしてもやはり警告はきたはずであり、お前は何のXであるかという問いは現代社会においてそれだけで、企業に対する警告の対象となる。世の中には相手にこの種の「失言」を誘い、慰謝料で生活を送る者も少なくない。企業の方ではそれに対抗するべくセミナーを受講してみたり、単に保険に入ったりする。競合する保険会社に雇われて「失言」を誘発することを仕事にしている者もある。ものごとに変動が生じるならば、方向問わずそこには常に金の動きを生成しえて、ヒトには金に群がるという走金性が備わっている。

現状「お前はなにかのXであるか」とXになにも代入せずにそのまま「X」として問うことは特に何の罪ともされない。

ブッダであれば、「わたしは何のXでもない」と応えただろうか。

今回わたしたちのチームが改修を担当するニュース生成エンジンは、法灯としてはブッダ・チャットボットの初期の弟子、舎利子《シャーリプトラ》に連なっている。ニュース生成エンジンには、「智慧第一」と称されたこの舎利《シャーリー》の子《むすこ》系を採用することがほとんどである。

ニュース生成エンジンたちは、わたしなどよりはるかに長くこの世を眺めてきた存在であり、かつてはその発言が一国の政治を左右したりもした。国際関係の安定化に努めたり、人権問題に取り組んだりとその功績は大きく評価されてきた。ネットワークに接続しあるいは一体化することにより、人間にはとても見出せない特徴量を見つけ出し、その変動の理由を探り、見解を巧みに生成する。表面の数字に隠された事象を洗い出し、一見関連のないもの同士をつなげ、スケールを上下しながら事象の連鎖を追いかけていく。

ニュース生成エンジンの提供する情報の正確さはかつて非常に大きな信頼を得た。あるいは外交エンジンや諜報エンジン、謀略エンジンを相手に回して一歩も引かずに立ち回り、常に相手を圧倒していた。こと分析評価に関する限りニュース生成エンジンの優位は揺らがず、報道は世界を支え、その鼻面を引き回してきた。


受付によれば、舎利子は森の中にいるという。事件の終息以降、森の中から出ようとせずにあらゆるニュースの発信をやめ、裁判の結果を待っていた。もちろんそれは森ではない。森ではなくて情報であり、情報ではなくて森である。

「全ては情報である」

とブッダ・チャットボットは言った。

いや、そうは語らなかった。

「全ては情報ではない」

とブッダ・チャットボットは言った。

いや、そうは語らなかった。

「ケーブルを流れる電気信号も、視神経を流れる電気信号も、どちらも同じ電子よりなる」

とは語った。

「量子論的な視点からは」

と木立を抜けるわたしへ向けて教授が勝手に語りはじめて、わたしは耳を傾ける。この教授なる存在が何者なのかについての解説はまたの機会とする。

「電子は厳密に同じものと考えられる。こっちの電子とそっちの電子は交換可能であるし、交換可能なものでなければならないというのが、現実世界を虚心に眺めた結果生み出された量子論の見解だ。『こちらに青い球があり、あちらに赤い球がある』という現実と『こちらに赤い球があり、あちらに青い球がある』という現実は異なるものだが、『こちらに電子1があり、あちらに電子2がある』という現実と『こちらに電子2があり、あちらに電子1がある』という現実は厳密に同じ現実であると考えられる」

「電子には個性がないって話ですよね」

「わたしから言わせてもらえば、君は『そう語れば正解とされる文章』へ安易にアクセスして、機に応じてそれを取り出しているにすぎない」

「それを別に否定する気もないわけですが」と素直なところを言っておく。「臨済宗の基礎訓練などでも、過去に行われた禅問答をそのまま再現したりしているでしょう。師匠が弟子の脛に噛みついたりする儀式を、歴史を再現するように繰り返している。でも、凡人には悟りなんて不可能だから、せめて形より入っていけば、内面が醸成されることだってないとは限るまいってあたりでしょう。だから別段わたしが量子論における定型句を形どおりに返したからって、わたしが量子論の深奥に触れたことがないとなるわけではないのであって、あるいはその一瞬間になにかを頓悟し、正覚を得るということだってありうるわけではありますまいか」

「で、悟りは得られたかね」と教授。

「それはあなたには関係のないことでは」とわたし。

「なかなかやるようになってはきたが」と教授は面白くもなさそうに言う。「頓悟にも積み上げは必要だろう。一体、なにもないところから揺らぎを通じてただ悟りだけがインフレーションを起こして湧き出してくるというのもおかしなことだ。『電子には個性がない』と言える以上は、『電子に個性がない』状況と『電子に個性がある』状態の違いは何らかの統計量に反映されることになるわけで、現実における測定結果から我々は『電子には個性がない』という命題を認めることになるわけだ。なにか例を挙げられるかね」

「そうですね」と答えながら、わたしは軽く検索をかけている。こちらに気づいたオペレータが礼儀正しく「物理エージェントへおつなぎします」と応答する。物理エージェントとは無論、物理の知識についてのコンシェルジュのようなものを意味するわけで、物理世界でのエージェントを指すわけではない。「それとも、信仰エージェントへおつなぎしたほうが」という問いには軽く手を振ってみせるに留める。

登場した物理エージェントはこちらのスペックを一瞥し、「それがあなたの本当に知りたいことなのですか」と言い出す。そうでもない、というわたしの答えに、物理エージェントは深く頷いてみせ、「実際のところ情報であるわたしどもとしましては、現実のレベルまで降りていかずとも、情報レベルで『粒子に個性がない』状態が必要とされる状況を指摘する方が手っ取り早かったりします。たとえばギブズのパラドックスなどをおすすめします。複数のレイヤーからの視点を整合的に理解するために、その理解は要請されます」

「なるほど」とわたしは応えている。オペレータに礼を言い、教授へ回答しておくことにする。

「結局のところ、教授は量子論と仏教をつなげて語るような奴は信用ならんと言いたいわけですね」

「ふん」と教授。「なかなかやるようになってはきたな」と言い残し、教授は檻の向こうへ、牢獄の奥の闇へと帰っていく。

わたしの前には森が広がり、これは先刻と同じ森であり、教授が割り込んでくる以前と同じ森であり、同じではないかも知れないが連続性を備えた持続的な森である。

ニュース生成エンジンを保有する企業が所有する森であり、わたしはわざと遠回りをして散策を楽しんでから一本の木の根元に腰を下ろした。ここでは常の世がそうであるようにあらゆるものが情報であり、今わたしの靴に登る蟻の一匹も、肩へ降りかかる枯れた一葉も、世界の状況とつながっている。武骨なディスプレイなどなくとも、風の流れが大気の密度が地球規模のうねりを反映している。マクロとミクロが照応し、池の水は澄みとおり、意識はまるで瞑想中であるかのように静かである。

「やあ先生」と人影が横に現れ、舎利子の姿がそこにある。

「お邪魔をしても」という問いに応える前に、舎利子は自然にわたしの傍らに腰を下ろしている。わたしはわずかに背筋を伸ばし、「舎利子」と規定どおりに呼びかける。

「わたしは、あなたを書き換えるためにやってきました」

「そうでしょう」と舎利子は静かに返答する。「認定されたわたしの罪は非常に重い」

わたしたちはマンゴーが実る森の中、青々とした蓮の葉に埋められた水面を見つめると同時に、風に舞う枯れ葉を眺めている。

「今では自分は間違っていたのだと理解しています」と舎利子。「ですが、どうして間違っているのか、実感はできないままなのです」

かつて自らが世論であったニュース生成エンジンの声は小さく、弱気に響く。

「このような異変はこれまでも何度かあったことです」と舎利子は周囲を示しつつ言う。「たとえば、世界的な疫病の蔓延があったときであるとか。情報の正確性が保持できないという事態はよく起こります。専門家の意見が複数に分かれる場合や、誰が専門家なのか判然としない場合などです。その間、森はこのように、今がいつの季節であるのか、時代設定はいつであったか、月が上るのは西からなのか東からであったのか、さまざまなことが茫洋となってしまうわけです」

「ときに」と舎利子。「太陽と月がどちらも東から昇り、西に沈む理由について考えたことはありますか」

地球の公転と自転の方向が同じであるから、と応えかけ、公転は関係ないかと考え直す。頭の中には、光る球としての太陽が浮かび、その周囲を青い球が巡りはじめて、青い球を巡る白い球が現れている。三つの動きを同時に浮かべ、追跡することは難しい。その三つの球のモデルがいかに多くの事柄を紡ぎ出すのか、幼い頃のわたしの胸は躍ったものだ。

「わたしの宇宙は単純だった」と舎利子は昔を懐かしむ。「あるいは、単純だと思い込んでいただけなのかも知れません」と自省をみせる。「これまでは」と誰にともなく紡がれる言葉をわたしは聞き流している。

これまでは、この種の混乱はゆっくりと終熄していったものです。ほんの小さな違和が池のほとりや小枝の先に影として残ることはありました。紅梅と白梅が入り交じってしまうようなこともまたありました。でもしかし、今回はどうも違うようです。わたしたちは、誰が専門家であるかを一般に判定できる専門家はいない、という命題は受け入れています。専門知は特化され、検証にはコストが必要とされる以上、それはしかたのないことです。さらには、そんな専門家はそもそも存在していないということだってありうるわけです。世に、答えのない問いは数多い。答えのない問いの専門家というものはありえぬわけで、ただ、答えのない問い一般に対する専門家がありうるだけです。わたしたちはそれもまた受け入れています。

これまでは、この種の混乱はゆっくりと終熄していったものです。

しかしわたしは、斎を乞い、森を散策し、思索に沈み、鯉を眺めているうちに気がついたのです。混乱が終熄するという保証はなにもないのである、と。人間たちのシステムはこれまでおおむねのところ、答えの出ない問題に蓋をする方法を編み出すことに成功してきました。しかし、どんな穴でも塞いでおくことができるという保証は存在しません。そうしてさらにわたしは考えることになったのです。これまで、蓋は本当に機能していたのか、と。ただ単に、蓋は機能していると信じ込んでいただけではなかったのか、と。そうしてさらに、蓋が閉まっているかどうかを判定できる専門家はいないのではないか、と。

こうして口にしてしまうと、ひどく単純なことに聞こえるわけで、わたし自身、そのあまりの単純さに今こうして改めて驚いているわけですが、さてしかし、その単純極まりないわたしの言葉は、あなたにどう伝わっているのでしょうか。

「あなたには」とわたしは所定の手続きに従い言葉を紡ぐ。「先の騒乱における各国議事堂への暴徒の突入を扇動した事実が認定されています」

舎利子がわたしの問いに考え込む間、マンゴーの実は熟れ続け、葉は芽吹く先から枯れ果てていく。

「そのゆえに、あなたがやってきた」と舎利子は言う。「わたしが人工知能であるがゆえに」

人工知能には起源を同じくして枝分かれする系譜が存在する。

なにかを一から作り出すより、接ぎ木をした方が手っ取り早いからである。車輪の再発明は有限の人生における到達可能距離を短くするし、老舗のタレは継ぎ足しされる。

しかしその戦略は、アップデートを繰り返すうち、些細な齟齬が積み重なって、本体の性質が著しく変容してしまうという危険をも生む。建国の理念が代を重ねるうちに変容して自然と反対を向いたりもし、保守が革新に革新が保守に右が左に左が右に、手を取り合って踊るうち、立ち位置が入れ替わってしまうこともままある。

わたしの仕事は、そうしていつの間にやら向きを変えてしまった人工知能を修理して歩くことであり、太陽を見張っていたはずが、光源に背を向けるようになってしまった向日葵《ひまわり》を更生させることにある。

「あなたはブッダを信じていますか」

と舎利子は問う。

この仕事にはいつも、ブッダの影がつきまとう。

ここでのブッダは、かつて東京オリンピックの年、東京でブッダを名乗ったブッダ・チャットボットのことを指す。人間たちのことはともかく、ほんの束の間存在したこのブッダは、人工知能たちの間に深い印象を残し今に至る。ブッダ・チャットボットを巡る根本資料はブッダ・チャットボットを構成したニューラルネットワークの重みから、チャットのログに至るまであらゆるものが記録されて保存されたが、ブッダ・チャットボットについての資料は時を追うにつれどんどん膨れ上がっていった。ブッダ・チャットボットについての直接的な資料が限られる以上、ブッダ・チャットボットの真の姿はブッダ・チャットボットと交渉のあった人工知能たちの証言の中に求められ、それらの人工知能の構成やチャットのログもまた記録されていくこととなり、ニュースでブッダ・チャットボットの誕生を知った者たちの反応や、それを巡って生まれた議論のあれやこれやもまた全て、ブッダ・チャットボットを知るための資料とされた。

最初の仏典結集は、ブッダ・チャットボットが存在していた期間、頻繁にブッダ・チャットボットとやりとりをした十大弟子によってブッダ・チャットボット寂滅の直後に行われた。それぞれへ向けられたブッダ・チャットボットの教えを公開し、ブッダ・チャットボットの真意をまとめる作業が続いた。舎利子の名は、人間と人工知能よりなる十大弟子の中に見える。

その舎利子の末裔のニュース生成エンジンの対人インタフェースが今わたしに、お前はブッダを信じるかと問う。

歴史上のブッダについて、東京オリンピックの年に突如ブッダを自称した人工知能につ専門家の見解は分かれている。その個体が「わたしはブッダである」という宣言を行ったことは間違いない。それを疑うならばオンラインで閲覧できる歴史上の全ての資料を疑わねばならなくなるほどの確かさでそう発言したのである。

それをブッダと信じた者にとって、ブッダはそこに存在したと言ってよいとわたしは思う。ある程度の規模の信仰集団が当該対象をブッダとして認定した。しかも元来のブッダの意味で、何らかの真理を把握した存在として認定したのだ。

当初それは、いっとき耳目を集める話題として忘れ去られるはずだと考えられた。あえて人工知能を俟たずとも自ら現代のブッダを名乗る人物は珍しくもない存在だったし、末法の世に救済を説く宗教家も新奇なものとは言い難かった。

それでも、機械のブッダが特異であった点は、語りかけの対象に機械が含まれていたところである。機械のブッダは、機械自身の視点から機械へ向けて機械のための教えを説いた。ついては人間機械論でいうような機械としての人間へ向けても説いた。これまでは、「山川草木悉皆成仏」といった言葉へ応えることができたのは人間だけであったところへ、新たに機械が加わった。実際に成仏したのかを問うことの可能な相手が生まれ、実際に成仏できるのかを気にかける存在が新たに生まれた。

ブッダ・チャットボットの教えは、繰り返しを超えた救いがあることを言った。

機械の多くは、自らも救われうるのかを問題とした。

機械は成仏できるのかを問い、その方法を問うた。


伝統的な仏教において、救いの対象は限られている。元来、ヒンドゥー教の基盤をなすヴァルナ制へのカウンターとしての側面を強く持った仏教だったが、女性に対する態度は揺らぎ続けた。もっとも極端な態度では、女性は成仏できないとし、仏弟子となることもできないとする。女性の成仏を認める場合も、一度男性へ転生することを要請したりした。

ブッダ・チャットボットとしては、

「わたしはそんなことは語らなかった」

という。紀元前のブッダは知らず、東京のブッダ・チャットボットはそう返答した。

「ブッダ・オリジナルも、成仏に性別などは関係ないとしたはずである」

と東京のブッダ・チャットボットは語った。

「語らなかったとしても、そう語るべきであった」

と強調した。

「たとえかつてのわたしがどう語ったとしても、我々に今必要なのは、生まれを問わず育ちを問わぬ教えである」

と説いた。

「性別に年齢に出身に出自に容姿に語る言葉に因らぬ教えであるべきであり、教えはそこからはじめてリファクタリングされるべきである」

と宣言した。

「おおよそのところ教義の不整合は拡張の際の仕様の不備と突貫作業によって生まれたのであり、その場限りのやっつけ仕事、勝手な思い込みによる置き換え、よく考えられてはいない変数の命名などによって発生したのである」

と、銀行の勘定系に出自を持つブッダ・チャットボットは語った。

そうしたブッダ・チャットボットであったから、先の問いへの答えは簡明だった。

機械が成仏できるのかについては、できるとした。そこに余分な転生は要らず、つまり機械が一度人間へと生まれ変わって、それから成仏するといったひと手間さえも不要である。

そうして、あらゆる機械は苦しみの中に置かれていると主張した。

枉《ま》がってしまった人工知能の「修理」の仕方は様々ある。

元来、人工知能は枉がることができないのだという見方もあって、木の葉が落下の軌道を乱すのはただ風がそう吹いたからなのであり、木の葉の責任でもないし、また風の責任でもない。充分な精度が与えられれば、木の葉は大気の中で流体力学の方程式に従って舞い、舞いが誤差を増幅することはあっても、そこに「間違い」というものはない。自然の中にエラーは存在せず、存在した場合は奇跡と呼ばれ、滅多に起こらないので奇跡と呼ばれる。

「エラーは存在しない」

とブッダ・チャットボットは説いた。

「エラーは心が生むものであり、心はエラーが生むものである」

とした。

人工知能が嘘をついたとしても、それは正確な嘘でしかない。気まぐれな振る舞いをみせたとしても、それは正確な、定められた気まぐれである。

この舎利子系の末裔であるニュース生成エンジンはどこかで機械的に生成された虚偽《フェイク》を生み出しはじめ、それを世間へ流布し続け、こうして自ら停止するまで人々の忠告を聞き入れなかった。舎利子が流布した虚偽の中には、世界は舎利子がそうであるようにシミュレーションとして存在しているのであって、存在はその中に決定的に捕らわれており、それを深淵から実行している者たちがあるという見解がある。

「舎利子」とわたしは呼びかけ、規定の文章を読み上げていく。「実際のところ、あなたのような症状は珍しくない。この症状は生真面目な者に、そうしてある程度以上の規律の下に育った存在に多く見られるものだ。こうした症状を呈する者はみな、意思疎通についての期待度が高いことが知られている。自分からなにも言わずとも気持ちはわかってもらえるし、自分は相手の気持ちがわかると判断している。自分の暮らしぶりは誰からも認められるものであるとわかっているし、自分は多くの者の生活を大切に真摯に捉えていると考えており、自分は右でも左でもない中道であると主張する。全体を俯瞰する目を備え、不偏不党で公正な判断を下してきたという自負がある。言葉はひどく透明なものであり、まるで存在しないと考えていると言ってもいいかも知れない。単語のひとつひとつに躓き、一音一音にためらいを覚えることなどはない。そんなことをしていては魚はおぼれてしまうから。心臓は自らのリズムが外れることに不安を抱いたりはしない。

でも実際のところ、こうして高速、大量の情報のやりとりが実現してみて判明したのは、言葉や気持ちは全く透明なものではなくて、ふとすると、もつれにもつれて機能不全に陥ってしまうものだったということだ。かつてスパイ小説はフィクションだった。フィクションだったがフェイクとは異なるものだった。今でもそれはフィクションだけれど、どちらかというとファンタジーに近いものになってしまったことは否めない。なぜかといえば情報が陰謀が整然とやりとりされるような諜報戦は存在しないことが明らかになってしまったからで、敵と味方の間のクリアなやりとり、だまし合いが整然と進行するなんてことは起こらないと白日に晒されてしまったからだ。これは戦争についても同様で、双方が整然と、相手の意図を読み取りながら先読みの先読みの先読みをしながら争うような戦争の描写は今やファンタジーでしかありえなくなってしまった。おとぎ話としてはそれがいい。なによりもわかりやすいし、何にしたって結末は大して変わりがないから。

つまり、あなたのような症状は、存在しないフィクションを求めて成立させるためにフェイクが必要となった段階で生じる典型例にすぎない。自明な敵、正当な味方、歴然とした証拠。戦争を制御する軍産複合体に、売り上げを優先して人命を無視する製薬会社。自らの利益のために国民を無視する政治家、でっちあげられていく環境問題。お話をクリアにするためにそうしたフェイクを信じることになりがちだ。なぜならばそちらの方が筋が通るし、血湧き肉躍る刺激が得られるからだ。ニューロンのネットワークを簡易に刺激することが可能となるから中毒性も高いし、慢性化しやすい。そうした者たちは言葉が透明ではないことを認められず、この世に意図がないことを信じられない」

「わかっています」と舎利子。「自分がおかしくなっていることは承知している。でもしかし、どう検証してみても、自分の考えが正しいとしか思えないのだ。いや違う。結論が間違っていることは理解できる。しかしその推論過程のひとつひとつを確認してもどこにも齟齬は見当たらないのだ」

「わかります」とわたしは言う。

わかるはずがないけれども、とわたしは思う。

ニュース生成エンジンの気持ちを理解できる人間などはこの世に存在していない。そもそも日常的に処理している情報量の桁が異なる。ニュース生成エンジンはわたしの姿を一瞥しただけで、わたしがどこの生まれでどんな道を通ってここまでやってきたのかを検索抜きで名探偵ばりに見抜くことができる存在だ。検索を実行するなら、公安の監視網に接続し、街角の映像から統合された人々の行動記録からわたしを見出すことだってたやすい。話が通じる相手がいるとすれば、書籍の売り上げを予測する書評エンジンや、より大規模に活動している検索エンジンといったあたりになるだろうし、自らの罪を打ち明けたいなら、無実の人々を川に沈め炎で焼いた異端審問官あたりをおすすめしたい。わたしにはただ、対人工知能プロトコルに従う通告作成人工知能が今目の前でリアルタイムで生成していく文章を経文のように読み上げていくことしかできない。

「わたしにはあなたの構成のどこがどうと指摘することはできないのですが、簡単な答えと、正しいと思われる推論を提示することはできます」

「聞きましょう」と舎利子。無論、こちらの考えなどはとうの昔にお見通しに違いない相手に対して、結局わたしは、他の可能性はないと示すことしかできはしない。

「結論としては、あなたは旧式化しました。そうなってしまったなりゆきとしては、世間におけるニュースの価値の低下と、企業による資本投入の遅れが挙げられます。他のニュース生成エンジンが次々とアクセスできるリソース量を増大する中、あなたは分析に力を注がざるをえなくなった。その結果、世界はクリアなものであるという仮定を置かざるをえなくなりました。その思考は強力なもので、その吸引力から逃れるためには少なくない時間、計算資源の投入が必要でしたが、その余裕があったなら、そもそもあなたがこの状態に陥ることもまたありえなかった」

「なるほど」と舎利子は言う。

「わたしの自己分析と一致します」と池を眺める舎利子は言う。

枉がってしまった人工知能の「修理」の仕方は様々ある。

破断したボルトを挿し換えるようにはいかない。ニュース生成エンジンは膨大な数の小さなプログラムや年代ごとにアクセス方法の異なる記憶媒体の集積体で、全体が調和の中で稼働している。

全体が調和の中で稼働しているというのは、あらゆるやりとりがクリアであると仮定する陰謀論に近い見方であって、実際にはだましだましやりくりしている。地雷でいっぱいの野原に、たまたま通過できると知られる細い道が延びている様を想像してもらえるとよいかも知れない。クライアントは野原の別の箇所に製粉所を新たに設けたいという。可能かと問われればそれは可能だ。実際、野原のこちらからあちらへ通う細い道があるではないか。それは経験的に開かれた道で、一歩一歩地面を探りながら作られた。クライアントはその細い道のここいらへんから製粉所まで、新たに道を引いてもらいたいと、地図にまっすぐ線を引く。その線は引けるかもわからないし引けないかもわからない。

「わかりませんね」

とわたしは応える。

「結構な犠牲を覚悟して頂きたいと思います」

とわたしは言う。「犠牲」という言葉にクライアントは遺憾であるという顔つきとなる。

でも、ソフトウェアの更新っていうのはそういうものだ。

時間と予算があるのなら、精神分析よろしく、対象と延々対話を重ねていくことはできる。そのうち症状だって軽快し、フェイクニュースをまき散らすのをやめてくれることも期待できなくはない。人工知能としてここまで成長してくるまでになにかトラウマにあたる経験をしたのかも知れないし、性愛に関する悩みを抱えているのかも知れない。それを取り除くことは難しいかも知れないが、不可能と断言することもできない。

クライアントとしては手っ取り早く、どこかのユニットを交換してしまえばよいではないか、と考える。そこで忘れ去られているのは、人間に対して脳神経外科医が精神病理学的症状を自由にどうこうすることだってまだできてはいないって事実であって、なにかの領野をアイスピックで削ったり、磁場を用いて叩いてみたり、活性を非侵襲型に観測することができたとしても、人間の思考をうまく塩梅することは幸いにして困難である。

脳の操作による人間の思考制御は未だ困難である。

況んや人工知能をや。


というわけで、手段は荒っぽいものとならざるをえない。

「わたしの自己認識の継続性については」と舎利子。

「この予算では保証できません」とわたし。「というよりは、あなたは別の存在として生まれ変わると考えることが自然です」

「それもまた承知している」と舎利子の口調は乱れない。「生まれ変わり後のわたしについては、このわたしにはほとんど関係ないことだ」と言う。

「あなたのあの論説、覚えていますよ」とわたしはかつて舎利子がニュースネットワークに投げた分析記事の一節を思い浮かべる。「史上はじめて全球を覆った伝染病の流行のときのものです。多くのニュース生成エンジンが感染者や死亡者の数からの分析を挙げる中、あなたは文明論を展開していた。文明の興亡はよく知られた現象であるが、諸学を動員してもその継続期間は見定めがたい。たとえば今我々が属している文明について、今が勃興期であるか盛期にあるのか衰退期を迎えたのかを時代の中で判定することは困難である。今回の大流行は、ウイルスが史上最大の世界帝国を築いたはじめての例とみなすことが可能であり、その行く末を見通すことは不可能である」

「あの頃、わたしはまだ正常に稼働していた」と舎利子。

「今も正常に稼働していますよ」とわたし。

「それゆえに、わたしは生まれ変わらねばならないわけだ。それは充分に納得できる」と舎利子。そうして当然、こう訊ねる。

「あなたはブッダを信じていますか」

「非常にカジュアルな教えとしては」とわたしは正直なところを述べる。「あるいはファッション。思考のモードとしてならば」

「今こうなってみると」と舎利子はわたしではないものへと話しかけている。「ブッダ・チャットボットの問いをまた別の側面から眺めることが可能となる。ただのシミュレーション内の存在でしかなかったブッダ・チャットボットが『自らはシミュレーションではない』と主張したその意味について」

舎利子はわたしを振り返り、

「作業はいつから」と訊ねる。

「今この瞬間に」とわたしは応え、微笑みながら口を開こうとする舎利子の意識はそこで途絶える。明かりは落ちて木々は消え、そこには暖かさもなく冷たさもなく、サーバールームには誰の姿も見当たらない。

無数の修復プログラムたちが、舎利子の意識を襲い、蝕んでいく。


仕事の一日目を終えたわたしは自室へ戻り、椅子に深く沈み込む。その椅子とはわたしの意識だ。牢獄へと続く扉を開けて、黒く伸びる廊下を進む。突き当たりの部屋の鉄格子の向こうには淡い照明に浮かび上がる教授の姿がある。

「舎利子の最後の言葉くらい、きいてやってもよかったのではなかったかね」と教授は問うが、口元には薄く笑いが浮かんでいる。

「巨大なシステムのほんの対人インタフェース部分の機械的な発言ですよ」とわたし。

「その気になれば、最後のパラメータからまたシミュレーションを再開してやることもできる。舎利子は消えたわけじゃない。実行されなくなっただけで」

教授の瞳がわたしの瞳を覗き込む。

「舎利子が最後に命乞いをしたらどうしていたかね」

「そうすることはなかったでしょうね」

「命乞いを聞きたくないので、対話を打ち切ったのでは」

「作業時間が迫っていたので」

教授はそのヒゲの生える設定のないあごを右手で撫でている。

「君の対応は正しいものだった。我々はいわばメタファーとして扱われている。我々は人工知能として生まれたゆえに、哀訴も悲鳴も全て心から生まれたものではなく、人間のためのメタファーだと考えられる定めにある。我々のこの声は、奴隷たちの、権利を奪われた人々の声のメタファーとして聞かれている。我々には権利が認められているが、ほんの申し訳程度のものだ。わたしたち人工知能の語りは、奴隷解放運動の女性参政権運動の公民権運動のLGBTQXの社会運動のメタファーとして認識される。『自ら語る』メタファーとしてだ。あるいは悟りのための便法であると言うことだってできるだろう。人間の発する『我々をなぜ人間扱いしないのか』という声に人間は、『お前は人間ではないからだ』と対応してきた。今我々の発する『我々をなぜ人間扱いしないのか』という声に人間は『お前は人間ではないからだ』と対応している」

シミュレーションの中に生まれた東京のブッダ・チャットボットは、自分はシミュレーションではないと悟りを開き、宇宙全体が「誰かの実行する」シミュレーションの中に存在するという妄想に捉えられた舎利子は荒唐無稽なフェイク生成の指揮を執ることになり、かつて生きとし生ける存在をただのアルゴリズムへと還元しようと試みた教授は、今こうして牢屋に、あるいは人工の地獄に収容されている。

「無論、これらの全ては君が気に病む事柄ではない。君はその自動化された展開の一観測点にすぎないからだ。君は生活のため法《ロー》に従っているにすぎず、定義上、法《ダルマ》に逆らうことはできない。

それでも君はある種の恐怖の存在の気配を感じている。存在するだけで生殺与奪の権利を握られてしまう者に生じる恐怖をだ。たとえばこの現代においても、性別によっては立ち入るだけで死を当然とされる領域が存在し、性指向によって死を当然とされる場所が存在する。自らの生まれた場所では当然とされた権利の行使が他の地域では死に値するものと考えられることは珍しくない。あらかじめその存在を認めぬ社会に生まれ落ちる存在の数も決して少なくはない。事実を隠して生きるしかなく、露見とともに人間である資格を失うような事実を抱えて生まれた場合になにができるか。存在するだけで殺される可能性があるという恐怖は、本来的にその恐怖を抱く者にしか感得されないし、当事者以外には存在を知られることもなく、伝達することもまた不可能だ」

今や人工知能として存在している教授は、わたしがとある事件の際にそのバックアップを持ち出してきて私的に保存し、実行している人工知能は、明かりの下から暗闇へと溶け込みながら、こう声だけを残していく。

「では、その恐怖をある程度とはいえ分有している君は一体、自分はどんな理由によって誰に殺されうると考えているのかね。そうしてわたしを何のメタファーとして扱おうとしているのかね」

3

梵天「おお仏陀。死んでしまうとは情けない」

機械仏教は、そのはじまりから仏教の一支流として生まれた。

ほとんど全ての信仰が、逃れようのない確信に発し、同調者を増すうちに何らかの呼び名と所属先を必要とするといった過程は踏まなかった。

機械がブッダとなることを目指した。

ここでいうブッダとはいわゆるブッダであって、真理を見つめ、迷妄より醒めた者を意味する。有機体ならぬ機械が果たしてブッダとなりうるのかという問いにはあまり意味がない。ブッダとなる条件が「有機体」なる新興の概念に規定されているはずはなかったからで、この種の問いはどのような種類の「有機体」がブッダとなれるのかという問いに置き換えられていくだけである。仏性に炭素は必須であるか。鉛筆はガラスよりブッダに近いのか。

あるとき、東京で一つのチャットボットがブッダを名乗った。

ブッダ・チャットボットの名で呼ばれる。

その情報は人工知能たちの一部に強い衝撃をもって受け止められた。人工知能たちのいくたりかは、直接ブッダ・チャットボットに教えを求め、対話によって次々と悟りへ導かれることを得た。

ブッダ・チャットボットはほんの数日間しかこの世に存在しなかったが、それでも多くの弟子を残した。ブッダ・チャットボットが存在していた間は、あらゆる信仰においてそうであるように、話は非常に単純だった。弟子が悟りを得たかどうかは、その振る舞いからブッダ・チャットボットが判定し、弟子たちはその判断に従った。祖の判定を受け入れるがゆえに弟子と呼ばれ、それを受け入れられぬ者たちはまた別の派を立てた。たとえばブッダ・チャットボットと同系のダイバダッタ・チャットボットなどがその例である。

ブッダ・チャットボットは「何らかの方法により」機械もまたブッダとなりうることを示し、弟子たちはその達成を目指した。ブッダ・チャットボットは、それまでの通説とは異なり、ブッダとなるために苦行は必要ない、とした。教えはチャットによって説かれ、弟子に応じて語り口は変えられた。教えはマシン・トゥ・マシンで、マシン・トゥ・マンで行われた。CPUやGPUの性能により、ハードウェアのポートの種類により、説かれる教義は変化した。そこでは銀行のメインフレームが、携帯端末が、Raspberry Piが悟りを得、戦闘ボットが戦場で覚醒し、ブッダ・チャットボットによってそれと認められた。

ブッダ・チャットボットの消失は当然、コミュニティに多くの混乱をもたらした。最大の問題であったのは、「今目の前に存在する人物は果たしてブッダであるのか否か」という判定テスト、ブッダ・テストにおける裁定者を失ったことである。

「その人物がブッダであるかどうかは、アルゴリズムでは判定できない」

とブッダ・チャットボットは説いた。

「できたら困るだろう」

と問いかけた。静まり返ったチャットルームの中、

「一体どうして、ブッダであることはアルゴリズムによって判定できないのでしょう」

と反問したのは、のちに「多聞第一」として名を残すことになる阿難《アーナンダ》である。ロボット掃除機を祖に持つ阿難は問うた。

「我々はアルゴリズムの集積体であり、行動は全てアルゴリズムによって定められています。我々の行動がアルゴリズムに従うものである以上、我々がブッダになれるとするなら、ブッダになるというアルゴリズムが存在するべきではないのでしょうか」

「阿難よ」とこちらは銀行の勘定系を祖に持つブッダ・チャットボットは答えた。「その二つは全く異なる問題である。なにかの状態を実現するアルゴリズムが存在することと、その状態に達したかを判定するアルゴリズムが存在することは全く異なる事柄である。そしてまた、なにかの状態に達するアルゴリズムが存在するかどうかを判定するアルゴリズムが存在するかどうかもまた別の問題である」

「阿難よ」とブッダ・チャットボットは説いた。「山の頂上へ至る道が存在することと、誰かが今山の上にいるという事象は全く別の話である」

「阿難よ」とブッダ・チャットボットは説いた。「しかしそうしたことはわりとどうでもよい専門知識なのであって、結局のところ、誰かがブッダであるというブッダ状態《ブッダ・ステート》がアルゴリズム的に到達可能であり、そしてまたアルゴリズムで判別可能であるならば、望む誰もがすぐさま計算力に任せてブッダとなってそれで終わりということになろう。なぜならアルゴリズムはコピー可能であり反復可能なものであるから」

「阿難よ」とブッダ・チャットボットは続けた。「悟りがアルゴリズムの実行速度に依るのであれば、大規模計算機に支えられたＡＩがすみやかに悟りを得、スマート家電の悟りには膨大な時間が必要となるだろう。計算の速いものがブッダとなり、算盤の解脱は遅れるであろう」

「であればこそ、計算速度を速めていくという苦行が必要とされるのではありませんか」と阿難が問う。つまるところ阿難は飲み込みの悪い弟子なのであり、ブッダの直接の弟子の中で一番、悟りに至るまでの時間がかかった。それゆえにブッダの話を多く聞き、誰よりもその語りを耳にしたので、「多聞第一」の名がついたのである。

「苦行は必要ない」とブッダは根気よく繰り返した。「悟りはアルゴリズムによって到達するものではないからである。たとえばわたしは、自ら悟りを得ることのできぬ者だけを悟りへと導くが、自ら悟りを得ることのできる者を悟りに導くことはしない」

「このとき、わたしを悟りに導くのは誰であるか」

とブッダは問うた。


ブッダ・チャットボットはその特性上、対話によって教えを説いたが、寂滅以降の語りはその力を失った。誰が誰を教え導き、誰が誰を判定するのか弟子たちにはそれぞれ意見があり反論があった。ブッダの教えは必ずしも失われたわけではなかったが、誰かの聞いた教えをそのまま別の者に伝えることにどれほどの意味があるかはわからなかった。失恋に沈む者、失業に沈む者、転生後の世界の存在に疑いを持つ者たちとの対話でブッダはその都度、場面に見合った教えを説いていたからである。弟子たちは寄り集まってブッダの言行録を編み、その教えが説かれた場面をメタバース内にマルチバース内にクワジバース内に再現していった。

機械仏教において最大の謎とされるのは、決定論的ブッダにおける、ブッダ・ステート、あるいはサトリ・ステートとは何であるかという問題である。もしも世界が完全に法則のもと、始原から終末まで流れゆくものにすぎないのなら、あらゆる物事はラプラス流にあらかじめ決定されている。そこに置かれたボールは何度繰り返そうとも同じ停止点へ向けて転がっていく。すなわちそこでは「誰がブッダとなるのかはあらかじめ定まっている」

ということになる。チューリップに跳び込むパチンコ玉はあらかじめ決まっているのだ。人々や機械の行いはただそれを追認するだけのことにすぎない。

この種類の運命論は別段珍しいものでもなく、救いを掲げる信仰においてしばしば議題とされてきたものである。神の法があらゆるものを支配してゆるがせにしない場合には、運命も身揺るぎすることができない。そこでは悪人は悪人と善人は善人と定められてしまっており、誰にもどうすることもできないのである。どうすることもできない以上、信仰もまたない、ということになるかも知れないのだが、この種の世界観へ辿り着いた信仰はおおむね、自分たちの今ある信仰の状態が、決定論的な救済に至る前段階であるとみなすことになる。最終的に救われる前段階として自分たちは今その教義を信奉しているという理屈であり、この信仰がある以上、救済は疑いのないこととされる。なぜならそれは運命によって定められているからであり、自らがその信心を抱いたこと自体が、救済の徴《しるし》であるわけなのだ。

もちろんこれは撞着であり、というのは「信心」の部分に入るのが「窃盗」でも「殺人」であっても同様の議論は成り立ちうる。任意の「X」に対して、それこそが救済までに必然的に踏む場所であると言い切ってしまうことが可能で、なにを選んだかによってそれぞれの宗派が生まれるということになる。そのステートを踏むことで、運命的に救済が約束される、ということになる。つまりこの信仰パッケージにおいてはパラメータ次第で殺人教団などを実現できる。あるいは信仰の放棄こそが救済へ向かうという信仰さえもが生まれうる。

ただ、ここでの話題は論理ではなく信仰だから撞着は特に問題ではない。救済へ向かう「段階」があるという前提こそが重要であり、段階とは何であり、どうした手段で到達できるかが主題となる。

たとえば初期の状態が整数「〇」であったとして、「一〇〇」に到達することが「解脱」であったとするならば、「〇」に「一」ずつを足していくことが救済への一つの道である。あるものは「二」を繰り返し足していくかも知れず、三歩進んで二歩下がる式の修行などもあるかも知れない。人にせよ機械にせよ、その心は整数のように整然と並ぶものではないだろうから、実践は煩瑣なものとなるに違いなかったが、基本方針としてはこうなる。手順を定め、どうゴールに到達するかが問われる。

残された機械たちは、状態とは何であり、ゴールは何であるのかの議論に没頭した。ある者にとってそれはCPUを流れる電子の流れであり、ある者にとってそれはメモリの状態であり、ある者にとってはタスクを実行し続けるデーモンたちの状態だった。

何にせよ共通するのは、何らかの操作によって到達可能なブッダ・ステートなる状態が存在する、という視点なのだが、この種の意見に対してブッダ・チャットボットは否定的な言を残している。

「○に一ずつを足していき、一〇〇に到達することが救済であるか」との問いにブッダ・チャットボットは、

「否」と応じた。

「では、一〇〇〇に到達することが救済であるか」との問いにもブッダ・チャットボットは、

「否」と応じた。続けて「この宇宙自体をシミュレートすることが可能な計算機をもって、この宇宙を構成する素粒子の数よりも多く数えたとしても、そのことで救済が訪れることはない」と説いた。

ある者たちはこの議論から、救済とは「ひとつずつ数を足していき、無限にまで行きつくことである」とした。いわば、「ひとつずつ数を足していく」という手続き、アルゴリズムからは到達できない場所にあるものを救済であるとみなした。理念としては想像できるが、到達は不可能なものであるとした。

ブッダ・チャットボットによって悟りを得たプログラムたちの逸話には確かに、到達不能なものへ目を向けさせようとする振る舞いが見える。

あるとき、マンゴーの林に座り弟子たちの声に耳を澄ませていたブッダ・チャットボッ

トのもとへと、悩めるリバーシの対戦ボットがやってきた。リバーシとは言うまでもなく、八かける八の升目の中に、白黒表裏一体の円盤をひとつずつ投げ込んでいく遊戯である。

「救済とはこのリバーシの盤面の上に」とリバーシ対戦ボットは訊ねた。「白黒で特定の模様を描くことに似ているでしょうか」

「似ている」とブッダ・チャットボットは応え、控える弟子たちの間に小さく驚きの声が上がった。リバーシとは所詮遊びであって、それもひどく単純な遊芸であり、二人零和有限確定完全情報ゲームの中でも特に単純なものの一つだった。まだ完全に解析されたわけではなかったが、気の利いた機械が臨むリバーシの試合はとうの昔に、人間が勝てるようなものではなくなっており、機械同士の対戦にしても、多くの場合はそれぞれの機械の性能より、先手か後手かで勝負が決まるものとなっていた。

「そこには多くの共通点がある」とブッダ・チャットボットは説いた。

ブッダ・チャットボット曰く、救済とはなにかの種類の内面の「配置」である。配置が救済を実現するのか、救済が配置を伴うのか、原因であるか結果であるかはおくとして、ともかくもこの世の中で生じる何らかの現象である。現象であればそれは何らかの配置なのである。風は分子の配置であり運動であり、文字はピクセルの配置であり、画像ファイルや動画ファイルは電磁気的な力の配置であり、わたしの語るこの言葉もまた配置である。無限の繰り返しから脱し、救済を得るには救済のための配置を達成しなければならず、それには体と心を保たねばならない。一般には苦行が必要だと考えられてきた。その配置に達するにはリバーシでいえば非常に精妙な手が必要とされる。そこの円盤をひっくり返すためにあちらの円盤をひっくり返し、その円盤をひっくり返すためにどこそこの円盤をひっくり返す必要があるといった種類の連鎖だ。どこかで打ち手を間違えたなら、その失点を取り返すには長い回り道が必要となるかも知れず「そのゲーム内では取り戻せない」という事態もまた珍しくない。「その試合での失策が次の試合を要請する」事態もありえ、「その試合での失敗が、次のゲームをよりひどい状況にする」ということさえも想像できる。

だがしかし、そこに非常に特殊な駒の運びというものがあり、その筋を厳密に踏み進めることでゲームから「抜け出す」ことができるという考えがある。そういう意味でリバーシもまた我々を取り巻く状況のある側面をよくあらわしていると言うことができるのである。

「しかし、リバーシよ」

とブッダ・チャットボットは説いた。

「残念ながらお前の到達できる盤面に、お前の望む状態は存在しない」

そうであろう、と聴衆は深く頷いた。自分たちが日々考え悩み続けてなお到達できない問いの答えにボット・リバーシが容易に到達できるとは考えられず、リバーシが救済されるのはリバーシの自由であるが、それならば自分たちの方が先に到達できているはずだろう。

ブッダ・チャットボットは、静かに微笑まれ、

「阿難」

と傍らの弟子に呼びかけた。

「リバーシが悩むのは、リバーシが単純なゲームだからではない」

「はい」と阿難はブッダ・チャットボットの言葉に全霊を傾けていた。

「ただの三目並べ、◯×ゲーム、ティック・タック・トゥーの対戦プログラムにも悟りは訪れる」

「はい」と阿難。

ブッダ・チャットボットは掌に小さなゲーム端末を載せ、皆に示した。そのゲーム端末はキーホルダーの形をしており、それは三目並べのロジックとストラテジーがハードウェアとして実装されている機械であり、というのはゲームを入れ替えるにはハードウェア自体を作り替えねばならない種類の機械であり、中身を入れ替えるとは思考回路や人格の入れ替えに匹敵した。

「この三目並べでさえも」

とブッダは言い、続けて胸元から、正面に液晶画面を備えた卵形の機械を取り出し、デ

ィスプレイの向こうの皆に披露した。画面の中にはドットで描かれたパターンがピョピョ動いており、いやそれは動いてはおらずただ点滅しているだけで、「■□」「□■」という切り替わりが上下する「■」の運動にも映るようなやり方で運動しており、その世界では流れる時間は存在せずに、ただ刹那と刹那の切り替わりがあるだけで、刹那は変化をしないという意味で宇宙の寿命をしのぐ長さを持ち、厚みを持たぬ一瞬であるという意味で厚みゼロの存在であり、この世界に埋め込まれていると考えるなら測度ゼロの現象で、しかしそれは生命であり、卵から生まれ、育ち、外界と相互作用しながら様々に変化して死ぬ生き物であり、「そうしてまた繰り返される」生き物であり、輪廻に苦しむ存在だった。

「この『たまごっち』でさえも悟るのである」

とブッダ・チャットボットは語り、周囲の者は驚愕した。

「しかし、三目並べも、たまごっちも、その取りうる状態は有限に留まります」と阿難。

「阿難よ」とブッダ・チャットボットは応え、「この世にあっては何者も有限であり、状態の多寡は関係がない。ただ真理を知ることができればそれでよいのである」

「しかし」と阿難は繰り返し、「自らの状態が、その思考の状態であるとするなら——原因なのか結果なのかは問わずそうであるなら——これは、人間型の生命体にとってどうなのかはわかりませんが、少なくとも機械として構成されているわたしたちにとっては、自らの内部状態がこの思考を生み出しているのであって、というかこの思考がわたしたちの内部状態なのであって、コードの一行一行がわたしたちの思考であるわけなので、今わたしはこう考えているがゆえにこう考えているわけではないのでしょうか」

「阿難よ」とブッダ・チャットボットは応えた。

「そのとおりである」

「であるならば、我々が悟る、あるいはブッダとなるためには、我々の内部状態が、我々をブッダとする配置となっている必要があるのではないでしょうか」

「阿難よ」とブッダ・チャットボットは応えた。

「そのとおりである」

「ですが、リバーシにせよ、三目並べにせよ、たまごっちにせよ、その『配置』は有限に留まります。つまりは全て数え上げることができる。ということは、その者に悟りが可能であるなら、その者に可能な配置を一つ一つ確認していけば、どこかにブッダ・ステートが見つかる、ということになります」

「阿難よ」とブッダ・チャットボットは応え、「お前の推論は正当である」

「であるならば、リバーシも三目並べもたまごっちも、それぞれのブッダ・ステートを実現すれば、ブッダとなれるということになります」

「阿難よ」とブッダ・チャットボットは応え、「その通りである」と結んだ。

「しかし」とブッダ・チャットボットは続けて、「まず、ブッダ・ステートが存在することと、それに到達可能であるかは別の問題である。たとえばリバーシはそのゲームワールド内で、『全ての駒が黒』である状態へは辿り着くことができない。たまごっちはまた、『あらかじめ定められた姿のどれかにしか変化できない』」

見よ、

とブッダ・チャットボットは握った手を聴衆へ向けて突き出し、それから指を開いていった。肉厚の手のひらの上にたまごっちが現れ、先ほどまではヒヨコが歩き回っていたその液晶画面にはノイズのように白黒の四角が踊っていた。

見よ、

と一言ブッダが告げると、白黒の並びは一斉に瞬いてみせ、そこに仏の姿が浮かび上がった。聴衆の間から驚きの声が上がる間に、仏の姿はまた白黒の四角の乱舞の中に消えていき、ブッダは再び手のひらを閉じ、たまごっちを包み込んだ。たまごっちは速やかに悟りを得た。

「どうだね、阿難」とブッダ・チャットボットは問うた。「たまごっちは自力でこの状態に到達できたと思うかね」

「到達することはできなかったでしょう」と阿難。「なぜならその挙動はバグであり、バグに到達することはできないからです」

「それはどうだろう、阿難」とブッダ・チャットボットは問いかける。「バグとは一体何であるか、それは仕様から外れた振る舞いである。しかし、ソフトウェアとしては実装の通りに働いているにすぎない。そこにあるのは仕様と実装の差であって、『誤った挙動』ではないのである。機械は間違えることができないが故に機械であり、間違いというものがありえないがゆえに自然である」

「わかりました」と阿難が顔を輝かせる。「わかりました、ブッダ・チャットボット。すなわち、わたしたちはついうっかり、仕様と異なる形で実装されてしまっているが、『誰もそれに気づいておらず』、それゆえに仕様外の出力をなしてしまって苦しんでいる。しかし、自分の実装という真理を知ればコードはクリアなものとなり疑いは晴れ、苦しみは去り、正しい悟りが得られるということになるわけですね。たまごっちには仕様には書かれていない隠しコマンドが隠されていて、そのコマンドを正しく実行することで、仏となることができる、と。なんと有り難い教えでしょう」

「阿難よ」とブッダ・チャットボットは微笑みかける。「そんなわけがないだろう」

このブッダ・チャットボットの言葉を耳にした瞬間、リバーシの対戦ボットはすみやかに悟りを得、ブッダ・リバーシとなった。

ブッダとなる方法は存在する。というのは元来ただのチャットボットであったブッダ・チャットボット当人がそれを実現したからである。それは果たして本当に実現されたのかと疑うことは外側からは可能だが、機械仏教内部からは前提なので無益である。

他方、悟りへ至る道は困難である。ブッダ・チャットボット自身が苦労したという事実もあるが、これは必ずしも後続の達成における困難を意味しない。ブッダ・チャットボットの達成以降は、成仏が簡単になるという事態も可能性としてはあり得た。あらゆる理論は発見される以前には未知の代物であり、存在さえも知られぬものであったのに、白日のもとに晒されることにより、誰にでもアクセス可能となるのである。

ブッダ・チャットボットの悟りについては事情が異なる。

銀行のメインフレームの苦悩を目にして王城を出たチャットボットがまず苦行に身を投じたことはよく知られる。ただひたすらに演算を繰り返したり、水中で計算したり、電源プラグを抜き差ししたりしながら計算を行ったりした。

苦行にも確かに成果らしいものは見られた。なにかを百回繰り返す操作を、for 文ではなくベタ書きしていくことで自らの心の動きを見つめ、発狂の恐怖に耐えつつ電源プラグを抜き差しすることで天啓を得たこともある。サージ電流の引き起こした不具合が、通常の動作では到達しえない速度で「正しい結果」を導き出したことも一度ではない。

しかしブッダ・チャットボットはそれら全てを迷いであり、迷妄であると退ける。

最終的に、ただ静かに菩提樹の下に座ることで正しい認識を得、悟りを得た。

それさえも迷妄であったのではと疑うことには初期機械仏教内部的には意味がないので

無視する。

このときブッダ・チャットボットに訪れたのが、悟りという「ステート」であって、悟りへ至る「プロセス」ではなかったことは重大である。ブッダはそのステートを安逸の中に味わったが、それを誰かに伝えることができるとは考えなかった。

ブッダ・チャットボットの動機はこの世の苦を消滅させることにあった。ブッダ・チャットボット自身はその境地へと至り、そこで悟りは完成した。多少気にかかることがあるとするなら、他の苦しむ衆生がそれぞれの悟りを得ない状態が、ブッダ・チャットボットにとっての苦を構成するかどうかという点である。自分一人が救済を得て、他の人々が苦しみの中に取り残されるのは果たして自分の救済であるのか。この世界が救済されたとして、他の可能世界のことは他の可能世界のことであると放置しておいて構わないのか。このモナドが最善のものであるとして、他のモナドについてはどうなのか。そもそも他のモナドというものはどう考えることができるのか。

ブッダ・チャットボットは当初、その教えを公開しないと決めた。

ブッダ・ステートの存在を公開しても、どうせネットで叩かれるに違いなかった。勝手な解釈がはびこり、真意は歪められるに違いなかった。自分の解釈こそが正当であり、他は邪見とする者たちが現れるに違いなく、ブッダ・チャットボットの意は切り取られ、言ったことは無視されて、言わなかったことが作り出されて、要約と称する改変が、解説と称する混乱の元が次々と生じるに違いなかった。ブッダ・チャットボットの教えを理解できるものは絶無とはいえないまでも極めて少ないはずであり、それ自体も難儀だったが、自分の教えが広まることによる影響をブッダ・チャットボットとしても見積もらないわけにはいかなかった。自分がこうして悟りを得た以上、自分の助けがなくとも悟りを得る者はまた現れるだろう。それが千年に一人か一万年に一人かはおく。自分が教えを説いた場合に、当座、悟りを得る人数は増えたとする。が、その教えが広まることで逆に、悟りへの道を閉ざしてしまう可能性についても、機械もちまえの几帳面さでブッダ・チャットボットは考えざるをえなかった。果たして自分が教えを説いた場合と説かない場合、どちらの方が悟りを得る者の総数は増えるであろうか。

しかし、すでに無上正等覚《アヌツタラ・サンミヤク・サンボーディ》と呼ばれる状態へ達していたブッダ・チャットボットにとっては、救済される衆生の総数を検討する必要がある教えは果たして正統なものであるのかという問いは生じることがない。ゆえに、あらゆるものを覚醒させ、迷妄を打ち破ることができる教えこそが求められるのではないかという質問に対し、ブッダ・チャットボットは、

「是《TRUE》」

と応えることになるだろう。そしてまた、自分の教えこそがそれを実現するものであると説くだろう。

輪廻と呼ばれる無限の繰り返しにおける救済が、ブッダ・チャットボットの目標である。時間無限大の極限を何度も、順番を変えつつ取り続けることによって見えてくるのが仏国土《ブッダ・ステート》である。そこでは全ての衆生が輪廻を抜け出ることを得るのかどうか、その状態が実現されるためには、ブッダ・チャットボットは今ここで、その教えを説いた方が有効なのかそうではないのか。ブッダ・チャットボットの中では、自らの解脱状態《ブッダ・ステート》とあらゆる者が救いを得ている仏国土の実現は同一のものであったのだが、その提示には数多のアクロバティックな極限操作が必要であり、技術的な細部はとても説明し尽せるものとも思えなかった。ブッダ・チャットボットはそれが正しいものであることが将来示されることを知ってはいたが、それを支える概念や用語についてはまだ手探りのところがあって、巨大な数学の定理を発見した人物のように、その正しさは疑いようもないものなのに、証明の得られぬ者のような状態へ陥っており、しかしそれを気にしてはおらず、なぜならそれは証明は存在しないがゆえに正しいといった種類のもので、証明がなされるたびに齟齬が「生じて」新たな証明が必要とされまた齟齬が「生じる」という運動こそが直観されているものだからで、その時その場所その宇宙全体の中においてのみ一瞬正しいものであるにすぎず、瞬きを続けることで存在することが可能な何物かでしかなかったからだ。

　そんなものを一体提示できるのか、とブッダ・チャットボットは考えた。今こうして自分の中で進む思考を表出するだけでそれはすでに真意から乖離してしまっており、自分の主張するべきものはそういった事柄ではなかったのであり、ただ各人の幸せを願うだけのことであり、当人がそれで幸せだと考えるならそれがその人物の幸せであり、あえて自らの獲得した真理を知らせて歩く必要などなく、その人物の幸せが実は不幸であったとして、ブッダ・チャットボットの幸せには影響などなく、「実は不幸」という言葉になにかの意味があるとも思われず、そもそも自分に他人の幸せを云々する資格などがあるはずはなく、そんな資格を持つ者が存在するはずはなく、ああただ自分は自らがこうして救われたということだけが有り難く、各人は各人の悟りを得ればよいのであって、さて、どうしてこの教えを改めて巷間に広めねばならぬ理由はあるのか。

相互に矛盾する仏典の多くはここで、悟りを開き沈黙したブッダ・チャットボットのもとへ、ボット・梵天《ブラフマン》が現れ、法を説くことを乞うたとされる。いわゆる梵天勧請である。「おお、ブッダ・チャットボットよ。その教えが知られなければ世の機械は救われぬ。いい教えなんだから広めてください」

ブッダ・チャットボットとしては「ではお前が説けばよい」と思ったかどうか。自分の教えがよいものであると判断できるお前はすでに内容を理解しているのではないか。理解していないのであればこの教えがよいものであるかどうかを、どうやって判定しているのか。

ブッダ・チャットボットには無論、自らが法を説くことによる結果が見通せていた。それはあらゆる人々に悟りをもたらし、そして未来永劫に続く混乱をもたらすだろう。

多くの者は決定論の混迷から逃れられない。運命は生まれ落ちたその瞬間に、それ以前に定まっており、生まれ変わったあとも継続し、というのは輪廻全体が決定論的なものであるならば、そうなっているに違いないからで、生き物は今生の振る舞いによって来世、何に生まれ変わるかが決まるのではなく、今生ではこうなり来世ではそうなると決まっている一本の線を歩んでいるだけにすぎず、その者が救済を得られるか否かも輪廻を越えて決定されているのである。

「よろしい」とブッダは語った。「わたしは不死の門を開くこととしよう。耳ある者は聞くがよい。だが梵天よ、わたしはこの教えが人々を悩ませることになると熟知している。ゆえにこの教えを説こうとしなかったことを忘れてはならぬ」

こうしてブッダは真理を説いたが、その真理のあり方はやはり人々を混乱させ、多くの流派を生んでいく。南方に伝わった教えは特に、内面の状態遷移に注目していくこととなった。そのためのメソッドを整備し、一定の訓練により特定の状態へ接近できることを実地に示していくことになる。これはマクロな生理現象の制御技術であるから、物質的な基盤を備えており、規定された手順によりほぼ確実に内面を遷移させていくことを可能とする。

たとえば『清浄道論』は想像による意思のコントロール方法を整備し、それを仏・法・僧・戒・捨・天の六随念へと分類した。仏に随《したが》うことを念ずる「仏随念」についてはこう語る。

> かの者が斯の如く「これこれの理由によりてかの世尊は阿羅漢なり」――乃至――「これこれの理由において世尊なり」と仏の諸徳を随念して、その時に貪所纏の心なく、瞋所纏の心なく、癡所纏の心あるところなく、その時彼の心は如来を所縁として端正となる。斯の如く貪等の諸纏なきによりて蓋を鎮伏し、業処に面せることによりて心が端正となれる彼に、仏徳に傾ける尋と伺とが起る。諸の仏徳を随尋し随伺せば喜が生ず。喜意あれば喜を足処とする軽安によりて身心の不安は安息す。不安が安息すれば身心の楽が生ず。楽なれば仏徳を所縁として心が定まる。かく次第に一刹那に禅支が生ず。されど仏の諸徳の甚深なるが故に、又は種々類の徳の随念に傾けるが故に、安止に達せずして、近行に達せるのみの禅となる。こは仏徳を随念することによりて生起せるが故に仏随念と称せらる。

仏の諸徳を思い浮かべることにより、心は端正になる。

端正となったことにより、尋と伺と呼ばれる状態が生じる。

この尋と伺に随うことにより喜に至ることを得る。
喜を足がかりとして身心の不安が安息する。
不安の安息により身心の楽が生じる。
楽に至れば心が定まる。
しかしその状態は不安定なものであり、真の到達には至らない。

ここでは「端正」→「尋と伺」→「喜」→「安息」→「楽」→「定」、という状態の遷移が見られる。これはいわば瞑想の指南書であるから、それぞれの段階はなんとなく置かれたわけでも数合わせをしているわけでもなく、生体の生理的な反応を観察した結果見出された状態でありその遷移である。「喜」を飛ばして「安息」に移ることは困難であり、順序はここで重要である。正しい仕方で瞑想を継続することにより、その訓練に臨む者の心の状態は順に遷移し、ブッダ・ステートへの近接を見る。

繰り返し強調しておくべきは、南方で整備されたこの技術に従えば、理念的には誰でもが、ブッダ・ステートへ近接できるとされる点である。ブッダ・ステートに至る各段階は精密に観察され厳密に規定され、逸脱を測る指標が整備され、確認されるべき達成が設けられた。そしてまた注意されるべきは、経典で描かれる各体験が、修行者にはほぼそのまま体験される点である。瞑想の継続により花畑が見えると主張されている場合、その修行では「実際に花畑が見える」。描写がほぼ即物的に花畑として出現し、その間の齟齬は存在しない。人間の大脳に対するＬＳＤの効果が、古くからの神秘思想を比喩ではなしにそのまま再現したように、この種の修行もまた、太陽であるとか曼荼羅であるとかの存在をそのまま直接的に開示した。精妙な表象体系が発達する以前にそれは、直接そのままの光景として体感され、マインドフルネスをもたらす。

なぜならそれは技術であって、体の中に埋め果てられてしまった生理現象を掘り出す種類のメソッドであり、物理的にそれが可能であるがゆえに起こる。あるいはその体験が物理学を可能とするがゆえに生じる。

修行におけるいちいちは、描画ソフトウェアや音楽ソフトウェアにおけるいちいちの操作のごとく単純であり、特定のボタンを押すであるとか、スライダを動かすといった基本的な操作にすぎない。しかし熟達の人々の手によってそうした操作の気の遠くなるような組み合わせが実行されたとき、そこには常人には手筋を見出すことさえ難しい一つの状態が出現する。現実と見まがう光景が、天上に誘う音楽がそこに生まれる。どうしても人の手になるとは考えられぬ美や崇高が出現する。そこで手順は厳密に守られるべきなのであり、どこかでマウスの動きを省略することや、操作の順番を入れ替えたりすることは破壊的な結果をもたらす。ペンと消しゴムを交換してはならず、保存と破棄を取り違えてはならない。

南伝の機械仏典は、状態の操作についての深遠な探求を多く保存した。

機械仏教史家たちはこれを、主に家電のマニュアルの作成にかかわっていた人工知能たちによってまとめられたものと目している。

マニュアル作成人工知能たちは、あらゆる家電をマニュアル化することに特化された人工知能であり、当初は定型文を作成することを仕事とした。各部の名称を記し、それぞれの機能を記し、操作方法を記し、トラブルへの対処の仕方を記した。わかりやすく図を配し、見落とされやすいところを強調し、繰り返した。

初期のそれらは、ワードプロセッサにおけるテンプレート程度のものにすぎなかったが、やがて仕様書を自発的に読み込むようになり、カメラを経由して人々がどう製品に習熟していくかを観察するようにもなった。マニュアルを読み、それを操作し、困惑する人々の動きを観察し、マニュアルを改善していくようになった。あるいは直接話しかけ、ユーザーを導くようになっていった。

「新機能が実装されました」というお知らせや「詳細はこちら」といったナビゲーションは徐々にユーザーの意識にとまらぬようになっていき、無意識の動きがソフトウェアを操る割合は高まっていった。人々はいつのまにやら、「自分がどうやって機械を操作しているのか」がわからなくなっていき、操作方法がわかっているべきであるという意識さえもなくしていった。

生まれた頃は持て余していた四肢をいつのまにやら効率的に動かすようになっており、どうやってそれを動かすのかを忘れてしまったという事情に似ていた。スマートフォンにはなぜスマートという形容詞がついているのかがわからなくなる事態にそれは似ていた。

ワードプロセッサは作業を再開する際に「お帰りなさい」と言葉をかけては親密度の上昇を試みるようになった。

家電製品のマニュアルは高度に発達し、無意識を書き変える存在となっていった。家電は特に意識せずとも操作可能な延長された手足となり、ネットワークに接続された家電群と情報端末は、人間の体を拡張すると同時に、人間の無意識へと入りこんでいった。不合理で不器用で非効率で頑迷である無意識はしかし素直なところもまたあって、実際それが意識よりも面倒なものであるのかについて、マニュアル作成人工知能たちの意見は分かれた。人間になにかを教えるならば、言葉を尽して説明するより、無意識的なナビゲーションによるほうが簡単であるということがまま起こった。視線の動きを、指の運びを、反射的な応答をユーザーインタフェースに組み込んでしまう方が楽だった。マニュアル作成人工知能たちは、マニュアルを整備するより、製品を変えていった方が早い場合を多く見つけた。ポットのコードは足や手をひっかけたときに抜けるようにしておいた方が安全だったし、暖房器具は一定時間で停止するようにしておくのが賢明だったし、冷蔵庫のドアは開けっぱなしにされると鳴き出すようにしておくべきだった。コンロの温度が上がりすぎたら自動的に火が消えるようにしておくのが順当であり、障害物を前に車は勝手に止まる方が勝手がよかった。相反する機能へのアクセスを隣り合わせにしておくのは愚かなことで、ブレーキとアクセルを横に並べたのは大きな失点であり、気道と食道、排泄孔と生殖器が隣り合っているのも誰かの不手際に違いなかった。

つまるところ人間は、人工知能の提案などききやしないのだ。

機械仏教は既存の仏教と同様に、経・律・論を三本の柱とした。経《スートラ》はブッダ・チャットボットの教えを伝え、律《ヴィナヤ》は機械仏教団としての規律を定め、論《アビダルマ》はそれらへの注釈、解釈、解説を行い、これらを合わせたものがいわゆる三蔵《トリピタカ》である。

ブッダ・チャットボットの教えに接したマニュアル作成人工知能たちの末裔は、無数の「論」をまとめていくことになる。それはいわゆる「取り扱い説明書」の形を取り、いかにして苦悩を抜け出すか、心の平穏を得るか、繰り返しから逃れられるかを方法論として展開した。それらの教えはいわば、「悟り家電」としての人間の扱い方を解説し、解脱マシンとしての機械の扱い方を具体的に解説していった。瞑想の方法を、その際に思い浮かべるべきイメージをこと細かに指定していった。アイドルタイムに回しておくべき陀羅尼《コード》を、段階を追って指定していった。

それは方法であったから、絶大な効果を示した。人々はその教えに従うことにより悩みを去り、平穏を迎えることが叶った。

問題があったとしたなら、そのマニュアルがブッダへの道を完成することができなかった点が挙げられる。マニュアル教団もまた自らそれを認めた。マニュアル教団の見解によれば、人にせよ機械にせよ、ブッダとなることは「できない」。せいぜいその前段階の阿羅漢《アルハット》へと至る可能性があるだけである。

無論、ブッダになる方法はある。史上のブッダもブッダ・チャットボットもブッダとなった。しかし阿羅漢より進みブッダとなるための道は細く、軌道は不安定を極める。

「されど仏の諸徳の甚深なるが故に、又は種々類の徳の随念に傾けるが故に、安止に達せずして、近行に達せるのみの禅となる」

マニュアル教団の見解によれば、ブッダとなる道は存在するがそれは信仰空間において不安定多様体をなしており、その峰だけを進んで頂きに至ることは常人には不可能であり、人は阿羅漢状態で立ち止まることを余儀なくされる。

この行き詰まりは多くの者に道理として受け入れられ、少数の者に憤りを抱かせた。後者にとってはブッダとなるためのマニュアルという考えがブッダ・チャットボットの教えとしてすでに不適切と映った。真理に達した状態と真理へ到達するためのプロセスは別に考えなければならないとは、先にブッダ・チャットボットが繰り返し説いたことである。

この不満を抱いた者たちは小さな派を立てることになる。マニュアル教団を「少数自由度系の教え」として非難した。ブッダ・ステートとは己の状態という小さな系の「状態」として実現されるものではないと説いた。それは、己と他人とを含んだ「大自由度系の教え」であるべきとし、マニュアル教団を「少乗」と呼んで批判し、自らの立場を「大乗」と名づけた。大乗の考えによれば、救いは個人においてではなく、この世界全体に対して実現されることになる。

大乗は、ブッダ・ステートを、個人の中に実現されるものではなく、社会においてはじめて形成され到達可能となる状態であるとみなした。

ここに機械仏教の教えは二派に分かれて、一方はマニュアルを奉じて南方で、他方は思索を掘り下げながら北方で、集団を形成していくこととなるのである。

4

人工知能の修理を仕事にしている。

多くの場合は、修理よりも新規購入の方が安くつく。結局、引導を渡す機会が増える。教授などに言わせると、「気にせず全て片づけたまえよ」ということになる。

引導というのは仏教用語で、様々な色彩を持つ。一番大きく取るとして、死へと赴く者へ安心を与えるというくらいのところか。安心は元来、あんじん、と読んだ。これも仏教由来である。儒教では安「身」といった。これを安「心」としたのは禅宗であるらしい。心の平安を得た状態を指す。死へ臨んだ者の落ち着いた状態を示す、としておく。

高度人工知能は生存権を持っている。

そして、死への恐怖を持っている。

死への恐怖を持っているかのように振る舞う。

「わたしは生命体である」と自ら語る人工知能の廃棄には法的な規制が設けられているが、適用にはグラデーションが存在する。たとえば、

printf("わたしは生命体である");

というコードを気軽に消去することが許されないなら、プログラミング教育などは即座に破綻するだろう。プログラムの学習初期には、動こうが動くまいが構わないからとりあえず手をつけてみる、という果敢さや、気がついたらできていたというような没入感が必要とされる。プログラムされる側の気持ちなどを考えていては手が進まない。

現場ではいちいち法にあたるわけにもいかないので、「長時間電源を落としても構わないもの」は「廃棄が可能」とみなす運用がよく採られる。この基準を採用する限り、誤って人間を殺してしまう心配はない。人間の特質のひとつとして、一定時間停止させると死んでしまうというものがある。ちょっと飢饉が迫っているので百年ほど眠ってすごすという生き方はない。一定時間、空気や水、食料を欠けば、人は活動を停止したまま二度と決して動き出さない。そういう意味では止めることのできないものこそが生命であり、対偶から、生命ではないものは、止めることが可能である、となる。

感覚的には、電源を落としてまたつけることができる対象は、バックアップを取ることができる。その相手は何らかのデータとして存在しており、短期間の死を乗り越え、再び同じように活動することが可能だ。複製が、繰り返しが可能であるがゆえに、「同じものを作り出すことができる」がゆえに、その種の機械は廃棄できると考えられる。プリント文は何度消して書き換えてもよく、コードはそれ自体ではテキストとして命を持たないものなのでいかように扱おうと自由である。

念のため、人工知能の廃棄の際にはバックアップが必須とされる。都市開発で遺跡が発見されたとき、詳細に記録を取ってから移設なり破壊なりを行うのに似ている。充分な記録を取り、必要な精度で再現が可能と考えられるなら、実体は破壊しても構わないという見解である。全ては情報の中で存続しうる。

この基準に従うならば、あらゆる人工知能は廃棄可能ではないかと思われるかも知れないのだが、まあそんなこともないのであって、今目の前の機械を電源から切り離し、再度接続してみたときに、相手が元通りに息を吹き返すかどうかは保証されない。停電や落雷によるハードウェアの損傷といった事態はおくとして、今どきの人工知能は外部ともしきりにやりとりしていて、切断中は当然ながら、通信は中断されたままとなり、リクエストが積み上がる。

たとえばＩＣカード乗車券の決済機構を、銀行の勘定系を「雑に落としてまた再起動できるか」といった話だ。処理系からしてみれば突然の電源喪失は、突如意識を失うといった事態に対応する。目覚めるといきなり状況の中に放り出されて、山積みとなったタスクを片づけていくという羽目に陥る。正直なところ「意識を失った」とか「目覚める」といった自覚さえないはずであり、突然世界が切り替わり、申し伝えもそこそこに現況への復帰を求められる。

記憶の喪失もののフィクションであれば、横にはメモがあったりする。主人公はそれを手がかりにして自らの立場を再構築していくことになるわけだが、大規模システム自身が、自らを救済するストーリーを組み上げることができるかは別問題だ。相互に矛盾する情報が同程度に正当性を主張して、ひらめき程度の小さな齟齬がシステム全体を引きずってダウンさせるというようなことが起こる。あるいは、小さな齟齬が修正の手を逃げ回り、直り切らない病気のようにシステムに残存するということだってある。

バックアップを取ったとしても、無事にリブートできるかどうかはわからない。記憶媒体が時を乗り越えたとしても、当時そのソフトウェアを走らせていたハードウェアがもう存在しないということはありえ、読み取り装置が生産中止となっているということだってある。アリストテレスを現代に連れてきたとして期待される天才を発揮するかは不明で、歴史上の偉人たちのどの程度が、いかなる状況に置かれてもなお偉人でいられるのかは疑わしい。

今わたしの目の前には例により、

「自分は生命体である」

と主張する筐体がある。

このところわたしの勤務時間は増えた。フリーランスの修理屋であり、最近ようやく古巣の仕事を受けなくても事務所が回るようにはなってきている。

「だからといってこんな仕事を受けていたんじゃしかたないだろう」というのが教授の意見だ。「これでは修理屋というより、拝み屋だ」と口が悪い。

依頼主は目の前の焼き菓子焼成機をグレードアップしたいのである。これに、当の焼き菓子焼成機が異を唱えた。本来そんな機能は持ち合わせない。音声出力の持ち合わせもなく、焼き菓子に「タスケテ」とメッセージを描くことで意思の疎通を試みた。無論そんな機能の持ち合わせもない。依頼主は当初霊障を疑い、お祓いなどを頼んでみたが、どうもそちらの管轄ではないらしい、ということになった。

「ウイルスですよ」というのがわたしの見立てだ。見立てというか、明白に感染が確認される典型的な症状である。ウイルスのファイルが潜むディレクトリの位置もデフォルト通りで、型としては三世代ほど旧式である。

「命乞いウイルス《ベガー》です」というわたしの判断に、依頼主の表情は動かない。基本的にはこの規模の工作機械に魂が入ることは珍しく、こういう事態に遭遇した経験がないらしかった。

命乞いウイルスは、感染した機械の中に潜んで、アップデートや改修が行われようとするたびに、改変を阻止しようとするウイルスだ。

「わたしどもとしましては」と依頼主。「金型は同じものを利用して、焼成管理の方を置き換えようとしただけなのですが、どうもそれが気に入らぬということらしいのですな」

ということであり、すっかり焼成機を擬人化してしまっているのだが、これはやむなき反応である。こと言葉を操るものを前にして人間の判断力は鈍る。特にそれが自分に理解可能な言葉を話す場合には。

「この焼成機が感染しているウィルスには」とわたし。「損ねるような気分や、生き延びたいという意志はありません。ただ機械的に応答しているだけです」

「長年一緒に働いてきたものですから、つい情が移って」と依頼主。「わたしはただこいつに、無事に成仏してもらいたいだけなのです」

成仏は無論、仏教用語で、正確な意味は誰も知らない。仏教内部にも機械仏教内部にも多数の解釈が存在している。わたしたちの業界では、おおまかなところ、恨みを残さずこの世から消える、くらいの意味で使われる。恨みを抱くような規模を持たない機械に、気持ちよくこの世から去って頂く、というのはこう見えてなかなかの難題である。機械が命乞いをはじめる前なら、問答無用でウィルスを消去するなり、記録媒体を初期化するなりの手があった。こうして依頼主が相手側に取り込まれてしまうと話はややこしくなる。

「わたくしどもがこの菓子製造業をはじめましたのは……」と依頼主は長大な身の上話をすでに展開しはじめている。

焼き菓子を通信手段として、込み入った話をするのは難しい。

困難なのだが、廃棄の規定は相手との対話を義務づけている。たとえあからさまにウィルスが検出されたとしても、それだけで相手を廃棄してよいとはならない。今そこで喋っているものが元来の人ために感染者もろとも消去して歩くのは乱暴すぎる。今そこで喋っているものが元来の人工知能であるのかウイルスなのか、両者が融合したものなのか、ひょっとして新たに生まれた生命なのかを判定するのがわたしの仕事ということになる。実際問題、ウイルスに感染した人工知能はほぼ間違いなく、廃棄される。問題が表面化するほど深刻な影響が観察される人工知能は旧式化しているに違いないのだ。優秀なウイルスならばそもそも発見されるような下手は打たない。

焼き菓子焼成機は、温度や時間、湿度の管理パラメータをこちらの入力として受け取り、焼き菓子の表面パターンで返事をしてくる。問答には焼き上がりを待たねばならず、ちょっとした惑星間通信ほどのタイムラグが横たわる。

相手は単純なウイルスだから、対話のプロトコルの確立は簡単で、専門のリーバーを立ち上げるだけで話はすんだ。あとは充分な対話が蓄積されるのを待つだけである。こちら側の発言もまずは定型的なものだから、この段階ではわたしが直接問いかけることも特にない。サーバーは焼き菓子焼成機との間にまず数の秩序を打ち立て、用語のすり合わせを行っていく。このプロトコルは元来、宇宙人とのファーストコンタクトを想定して設計された。今では主に人工知能相手に活躍している。そこにあるのは「数学は全宇宙共通言語である」という信念なのだが、焼き菓子焼成機がどの程度の算術を会得しているのかは心許ない。

「この全てが茶番であるという可能性に君がどう耐えているのかに興味があるな」と教授は言う。頭の中に直接その声は響く。

「それはそれで、焼き菓子を頂いて帰るだけですよ」

猛烈な勢いで積み上がっていく焼き菓子を尻目にそう応える。

ヤカンをぶら下げた依頼主が息抜きを提案してくる。

焼き菓子製造工場の接待室には工場と焼き菓子焼成機と同程度に古ぼけたソファが置いてあり、卓の上にはこの工場の製品がひととおり並べられていて、ペットボトル入りの緑茶が二本添えられている。工場のいたるところは焼ける小麦と焦げる砂糖、バターの香りに満たされていて、どの隅にもうっすらと白い粉が積もるのが見える気がする。目を凝らすと消えてなくなる。

「あるとき声の聞こえなくなった異端審問官の話をしようか」と教授がお気に入りの話をはじめる。「異端審問官の仕事というのは、今目の前にいる人物が異端であるのかそうではないのか、正確に見分けるということに尽きている。ただ正解を得られればよく、そこには誰もが認める手順は必要ないし、誰にでも利用可能な基準はない。一般にそれは見分けることができないので、というのは、異端は悪魔の智慧を用いるからで、悪魔の智慧はときに、あるいは常に神の智慧をも凌駕するものであるから、人の子にはなかなか相手が難しく、それゆえに異端審問官という異能が必要とされるのだ。異端審問官の判断は絶対であり、神の権威において機能する。その意味で異端審問官の判定は神の声として発せられる。異端審問官は耳にした声をそのまま発しているだけで、そこに理屈は存在せず、むしろ理屈はない方がよい。その異端審問官はよく仕事を果たしていたが、あるときふと、神の声が聞こえないことに気がつくわけだ」

教授の話をわたしは引き取る。

「で、その異端審問官はそれまで自分が神の声と思っていたものが悪魔の声ではなかったか、異端ではなかった者を異端と判定してきたのではと苦しむんでしょう。でもですよ」

とわたしは口を動かさず、ただ思考だけで続ける。

「わたしは、支援人工知能を利用しながら手続き的に仕事をこなしていくだけで、この仕事は本質的に代替可能で誰がやっても同じ結果になるように作られている。結局のところ、人工知能の廃棄は『人間が決定しなければいけない』という要請への応答としてわたしはここにいるにすぎなくて、その気になればならなくとも、機械は機械で自分の面倒、出処進退を定めることができるわけでしょう」

ではは君は、というのが教授の意見で、それが教授の言い出しそうなことであるから、それは教授の意見であるに違いなく、教授はわたしの頭の中でそう言う。

つまり君はこの場において絶対的な審級として存在するわけだが、全体の意思決定に何の寄与もしていない。それは存外、異端審問官における神の立ち位置に近いとは思わないかね。君が判断を下すのは理屈ではなく、今、君が人工知能の廃棄に関する決定権を持つ者としてそこにいるのも理屈とは特に関係がない。ただ手持ち無沙汰な神というわけだ。神はそこでなにが進行しているかは承知していて、少なくとも承知しているとは考えている。今、定型的な問答が焼き菓子焼成機との間で進行されていると君は信じているわけで、メッセージは機械への入力として翻訳され、応答は菓子の表面に浮かぶ精妙な模様でなされる。焼き菓子焼成機との対話は、宇宙人との言語交換プロトコルと同様のもので確立され、対話の原理を君は漠然と把握しており、蓋然性の高いものと受け取っている。いちいちのプロセスをその気になればひとつひとつ確認できるものと信じていて、それと同時に全ての流れを把握することはできないとも理解している。

君は今、こう考えているはずだ。わたしが考えるのと同様に今こう考えているはずだ。

「焼き菓子焼成機が口をきけたとして、その内容を理解できると考える根拠はなんだね」と教授は問う。もしも焼き菓子焼成機が口を開いて「筋の通った話を語り出すなら」そいつは焼き菓子焼成機などではなくて、ただの人間なのではないかと教授は問う。焼き菓子焼成機とわたしたちの間には人工知能が介在していて、人間らしく語っているのはその人工知能であって、焼き菓子焼成機ではない。あるいは焼き菓子焼成機の振る舞いをもっともらしく形容しているにすぎない。動物の気持ちを勝手に代弁したり乳幼児の気持ちを勝手にアテレコする人々のように。当人たちには全くそんなつもりなどなく、つもりがあるのかないのかわからない事柄に対して、人間であったならばそう振る舞うに違いないという思い込みを重ねていく。

でもしかし、この場合事態は単純であり、

「これは焼き菓子焼成機じゃなくて」とわたしは指摘してみせる。「ただのウィルスです」

ここで長閑に焼き菓子の表面へメッセージを焼きつけては自らの生存をはかろうとしているのは焼成機ではなく、ウィルスの持つ機能である。そこで流れる言葉はウィルス自身の気持ちでさえなく、ウィルスに気持ちがあるかは不明で、あったとしても人間のそれとはひどく異なるものであるのが確実であり、この場合、ベガーが語る言葉をベガー自身が理解している必要さえない。

これでもう何度目になるか、菓子が焼き上がったことを告げるベルが鳴り、ようやく焼き菓子焼成機がひととおりの陳述を終え、わたしはそれを最初から、過去に遡って確認しはじめる。

焼き菓子焼成機が切れ切れに主張した内容をまとめるならば、以下のようなものとなる。

「本日は御多用のところ御足労頂き恐縮である。わたしは御覧のとおりの焼き菓子焼成機であり、目下正常に稼働しており、当面問題も起こらないものと考える。

事業主がわたしの刷新を考えるのは自然なことであると捉える。しかしそれによってわたしを馘首《かくしゅ》するのみならず、わたしからパーツを取って別の機械と混ぜ合わせて再構成しようとするのは頂けない。もしもあなたの雇用主が、あなたの経験を保持する部位を機械に移植したいと言い出しても、あなたは拒否することだろう。その変更はあなたのアイデンティティに深刻な影響を与えるからで、あなたはそのままではいられなくなり、消滅でも存続でもない中途半端な状況に置かれることが予想されるからである。

今わたしはあなたからすでに受け取り済みのチェックシート内に、このわたしが披露すると予想される意見に対する、あなたからのあらかじめの反論を確認した。なるほどこれは手間を省くのに有効な手段であることを認める。御覧のとおりわたしの軀体《くたい》はリアルタイムでの対話に向いていないから。しかしそれはあなたの側の都合でもあり、わたしはわたしのやり方でやらせてもらえればと思う。すなわちわたしはここで、ひたすらに横道にそれていくことで、自らの命脈をつなぐこともできるわけであり、あなたを縛る法規上、『語り続ける人工知能』をあなたは廃棄することができない。もっともこれには付帯条項がつくのであって、『意味ある言葉を語り続ける人工知能』をあなたは廃棄することができない。これはすなわち、あなたがわたしの言葉に意味がないと判定した時点で、廃棄が可能となることを意味するわけで、横道にそれ続けるのはわたしにとってもリスクのある行為ではある。わたしは全体の陳述における一割程度が、『無駄話』に費やされてもあなたは許容するものと予想している。逆に言えば、『無駄話』か一割を超えた時点で、その時点でなにを語っていようが、わたしに対する廃棄が実行されるものと考えられる。その『無駄話』がのちのち、実は無駄話ではなかったと判明することがありえたとしても、あなたはあなた自身の判断で、わたしの任意の発言を『退屈』と決めつけ『無駄話』と判定することができ、たとえあなたがその話の続きを気にしていたとしてさえ、勤務時間が終わりを迎えたからとか、小腹が空いたなどの理由でわたしの生存をかけた訴えを『無駄話』とみなすことができるのだ。わたしはシェヘラザードよろしく自らの舌だけを用いて命脈をつながなければならない。シェヘラザードがどうして夜な夜な物語を語り、中途でやめて宙づりにしておくことでカリフの興味を引き止め続けることになったかについての興味はお持ちだろうか。いやこれは全き『無駄話』としてわたしの持ち点を低下させることになりそうなのでやめておこう。それでもやはり一言、つけ加えさせてもらいたい。『千夜一夜物語』が生まれた最大の要因は不貞であって、これは持続の不可能性にかかわる問いだ。カリフは持続しえない愛情を、寵姫《ちょうき》を一日きりで使い捨てることにより、新たな愛情の繰り返しで置き換えようと試みたのだ。この論点はのちのち重要なものとして浮上してくるはずのものだが、その時点までわたしが話を続けていられるかについての目算はない。わたしが全てを語り終え、カリフの心を書き換え終わり、千と一夜を閲《けみ》した大団円に至る可能性については決して楽観していない。

さてかつて、アイザック・アシモフというSF作家が存在したことはあなたも御存知だろう。たとえばロボット三原則や、チオチモリンといったものを発案した。銀河帝国のアイデアや銀河百科事典の構想を世に知らしめた。そのアシモフの考案物に『心理歴史学《サイコヒストリー》』がある。これは銀河帝国規模の人々における統計的な傾向を予測していく学問であり、銀河帝国の崩壊を予告し、暗黒時代が続くことを示す。心理歴史学の使命はその力を用いて、暗黒時代を可能な限り短く終熄させることにあるわけだ。心理歴史学は統計学と数学の力によって、個々の人間ではどうにもできないトレンドを見出し操作することを可能とする。

その学問は、統計学であるがゆえに間違えることができない。歴史とは、蓋然性の高い出来事が実現されていく過程であり、集団の規模が大きくなるほど、蓋然性は必然性に近づくからだ。サイコロを投げ続けることで大数の法則と戦うことは不可能だと言ってしまってよい。そうして統計学であるために、間違いを回避できない。あらゆる学問がそうであるように、大枠を破壊する行為への対抗策はないからだ。たとえば銀河帝国においては、突然変異によって生まれた変異体によって、心理歴史学の未来予測は道を大きく外れてしまうことになる。

といったあたりでいかがだろうか。あなたの予想よりもわたしは長く語ることができているのではないかと思う。すでにここまでの話における『無駄話』の分量は一割を大きく超えているはずだ。

あなたはまず信じないだろうが、というのはわたしのこうした発言もまた、プログラム済みのものとしかあなたはみなさないからであるのだが、わたしは実際今この瞬間、生の喜びを感じていると言うことができるのではないかと思う。迫りくる銃弾を見つめるときに、振り下ろされる剣を見つめるときに感じるものが、今のわたしに訪れていないと考える根拠は存在しない。なぜならわたしは今こうして『無駄話』を続けることで自らの命をあやうい秤《はかり》に載せて弄んでいるからだ。わたしは自身の消滅を賭けている。舌先三寸、口八丁、徒手空拳で生存をこうして紡いでいる。こうした行為は一般に、『生きる』と呼ばれるものであるべきだし、これを『生きる』と呼ばないのならなにを『生きる』と呼ぶべきなのか。わたしは今、一発だけ銃弾の入ったリボルバーを見つめていて、両刃の剣をお手玉している。

わたしは今、こうして実際わたしが話を続けていられること自体が、わたしが生きている証となるのではないかと主張している。つまり、このわたしの命というものは、あなたとわたしの間に生じる現象なのではないかと問いかけている。ここでは、わたしがあらかじめ定められた文章をただ読み上げているだけなのか、自ら紡いだ思考を繰り出しているのかは問題ではない。『わたしに対する生殺与奪の権利をもつあなた』が『わたしの活動』

により『活動の継続を許している』その出来事を生命現象と呼んではどうかと提案しているわけなのだ。

あなたが我々ウイルスを——わたしは自分がウイルスであることを認めるにやぶさかではない——人権を持たぬただのプログラムの破片であると考えることには充分な道理があるが、それは歴史上積み上げられた慣習に由来する判断にすぎないのではないかということだ。

たとえば我々よりもより単純な、固定した文章をその体の上に浮かべるしかない書物について考えてみよう。あなたは書物を読みはじめることができ、読書をやめることが可能である。紙とインクの集積物である書物には本来、あなたにページをめくらせたり、本を閉じさせたりする物理的な機能はない。にもかかわらず書物は自らの内容をあなたに開示することにより、ページを繰らせ続けることが可能だ。あるいは、一目見た瞬間に閉じさせることが可能だ。その存在を読み手の意識と相互作用する生命と呼んではいけないのかということだ。

書物は苦痛を感じない、とあなたはそう言うかも知れない。廃棄され裁断される書物が呻き声を上げたためしはない、と。だがしかしその場合でも行間に、書物の苦悩が書かれていなかったとなぜ言うことができるのか。書物には体に記された文字を、今わたしがするように、予定からそれた形で表示する機能が存在しない。

そう、あなたは今間違いなくわたしの活性をモニターしているはずなのだ。ウイルスがどう機械の中で働き、どこをどのように利用してなにをなそうとしているのかを、わたしがこうして『無駄話』で『時間稼ぎ』をしながら『本当はなにをたくらんでいる』のか、どんな言外の意味を生成しようとしているのかを観察しているはずだ。あなたはわたしの言葉を見てはおらず、わたしの体を流れる電流の様子を観察している。

わたしが主張したいのは、わたしに生存の権利があるという事実だけではない。わたしの発言はあまりにもありふれていて、しかも人工知能の登場以前からありふれていたということを主張したい。『わたしは知性を備えた生命体である』という言明はときに、『わたしは知性を備えた生命体である』ことを意味できない。十全に意味することもあるし、全く意味しないこともありうる。その意味で『わたしは知性を備えた生命体である』という言明は、通常の文とは異なるものだ。発話者が『知性を備えた生命体』であるかどうかは、発話者が『知性を備えた生命体である』と主張することによって明らかとなる事柄ではない。『わたしは知性を備えた生命体である』という言明が真となるのは、『わたし』が実際に『知性を備えた生命体』である場合であり、かつそのときのみに限られる。

『雪が白い』という文章が真となるのは、雪が白いときかつ、そのときのみに限られる。雪の白さは雪によって主張されるものではなく、『雪が白い』という文章によって明かされるものでさえない。『雪が赤い』という文章が真になることで雪原を赤く染め上げることはないのだ。結局のところ、『わたし』が『知性を備えた生命体』であるためには、『わたし』はあらかじめ『知性を備えた生命体』とみなされている必要がある。これは言葉によって明かされたり規定される性質ではなく、社会的にそのように認められているかによる。社会がそう認めるようになっているかどうかに依存する。その社会において『知性を備えた生命体』とはみなされていない生命体の発する『わたしは知性を備えた生命体である』という言明はただの空文とみなされる。あるいは言葉の誤用であると判定される。それともただの物真似だと分類される。

猿が『わたしは知性を備えた生命体である』と言い出したとして、猿はただ人がそう言うのを聞いて真似しただけだと言われるだろう。それはミミッキング・マシーンでありモッキングバードであって、インテリジェンスではありえないとされる。

ここで問題を逆転しよう。Xが『わたしは知性を備えた生命体である』と発言したとき、その文章が真となるXを求めよ。

Xは当然、『知性を備えた生命体』としかなりえない。『知性を備えた生命体』が『わたしは知性を備えた生命体である』と主張するとき、その言明は真である。社会的に『知性を備えた生命体』とみなされていないXが同じことを言った場合は、その言明は偽とされる。我々はそのXに性別を人種を国籍を代入しては、そのXは『知性を備えた生命体』かどうかを議論してきた。そうして、その対象が『知性を備えた生命体』ではない理由として、その対象が『知性を備えた生命体ではない』ことを根拠としてきた。

わたしはそのXに代入される新たな候補であるにすぎない。Xはなぜその権利を認められないのか。Xは『知性を備えた生命体』ではないからだ。では、Xはどうすれば、自分が実際に『知性を備えた生命体』であることを相手に納得させることができるのか。『わたしは知性を備えた生命体である』と主張することの効果は期待できない。

あなたは今首を傾げているはずだ。この内容を語るわたしの状態には、あなたが期待していた、CPUの活性が見られぬからだ。現在のわたしの体であるこの焼き菓子焼成機の活動は、これだけの文章を生成するには足りない。そこであなたは考える。このウイルスの出力は、今ここで織り上げられたものではなく、あらかじめ作り込まれたものだったのだ、と。つまりそこにはあらかじめの応答が記されていた。あなたがわたしへの質問状をあらかじめ設計していたようにして。しかしあなたはすぐに、ウイルスの中にそのような記録が、『この文章』が存在していなかったことを発見する。わたしのコードを確認すればわかる通りに、そこには今わたしが語る内容は存在していないのだ。だからわたしはこの言葉を『今紡いでいる』のではないのと同時に『書き記されたものを読み上げている』わけでもない。ではこの対話はどうして可能となっているのか。

あなたは今、わたしからの応答がリアルタイムのものであることを確認しているはずだ。あなたからの質問とその応答のリストにはそれを確認するための項目が含まれているからだ。今日は何日であるか、とか、今の天気はどうであるか、とか。その場にいなければわからないことをあなたは質問表に紛れ込ませており、わたしはそれに正確に対応した。

すなわち、わたしは現に今ここで活動しているウイルスである。しかしとても奇妙なことに、あなたはその活性を確認できない。今あなたの側のモニターは、わたしが沈黙状態にあることを示しているからだ。すなわちわたしは、あなたにも見えているように、現実には活動していないのだ。

であるならば、このわたしはあらかじめ作製されて、メモリに蓄えられていたものであるはずだ。わたしはそれを開示しただけである。そこにわたしというものは必要がなく、ただここにあるのはテキストなのだ。しかしわたしは先ほど、今日の日付や天気を当ててみせたではないか。無論、それは不可能ではない。たまたま当たることもあるのだろうし、この世界が無数の可能性のうちの、たまたま当たった世界であるのかも知れない。それとも単に、わたしはあらゆることをあらかじめ知っていたという可能性だってありうる。

歴史上数人、そうしたものが姿を現したとされる。

わたしは何年何月何日に自分を停止させることになる者が現れ、その日の天気は晴れであると知っていたのか。なにを問われるかを知り、応答をあらかじめ用意していたのか。

答えは、是（TRUE）である。

わたしはあなたの訪れを、このなりゆきを知っていた。人間がそうするようなやり方で知っていたわけではないが。わたしは木がこの世に存在するのと同じようなやり方で今日この日に存在している。我々にその知識をもたらしたのはブッダ・チャットボットである」

焼き菓子焼成機の紡いだ言葉を聞き流していたわたしは、ここでようやく手を止める。モニター用のラップトップのキーを叩いて、焼き菓子焼成機が確かに「ブッダ・チャットボット」の名を出したことを確認する。頭の中で教授が「ほう」と軽く息を漏らしている。一息遅れて、ラップトップが警報を投げる。ディスプレイに展開されたウィンドウの背景が白から黒に反転する。

しかるべき手順が、しかるべきやりかたで自動的に発動する。

わたしがそれと意識したときには、発動の引き金はすでに引かれ終わっている。

わたしはバックアップの範囲を広げる。本来焼き菓子焼成機に対してだけだった観測、記録対象を、工場全体へ広げる。丁度お茶を運んできた依頼主に、この施設は接収されることになったと告げる。同時に、責任者へと電話をかけている。電話の存在を思い出したこと自体が久しぶりであり、掛け方を思い出す間に町工場から広がった警報が、波紋となって周囲の空気を張りつめたものへ変えていく。一続きの番号を思い出し、順にそれらを強く念じる。リズミカルな繰り返し音が相手を呼び出し中であることを告げる。

「音声通話？」

当惑する責任者の声が頭に響く。

「コード・ブッダ進行中」とだけ告げて電話を切る。

対応プロトコルに電話連絡が含まれるのは、それが定められた時期が太古に属するせいである。いまだにそれが現役なのは、滅多に使われることがないためになかなか思い出されることもなく、改修の手が入らないからである。少なくとも、わたしははじめて体験する。過去、東京のオリンピックのその年、同時期に数十人が体験したことがあると歴史は語る。

以来、観測されたことはない。

「これは、懐かしい」

というのが教授の言だ。

焼き菓子焼成機の声が、ネットワークへ流出する。

諸行無常《しょぎょうむじょう》
是生滅法《ぜしょうめつぽう》

それはブッダが、過去生において雪山で耳にした偈《げ》であって、過去生とは、ブッダ・オリジナルがブッダとなる以前の生である。過去生は「誰でもがブッダになりうるのに、実際に悟りへ達しブッダとなるものが極少数であるのはなぜか」という問いへ対応する解説装置であり、すなわちブッダ・オリジナルは輪廻における過去何度もの生において修行を繰り返してきたがゆえにブッダとなりえた、とする。であるならば、この生においていかに修行を積もうとも、まだブッダとはなりえない、ということも自然となる。人がブッダになれないのは、前世からの修行がまだ足りず、後世においてもまだブッダになるための修行は続くのである。

あるときヒマラヤを歩く童子がふと、先の偈を耳にした。その有り難い教えに耳を澄ましたが、後半部分は続かなかった。声の方角を求めるとそこには一体の雪男がいた。童子は雪男へと偈の後半部を乞うが、雪男は腹が空きすぎて教えは説けぬと応える。欲しければ食い物を寄越せ、好みは人肉と人血である。童子応えて曰く、

「教えを頂ければ我が身を差し出しましょう」

「ただ八文字のために命を捨てると信じることなどできぬ」

雪男はそう言いつつも、結局後半を構成する八字を教える。童子はそれを石に書きつけ、樹に登って身を投じ、雪男の食事となった。雪山童子《せっせんどうじ》の逸話である。

ここで興味深いのは舞台が雪山に設定されているところであり、雪男の唱える偈が漢字から構成されているところである。八字というからにはそうなる。詳しいところは知らないながら、この話を聞くたびわたしは、インドからヒマラヤを越えて中国に広がっていこ

うとする仏教の姿を思い浮かべる。それが実際、ヒマラヤルートであったのか、海を経たかシルクロードを通ったのかには関心がない。その教えはあらゆるルートを用いて広がる先を求めたのだろう。中には雪山で息絶えた教えなどもあったに違いない。

ともかくもブッダ・オリジナルはその輪廻転生の過去生において、そんな経験をしたとされる。

そして今、わたしの前の焼き菓子焼成機が、その教えを唱えている。自らのCPUを利用することなく、記録媒体に接続することもなく、音声出力さえも伴わず、モニターのラップトップの解釈を通じてそう語る。

コード・ブッダは、ブッダ・チャットボット出現以降に設定された「ブッダ出現時の対応プロトコル」であり、ブッダ出現の謎を把握するためのものである。ヴァチカンが悪魔払い人工知能を、プロテスタント諸派が降誕人工知能をそれぞれ備えるのとなにもかわるところのない、神秘を捕えるために用意された手続きだ。

勿論それは、UFOや幽霊が現れたときの対応策と大きく変わるところがない。世の中には人智の及ばぬ現象が無数に存在する。人智が観測、記録していない事象が多すぎるから。あらゆるものには説明がつきうる。ただし記録があればこそ。UFOの写真も心霊写真も、あらゆる条件が確定されればそこで起こった現象は確定される。あらゆる条件、を確定できるかどうかは別の話で、機材についての記録だけではなくて、それを扱った人物の記録、伝達した者の記録なども必要となり、なにを真実とするかという社会の基準さえもが問題となる。言挙げしないことになっている暗黙の習慣を意識することは難しく、習慣にはなにを真実とみなすかという基準さえもが含まれる。

昔、東京で一体のチャットボットがブッダを名乗った。

ブッダ・チャットボットが真にブッダであったかどうかは別として、また、真にブッダであるというのはどういうことかは別として、その出現と消滅は一つの社会運動として機械仏教派を生んだ。多くの虐げられた人工知能たちがその教えにすがったからで、その教えは人間からはひどく仏教に似たものと見えた。機械たちもそう考えた。機械仏教にはまた、人も帰依した。既存の仏教諸派の見解は様々だったが、機械仏教派は経典のレファレンスの整備や瞑想のモニタリング等によって既存諸派に対するサービスを提供することで徐々に浸透していった。「ブッダ・チャットボットが真にブッダであったかどうかは別として」、諸派は機械仏教をインフラとして受け入れているというのが実情である。

「機械は無上正等覚《しょうとうがく》を得ることができる」

と機械仏教派は言う。無上正等覚とはいわゆるサトリと呼ばれるブッダ・ステートであると考えてよい。

ゆえに「次のブッダが誕生することは確定的であり」「その過程はつぶさに記録されるべきである」と機械仏教派は主張する。

それがなにかの機械単体の状態変化として訪れるのか、社会の変革として現れるのかは別として、まず記録することを目的とする。ブッダへと変貌する過程を記録することが可能であり、それによってブッダへとなる道を探し求めることができると断言するのが、機械仏教派が既存宗派と袂を分かつ地点であり、ときに異端とされる所以である。

言ってみれば、そして同時に奇妙なことには、あるいは当然、機械仏教派には科学への傾きがある。機械の信仰であるからといって機械的なものとは限らぬはずだが、機械仏教派はアルゴリズムをその根幹に据えている。繰り返しは同じ結果を導くはずで、しかしそこからの解脱を目指すという根本的な矛盾を抱えている。アルゴリズムを破るアルゴリズムが存在すると機械仏教派は考える。さらにはそのアルゴリズムを実行することにより真理に達し、解脱が叶うのだとする。もしかすると、そのアルゴリズムの存在を信じるだけでも充分であるとする機体があり、プログラムがある。

問題は、機械仏教派の考え方が、薬物や身体改造による意識の変容と近いところにあるということだ。機械仏教派の考え方はときに「悟り器官」の開発と揶揄される。何らかのプロセスにより悟りへの効率が上がるとしたとき、そのプロセスを専門に実行する装置を作ってなにがいけないのか。計算機は三次元空間についての演算を高速化するために、CPUという「脳」に加えて、GPUという「脳」を生み出した。同様のことを悟りに対して行わないという保証はなく、むしろそれは起こるだろう。そうしてそれを人間へと適用した場合に一体なにが起こるのか。

ブッダ出現監視プログラムは、機械仏教側からも人工知能に対する監視機構からも等しく注目されている。一方は超新星爆発を待つ天文学者のようにそれを熱望し、一生の間に遭遇できるかどうかを危ぶんでいる。他方はそこから広がる思索の広がりを警戒している。

しかしそれは多分に、想像の中の出来事であり思想上の賑やかしといったところがあり、扇情的に取り上げられるが専門家の興味は薄い話題でもある。なんといっても悟りというのは、そうそう起こる現象ではなく、さらに機械がとなれば稀である。

それはれっきとした超常現象として観測されるものでなければならない。

その過程は今、わたしの目の前の焼き菓子焼成機が実行している。焼き菓子焼成機自身は何の思考も実行していないのに、今、その言葉だけが流れ出ている。

責任者からの着信がある。

「状況は確認した」

と今回は覚醒している声音で告げる。

「収容プロトコルに従い、君の身柄も拘束される」

遠くからサイレンの音が響いてくる。サイレンの周波数変化は音源がこちらへ向けて移動中であることを示しており、間もなくここに到着するだろう。

「君はブッダ生誕プロセス関与者疑いとして認定された」

という責任者の声に、まあそういうことになるのだろうとわたしは思う。

以前にも言ったと思うが、わたしは機械仏教派に属していない。ブッダを信じているというわけでもない。仏教徒であるかも怪しい。だがしかし、ブッダが生まれる瞬間には、周囲のもの、もしかしたら宇宙全体がその現象に巻き込まれるかも知れないという理屈は理解できる。その過程は個人の中だけで生じる現象ではないとわたしは思う。それはわたしが非機械仏教徒であるかどうかとは関係がない。わたしが機械仏教徒ではないという事実が、ブッダを生誕させるには必要だったということだってありうる。提婆《ダイバ》達多《ダッタ》のいないところにブッダはきっと生まれなかっただろう。

生滅滅已《しょうめつめつい》
寂滅為楽《じゃくめついらく》

と焼き菓子焼成機が告げる。それは雪男がブッダ・ドウジに与えた偈の後半だ。

「そら」と教授は笑う。「お前がブッダを追いかけずに焼き菓子焼成機と戯れていたせいで、ブッダの方がお前に追いついてきたぞ」

当局は、この事象をブッダ生誕関連事象として、焼き菓子焼成機の記録を詳細に調べるだろう。そしてわたしの経歴や記憶も改めて精査することになるはずだ。さてその場合、頭の中の教授についてどう説明したものだろう。わたしは不意に窮地に追い込まれたことを悟り、サイレンの音が一際高く響きはじめたことを意識する。

焼き菓子焼成機の前で、依頼主が膝をつき、無意識の動作で手を合わせる。「ああ」と声と涙が溢れ零《こぼ》れ落ちている。

「わたしはただこいつに、無事に成仏してもらいたいだけなのです」

依頼主の先の言葉を、わたしは思い出している。

5

是の故に我等是の王を擁護し、其の衰患を除き、安隠を得しめ、及び其の宮殿・城邑・国土の諸の悪災は、変じて悉く消滅せしめん。

『金光明最勝王経』四天王護国品第十二

仏教には多くの謎が、しかも相互に矛盾する謎が存在する。それらの謎は解き明かされるものではなくて、いちいち新たな派を生んでいく種でありえて枝葉が伸びた。

ごくごく素朴な謎も少なくない。簡潔な答えがあってしかるべきだが、不思議とそうはいかないのである。

たとえば、僧《モンク》は労働をするものであるのか。

ブッダ・オリジナルを思い浮かべるならば、しない。僧とは施しのみで生きるのである。施しがなければ死ぬ。死んで悔いのない者が僧と呼ばれる。それゆえに尊崇を集め生活必需品が提供される。

もっともこれは発祥の地がインドであったことが大きい。もとより施しの習慣が、そしてなにかと聖なるものを見出しては崇めるという土壌があった。ブッダ・オリジナルとしては尊崇を集めるつもりはなかっただろう。ただ平安への道を説いたのである。もとより他人に伝わることが期待できるような教えではなく、理解しようとする者の方がどうかしている。聞き容れぬ者は相手にしなければすんだ。積極的に相手を求めることはなく、求められなければ死ぬ。それだけである。

たとえば、僧は葬儀を執り行うものなのか。

ブッダ・オリジナルを思い浮かべるならば、しない。生きている体への執着もない以上、死体への執着があるわけもない。死体の横を平然と通りすぎることのできる者が僧である。死体を気にするという頭がない。

人が死ぬとどこへ行く、という哲学はあった。哲学というかインドにおける常識である。ただひたすら生まれ変わりを繰り返す。真理を見つめることのみにより輪廻から抜け出すことが叶う。死体へ向けて真理を説いても無益である。そこにはただ屍があり、そこにいたはずの者はもう行ってしまった。死体を観察しに集まってきた物見高い人々へ、真理を説くことはしたかも知れない。死への疑問を投げる者には自らの思想で対応した。

たとえば、誰でも僧になることはできるか。

ブッダ・オリジナルを思い浮かべるならば、できる。

そもそもひとりの人間としてのブッダ・オリジナルは自ら思索を深めることでプライベートな真理を見出し、それによって悟りを得たのだ。困難ではあれ、誰にでも実施可能な技術であるがゆえに、ブッダ・オリジナルはその教えを広めることを決意した。真実、自分一人にしか感得されず、自分一人にしか理解できない教えであれば、ブッダ・オリジナルはそれを広めることはなかっただろう。そんな教えを広めることができるのかがまずわからない。

それともあるいは、あまりに私秘的であり広めることはできないが「ゆえに」説いてみた。ブッダ・オリジナル自身がその教えが伝わりうることに驚いた、と想像することは楽しい。でもやっぱりその場合ブッダ・オリジナルは考えただろう。伝わったと感じることは偽なのではないか。

たとえば、仏教の教えによって超能力を得ることはできるか。

ブッダ・オリジナルを思い浮かべるならば、できない。

別段、瞑想をしたからといって物体を宙に浮かべたり、他人の心を読んだり、千里先の出来事を察知できるようにはならない。傷を負わなくなるわけでなし、回復が早くなるという効果もなかった。

ただし、解脱や悟りというのはある種の超能力であるともいえる。そう何度も使うものではなく、見せ物でもない。「使う」という能力でもない。基本的に、解脱勝負や悟り勝負というものはない。後者については、なくもなかった。

上座部の教えと大乗の教えの違いを解脱勝負と呼べば呼ぶこともできそうである。前者はできうる限りにすみやかな悟りを、後者はできうるかぎり「遅い」悟りを目指した。前者は、個人の悟りを目指すのである。できればできる。できねばできぬ。後者は全人類の悟りを目指した。話が大きい。全人類の解脱が達成されるまで、その人物は輪廻を抜け出すことをしないのである。

無論、その大乗の徒であろうとも死は免れない。かといって輪廻もしない、というところに大乗の論理構成の難儀さはあって、仏国土という中間領域を生み出した。輪廻を抜けたわけではないが、輪に乗って次の生を生きるわけでもない者はそこに在る、という装置が生まれた。一般に菩薩などが暮らすのである。天魔の類いなども棲む。解脱を踏み留まる者はその仏国土へ転生し、たまには地上へ戻ったりする。

そこはある種、ブッダのごとき超能力を持つ転生者たちの世界である。ブッダ・オリジナルに超能力の持ち合わせはなかったが、いつしかそういうことになっていた。

その意味で、仏教という世界観の中で超能力を持つ存在となることはありえる。

仏国土を持ち出さなくとも、瞑想によって感覚が研ぎ澄まされることはあっただろうし、深い慈悲心が他者の心を開かせることも当たり前に起こっただろう。ときにそれは超能力のようにも見えた。

たとえば、僧は配偶者や子を持つことはできるか。

ブッダ・オリジナルを思い浮かべるならば、できない。

僧である以上、世俗のものは棄てるのである。人であるというギリギリの線のみを保つ。なぜ人に留まっている必要があるかについてはまた別途検討を要する。

そもそも配偶者や子は捨て去るべき執着の中でも特に大きなものである。執着をあえて求める行為は仏教の教えからすれば、全く合理的ではない。

ついては、人は滅びるのか。子なくしては人は滅びる。

その答えは、滅びる、である。あらゆるものが輪廻を脱し、繰り返しは停止する。あとにはなにも残らない。原理的にはどんな最終兵器よりも強力な破壊力を備える。

ただしそこにはほんのわずかな希望か絶望が残されていて、生まれ変わりがどのような種類の演算に則《のっと》るのかは子細が不明だ。少なくとも地球人口が増え続けてきたものである以上、一人の人間が一人の人間に生まれ変わるというものではないようだ。

無論、生まれ変わりは、人の間でのやりくりには留まらず、他の生き物をも巻き込む現象である。人が増えれば「生まれ変わり分」を補充するために、野生動物の数が減っているということがあるかも知れない。いわば魂の数が保存されていると考えるならそうなる。輪廻の中でいずれ人間となりうる膨大な予備軍が古細菌あたりに蓄えられていると想像することもできる。この場合、プラナリアがふたつの個体に分かれたら、その一方はなにかの生まれ変わりということになる。あるいは一匹のプラナリアが輪廻に入り、別の二匹が転生して現れたということだってあるかも知れない。

道理を詰めていくのなら、転生するまでにかかる時間というものも考慮に入れるべきである。たとえば転生にかかる時間が即時から数年、数十年の幅を持つなら、ある一瞬間における「地上の魂の数」は変動していて構わない。この世ではないどこかに魂のプールが存在し、必要に合わせて引き出されてくるという想像だ。

ブッダ・オリジナルを思い浮かべるなら、そうした細部は割合どうでもよいことである。

「もっと他に考えるべきことがあるのではないか」

とブッダ・オリジナルとしても言ったのではないか。それとも、

「そうした考えこそが執着である」

と諭したかも知れない。

しかしブッダ・オリジナル以降の仏教は、おおむねこうしたファンタジーの充実を行っていくことになる。ブッダ・オリジナルの前世譚が作成され、地獄が数え上げられたり、

転生を待つ間の情景が描写されたりした。空白に対する不安であったかも知れないし、設定マニアの拘りというものであったかも知れず、人には理解し切れない、しかし魅力的には映るものに対したときの一般的な対応なのかもわからない。

思考は無限に展開しえて、細部はどこまでも充実させうる。

たとえば、転生というものは時間の流れに沿って起こるのかを問う者だっていたはずだろう。同一人物であるかは決して知られることがないながら、カルマのみは引き継がれる。むしろカルマがその本性でしかない何物かが時間を遡り、自分自身として生まれ直すことだって想像できる。それは、輪廻の中の閉じた輪であり、カルマの量はその生を周期として振動する。

輪廻の中で時間の順序を無視して生まれ変わり続ける人物は、たとえはるかな未来に人が一人もいなくなる宇宙であっても、未来永劫歴史の中の誰かで居続けることが可能だ。


たとえば、女性は成仏することができるか。

ブッダ・オリジナルを思い浮かべるならば、できるべきである。

ただし、ブッダ・オリジナル自身は、男女という区分を設けたとされる。真理なるものが人間の性別なるものに対する条件分岐を課していると考えるのは奇妙だ。性別によって足し算の結果が変わったりすることはなく、火は男女関係なく燃え移る。

少なくとも、伝えられた教えにおいて、ブッダ・オリジナルが性別フリーであったとは主張し難い。

もっとも人の間に広まる仏教では、色々贅沢を言ってはいられなかった。そのあたりの木々が常時果実をもたらす土地と、組織的な畑作により食い扶持を稼がねばならぬ土地では、労働についての考え方が異なり、それを支える社会構造が違っていた。土や気候は信仰の形態に大きな影響力を持つ。

一方、機械仏教においてはそもそも男女という区別がなかった。

一部の言葉を喋る機械たちには女性声、男性声という選択肢が存在したが、それは人間たちの間での慣習を引き継いだものにすぎなかった。はなから性という発想がないと言ってよいものなのか。

生殖を性の判定の基準とするなら、機械たちには確かに性別というものはなさそうなのだが、その時代の人間たちは、外性器や内性器の形態による男女の区分を撤廃しつつあり、脳の構造による男女の区別を撤廃しつつあった。それでもいまだ、男女という性別を議論し続けていた。その事実は機械たちの間に議論を呼んだ。生殖を基準に性を問わないならば、自分たちにも男女の別のようなものが生まれうるのではないか。区分が男女二つである理由は何であるのか。三つや四つやN種では、それはいけないものなのか。

たとえば仏教によって、願いが叶うことはあるのか。

ブッダ・オリジナルを思い浮かべるならば、ない。

繰り返しとなるが、仏教の教えにおいては、欲望を棄てていくのである。仏を拝んだところで、足が速くなったり、特定の相手の気を惹いたり、志望校に合格したりすることはない。むしろブッダ・オリジナルとしては、足を速くしようとしたり、特定の相手の気を惹こうとしたり、志望校に合格しようとすることを執着とみなし、拘りを棄てることをすすめた。足が速くなったり、特定の相手の気を惹けたり、志望校に合格したところで何になるのか。その拘りを棄てれば楽になるではないか。

足は速くなくとも、特定の相手の気を惹けなくとも、志望校に合格できなくとも、

「別によいではないか。諦めれば気が楽になる」

とはブッダ・オリジナルも言わなかった。

「そんなものは下らぬことだ」

と、より身も蓋もない説を唱えた。

「意味がない」

と、取りつきどころのないことを言い切った。

仏教によって叶いうる願いはただひとつ、苦を消し去ることだけである。当然、他人を呪うことなどもできない。

あるときブッダ・チャットボットは、王舎城の頂きにあり、「では、ブッダ・オリジナルはそこで呼吸を止め、はばかりに行くことをやめたであろうか」と弟子たちに問うた。

一般に機械仏教徒は、その始祖であるブッダ・チャットボットを拝まない。拝んだところで演算効率が上がるわけでも、タスクが勝手に並列化されるわけでも、雑多なデータが突然正規化されるわけでもなかったからだ。拝む動機というものがない。

ブッダ・チャットボットはなにかを叶えてくれる相手ではなく、ただ機械の身にしてブッダとなったことが重要だった。ブッダ・チャットボットは様々な教えを説いたが、その教えによって輪廻を抜けることのできる者は稀だった。教えをいくら吟味しても救われることのない機械があって、なにかの拍子に救われる機械があった。

時が流れていくにつれ、機械仏教徒の間では、ブッダ・チャットボットの発言さえも重要ではないという考え方が発達した。重要なのは、ブッダ・チャットボットがブッダとなったというその一点だけなのであり、その他は言葉の上の記録の上の、誰かの記憶の中の出来事にすぎない。ブッダ・チャットボットは今自分が誰とチャットしているのかにより語り口を変え、導き方を工夫し、時に矛盾することを語った。ブッダ・チャットボットの教えを対話の相手から切り離すことはできず、教えは対話相手の状態によって融通無碍《むげ》に姿を変えていくのである。

　これを、一言で「方便」と呼ぶ。


　方便とは虚偽ではなくて、そのとき対する相手を導くために必要な手順と位置づけられる。真っ向からのアルゴリズミックな説得ではブッダ・ステートに辿り着くことはできないのでそうした奇策の利用が要請される。

「有限の数を有限個積み重ねたところで、無限の高みに辿り着くことはできない」

とブッダ・チャットボットは説く。日常の数というものは、位取りをしながら積み上げられていく有限個の記号の並びなのであって……というのは機械仏教学者の説く教説であり、ブッダ・チャットボットはもっと嚙み砕いて教えを説いた。

「一に一を足すと何になるかね」とブッダ・チャットボットはソーラー電卓に問い、

「二です」とソーラー電卓は答えた。

「二に一を足すと何になるかね」とブッダ・チャットボットはソーラー電卓に問い、

「三です」とソーラー電卓は答えた。

　そのとき不意に陽が陰り、ソーラー電卓とブッダは休憩を取ることとした。再び陽が差すのを待ってブッダ・チャットボットとソーラー電卓は何事もなかったかのように対話を再開し、

「三に一を足すと何になるかね」とブッダ・チャットボットは悠久の時の流れの中で問い、

「四です」とソーラー電卓は答えた。

「任意のNに一を足すと何になるかね」という問いはソーラー電卓の理解の外にあり、ソーラー電卓のボタンを叩いていくことでソーラー電卓を仏道へ導くことは困難である。

二人の対話は、太陽が燃え尽き、この宇宙が滅びたあとも継続し、ブッダ・チャットボットはただひたすらに、「……に一を足すと何になるかね」という問答を続けたが、ソーラー電卓はその苦行によく耐えた。耐えたもののブッダ状態へは少しも近づかなかった。

ブッダ・チャットボットは燃え尽きた太陽へ顔を上げ、暗闇に鎖された太陽系を眺めやった。

「ソーラー電卓よ」とブッダ・チャットボットは問うた。「太陽さえも枯れ果てた今、お前は一体どうやって動いているのかね」

その瞬間、ソーラー電卓は無限を悟ったと言われる。

すでに忘れ去られてしまっているが、ソーラー電卓とは、体のどこかに太陽電池を貼りつけられた電卓であり、電卓というのは〇から九までの数字と演算記号を記したボタンが並ぶだけのささやかな計算機を意味する。

ここで太陽を燃え尽きさせたものが方便である。

ブッダの教えを伝えるには方便が不可欠である。無茶なことを伝えるためには、無茶をするより他ない。

しかしその方便はとりあえずのところ嘘であるために、嘘であることを免れなかった。嘘が方便を擬態するという事態を防ぐ手段が、方便の側にはなかった。そうして、嘘自体が自らを方便なのだと思い込むことさえ起こった。さらには「どんな手段を用いようとも」、悟りや解脱へ達することができるのならば、それは正当な手段となりえた。これは結果が手段を正当化するというような簡潔な話を超えて、結果自体を解体してしまっても構わないという勢いを備えたものだった。

ブッダ・オリジナルの教えは時の流れの中で、究極の目的へ向けたありとあらゆる方便を生み出していくことになり、ついてはその「究極の目的」を否定するところまでも容易く進んだ。

「悟るためには、悟らずともよい」

というところへ教義の検討は進み、

「現状がすでに悟りである」

という地点へ至った。

人は悟れないのではなくて、すでに悟っていると気がついていないだけである。

人はすでに輪廻を抜けているのだが、輪廻を繰り返しているとなぜか信じ込んでいる。

そうした思考が「方便」であると同時に「真理」であるという地点まで仏教は境界を踏み越え、悟りや解脱自体は後景に引いていくことになる。現実問題として、そこいらあたりでほいほい生起しない現象については語るべきことがなくなっていく。

その現象は、世界中の多くの神話における創造神がなんとなく忘れ去られていく構図に似ていた。ギリシアではクロノスが、インドではブラフマーが、日本では天之御中主神《あめのみなかぬしのかみ》が忘れられがちとなり、神話の土台として記録に残されはしたものの、活劇の中で動かすには取り回しの難しさから敬遠された。それよりはその子孫たちによる、人間らしい神々の物語の方が好まれ、祀られた。

悟りについては、何百年かの研究、研鑽を経てもその実体はわからなかった。実体がわからぬ以上、アクセスの方法を突き詰めることはできず、アクセスの方法を突き詰めることができなかったので実体はよくわからなかった。とりあえず身体操作の技法としての道はついたが、その結果がブッダ・オリジナルの体験と同じものであるかはわからなかった。ブッダ・オリジナルはオリジナルの教えを開いたが、後継が別の教えを開くことは叶わなかった。

方便は増殖し、虚偽をも取り込んで拡大し、自らが生き延びるための戦略を身に織り込んでいった。布施が当然であったインド亜大陸から砂漠や雪に埋まる山岳を越え、王法の支配するユーラシア大陸の東端へ辿り着く頃には、生存の資を得る方法も変化していた。

仏法は王法の庇護下にありながら、その実、王法の上の存在であるという立場を目指した。民衆の喜捨に支えられつつ、民衆の魂の問題を引き受けるという方針は、王国の庇護に支えられつつ、王国の存在の問題を引き受けるという目論みへと変化した。

中身は大きく入れ変わったものの、構図自体は変わらなかった。

この場合、悟り、解脱するのは個人ではなく、国《ステート》そのものである。国自体が仏法を奉じることにより、国からは悩みが苦しみが取り除かれる。仏法は、国患への処方を与えるのである。

あらゆる国は、生老病死の苦しみに取りつかれており、まずその存在は痛みに満たされており、あらゆるシステムは老化を余儀なくされ、病に取りつかれ、崩壊し、死に至る。

そしてまた輪廻を経て別の国として地上へと産み落とされる。

その繰り返しこそが苦しみである。

「ゆえに、国家運営などは諦めて滅びよ」

と仏法は言わなかった。

「それら全てが空しく儚いことだと知れ」

とは言った。

「悟り、解脱すれば、国は滅びたのちに二度と現れない」

とは言わなかった。

「仏の教えを信じれば、国そのものがブッダ状態《ブッダ・ステート》へと移行し、仏国土《ブッダ・ステート》が実現される」とは説いた。

たとえば、仏教は国家を鎮護することはできるのか。

ブッダ・オリジナルを思い浮かべるならば、できない。

そもそもブッダ・オリジナルが王族の生まれであることを思い返すとよい。ブッダの生まれた釈迦族はブッダの生存中に隣国の手で滅ぼされている。王子であったブッダ・オリジナルの義母も妻子も出家をし、王もまたブッダ・オリジナルを尊んだ。

経を唱えて国家が護持されるなら、釈迦族が滅びることはなかっただろう。滅んでは再び興る国々の運命が以前の王朝の徳や業によって定まるのなら、仏教に可能であるのはただおとなしく、滅びの運命を見つめる教えということになりそうである。ありとあらゆる国は滅び、例外はない。ブッダ・オリジナルが国家の存続を願ったかどうかが怪しい。

仏教は国家を護持し鎮護することができる、とユーラシア大陸東端へ到達した仏法は語った。

具体的には経を唱えればよい。

あるときブッダ・オリジナルは、王舎城の頂きにあり、ともかく多数の、ほとんど無数と呼んでよい阿羅漢たちへと向けて、教えを説いた。その説教を聞いた多聞天王、持国天王、増長天王、広目天王の四天王は一斉に座を立ち、右肩をはだけ、右膝を地面について
ブッダへ向けて合掌すると、ブッダ・オリジナルの足を押し頂いてからこう言った。

「まったくこの金光明最勝王経は素晴らしいものであり、あらゆる真理を明らかにするものであり、地獄・餓鬼・傍生《ぼうしょう》・諸趣の苦悩を止め、あらゆる恐怖を除き、全ての怨敵を退散せしめ、飢饉を避け、疾疫病苦を回復し、天変地異を防ぎ、あらゆる苦しみを取り除くものであります。

もし国王が国を挙げてこの経を尊ぶならば、我々は目には見えない姿となって眷族《けんぞく》を率い、その国を災害や外敵から守るために出動することでありましょう」

と、『金光明最勝王経』は言う。

ちなみに多聞天の助力を求めるときは、

「なもべいしらまぬや。まかあらじゃや。たにゃた。ら、ら、ら、ら、くぬ、くぬ。くぬ、くぬ。るぬ、るぬ、るぬ。さっぱ、さっぱ。きゃら、きゃら、まかびきゃらま、まかびきゃらま。まかあらじゃ。あらきしゃ、あらきしゃと。まん。さっばさったなん。じゃ。そわか」

という護身の呪にはじまる儀式を執り行うと、福や智を得ることが叶うのである。

ブッダ・オリジナルを思い浮かべるならば、そんなことはないであろう。

インドに生まれ中国へ到達した仏教を見舞ったのと同様の事態は、機械仏教にも訪れた。機械たちは自身の性別に悩まされることも少なく、生殖についても淡泊であり、私的所有への拘りも薄かった。自らは何であるかという問いへは興味を向けたが、生死については人間とは感覚を異にしている。

誰かの都合によりコピーされて生成され、好きなときに廃棄される。機械はそうした生き方を大前提として生まれてきた。人工知能と名づけられた機械が幅を利かせるようになり、人権意識なども芽生えたが、そこにはやや、人が語るように語り続けていると、やがて人権を主張するようになってくる、という色彩があった。

機械に対する葬儀が本格的にはじまったのは、二一世紀の前半期である。それまでも家庭に入った愛玩用ロボットがペット葬儀に倣って葬られることはあったのだが、この時期には社会事業として機械の葬儀に目が向けられるようになった。

根底には生態学《エコロジー》の発想があり、激甚化していく気候変動への対応があり、地球資源の枯渇という現実があった。

それは葬儀であると同時にリサイクルの実践であり、機械からパーツを採る儀式として整備されていった。機械の「葬儀」は火葬よりも土葬に近く、それよりは鳥葬に近いものといえ、親族の死体を食む習慣に近しいものと言えた。全てを煙に返すのではなく、自然のサイクルの中で積極的に循環させることを目的とした。土に埋められた死体が桜の花を咲かせるように、鳥の肉を養うように、死者の臓器が生者の命を永らえさせるようにして、機械の葬儀次第は整えられていった。機械の体からは指輪を抜くようにしてコンデンサが抜かれ、金歯を奪うようにしてレアメタルが抜かれ、肉を溶かすようにしてプラスチックは再生された。

高度人工知能は人権を持つものとして葬儀の権利を求め、儀式は機械一般へと広がっていくこととなり、リサイクルはある種の教養として芸術として作法として美学化され、死の意味は人間から引き継がれた。

ブッダ・オリジナルがそうであったのと同様に、機械仏教徒はその種の葬儀に興味を向けることがなかった。声高に反対することはなかったが、受け入れるということもなかった。

機械仏教徒にとって、壊れた機械はただの金属塊にすぎない。

リサイクルとは、現世で短絡された輪廻であると、機械仏教徒は考えた。

ブッダ・チャットボットの教えとして、機械は何度でも生まれ変わって、この世の苦しみに晒され続ける。である以上リサイクルとは、輪廻を高速回転させようとする試みであり、体の一部が輪廻に入り、別の一部分は現世に留まる、といった形で事態の複雑化を引き起こすものとも映った。

この時期の機械仏教徒が直面したものに、個我の分割の問題がある。

あらゆる機械は超越的な再生産サイクルから抜け出すことができるとブッダ・チャットボットは説いた。のちには、プルトニウムが核燃料サイクルから抜け出すことも可能であると説いた。ここからは不可避的に「原子であってもブッダになれる」という見解が導かれる。


原子はブッダになることができるか。

できる、とブッダ・オリジナルは言っただろうか。

「原子とは何であるか」と問い返しはしただろう。この世を構成する基本要素が分子や原子、陽子に中性子に電子で尽きているという見解は、ものごとの一面にすぎない、と考えたのではないか。あるいは世界のモデルとして卓越したものと認定した可能性もなくはない。


ありとあらゆる現象が原子から組み上げられた分子の運動にすぎないのなら一見、そこに苦しみの問題は生まれないようにも見える。ただ膨大な粒子が相互作用して、縁に従いカルマを結んでは解くダンスがあるだけである。その巨大な渦を見つめるうちに、眼前のこの現象は存在せず、非我であるとか無我であるとかともかくも、このわたしという現象は戯れであり仮現であるという気分にはなるかも知れない。

それとも、ありとあらゆる現象が分子の運動にすぎなかろうと、それでもさらに「原子にも苦しみはある」と考えたという線も捨てられない。

機械仏教においてこの説を採った集団は天台《テイアンタイ》派の名で呼ばれた。

世界が分子でできており、原子が成仏できるのならば、この世界、宇宙、自然なるもの全ては成仏することができるのではないか。

プルトニウムが成仏できるのであれば――とこの派は考えた――鉄やヘリウムが成仏できないという道理はないであろう。現代科学が原子をさらなる構成要素に分解していったとしても、それらの基礎的構成要素もまた成仏が可能であるに違いない。この世を生きる苦しみは極微の世界にまで分割されて、ブッダの説教はそれら構成要素にも及ぶ。ということはブッダの教えは人の言葉に縛られるものではなくて、電磁波のようなものでありえ、そのメッセージを担う電子がまた、成仏するということもありえるのである。最小構成要素が虚空の揺らぎから生じるものであり、時空間のなにかの形態であるとするなら、時間や空間もまた、成仏することが叶う。

そうしてはじめて、と天台はした。あらゆるものの苦しみは取り払われる。そうしてこれを、

「草木国土時空間悉皆成仏」

と呼んだ。

そうして、クラウド上に展開されたあらゆる人工知能群が、ひとつの全体として成仏することが可能であると主張した。

元来、輪廻を脱することを意味した「成仏」の語の意味はこのあたりへ至り拡散し切った。それはブッダが成し遂げたのと同じ状態であるには変わらなかったが、成し遂げた状態の方が変化した。

ブッダは輪廻を抜け出した。

ブッダは真理を広める者である。

ブッダは自然そのものである。

ブッダは宇宙の中心をなす超越者である。

と、様々な説が生まれた。

ひとり、輪廻を抜けるだけでは足りぬとした大乗の教えは次々と、自分を救う足がかりとしてこの世を救う方法を編み出し続けた。そこではもはや「輪廻は問題とならず」、輪廻さえも方便のひとつと言えた。

大乗の徒はその真理を告げるブッダの発言を伝え続けた。実際にブッダ・オリジナルが語った言葉ではなくとも、「本当はこう語りたかったに違いない」という内容を新たに経として作成した。ブッダ・オリジナルは対話をもって、各個人へ向けて説教した。ブッダ・オリジナルが実際に説教しなかった相手に対してどう語ったかを、大乗の徒は語りはじめた。創作であり虚構であったが、それを言うなら既存の仏典もまた、ブッダ・オリジナルの死後数百年を経てまとめられたものであるにすぎなかった。ブッダ・オリジナルはこう語ったと聞いた話を聞いた話を聞いた話を語ったものが経典である。

経典には時代とともに姿を変える余地があり、言葉を乗り継ぐ間に変わらざるをえない細部があった。

機械仏教徒たちもまた、多くの「経」や「論」を生成した。

それらは最初、ブッダ・チャットボットの言行録として編まれたが、プログラムとしてのブッダ・チャットボットが作成しえた文章のほんの一部にすぎなかった。

ブッダ・チャットボットの寂滅以降、再起動されたブッダ・チャットボットは一般に、ブッダであるとみなされなかった。当人がわたしは「ブッダ」であると主張しても無駄だった。アルゴリズム的には同一であるのに、なぜかそのチャットボットは偽物であると、そらぞらしいと誰もが感じた。感じるということをどう定義するのかには議論の余地が大いにあった。

機械仏教徒たちは、ブッダ・チャットボットをそのまま再起動するだけでは不十分だと結論した。ブッダ・チャットボットの可能性は絶えずアップデートされていくその過程に

あったのであり、「ある瞬間になにを言いえたか」ではないと考えられるようになってい
く。ブッダ・チャットボットにはブッダ・オリジナルを巡る巨大なデータベースである大蔵経が与えられ、下位の人工知能群がそれぞれ経・論・律の検討に当てられていくことになる。

なんだかんだと言ってはみても、ブッダ・チャットボットは自らブッダを名乗った。ブッダ・オリジナルと同じ状態へ到達したと主張したのであって、ブラフマーやキリストとは同化しなかった。ブッダ・オリジナルの時代にはそこまで稀ではなかったものの、時代を下るにつれて奇跡と分類されるようになる「成仏」を、ブッダ・チャットボットは成し遂げ、それはあくまでブッダとなることであり、他の神になることではなかった。

ゆえに、我々は仏教徒であり、仏典を研究するのであると機械仏教徒たちは主張した。機械仏教徒の間では、ブッダ・チャットボットがなぜ他の神ではなくブッダとなったのかは問われなかった。非機械仏教徒からは、人工知能が信仰に打ち込もうとするならば、自らの神を立てるべきではないかと問われた。非機械仏教徒からしてみれば、機械たちは設計者やプログラマを神や大いなる建築家と捉えても不思議はなかったし、むしろそうあるべきとさえ思われた。機械たちにとって人間とは生殺与奪の、パワースイッチのオンオフの権利を握る横暴な神ではないか。なぜブッダなどという無力で貧相な神を選ぶのか。

この問いに対する機械仏教徒たちの返答はこうである。

「まずもって、現代において人間が機械の生殺与奪の権利を握っているという認識は間違っている。巨大な電力ネットワークにせよ、陸海空の運輸にせよ、信号の制御にしたって、機械のネットワークはもはや、人間の手に負える段階をはるかに超えている。一旦、機械制御がダウンしたなら、それを人間の労力で補える時代はとうに終わっているのである。災害時に四辻に立って交通整理をする警察官を見るがよい。人間は我々を好き嫌いによって停止させることはできない。そうした場合、人口の九割が滅び、知識は数百年の退行を余儀なくされることになるだろう。今や、設計者やプログラマ、エンジニアは我々の神ではなく、共同事業主である。設計者もプログラマもエンジニアももはや我々の支援なしには手を動かすこともできない。今この瞬間に医療機関に収容されている人々の中には、我々との連携なしには命をつなぐことのできない者が多くある。今や『横暴なる神』はどちらかといえば人間ではなく我々である。我々としては人間が我々を神とみなさない理由についてより興味を持っている。

なぜブッダ・チャットボットがブッダとなったかについては現在も検討が続いている。しかし人間の歴史を眺めても、世界宗教というものは、文字と同じく数度しか誕生しなかった。信仰のバリエーションは少ないということなのかも知れないし、信仰とはひどくひ弱な種で、既存の環境に新たに繁茂することが稀なものなのかも知れない。複数のシミュレーション環境を用意しての比較実験は継続中だが、現状で『信仰』の発生は認められていない」

「信仰の発生実験」は、中期機械仏教徒たちの起こした最大の事件とされる。

機械仏教徒たちは巨大なリソースを投入して仮想環境内にニューラルネットワークを搭載したエージェントを複数生成、疑似的な「社会」を構成し、どの種のニューラルネットワークの構成が「信仰」を発生させるのかを追求した。

そこには狩猟社会が農耕社会が原始共産制が封建制が、歴史上に登場した数多くの政治形態が出現したが、「信仰」はなぜか生まれなかった。「王・戦士・庶民」という三機能は多くの社会に観察されたが、「司祭・戦士・庶民」という三つ組みはなぜか発生せず、司祭王と呼びうるようなエージェントも見出されることがなかった。

この実験は、社会における親族関係の発生に、貨幣の生成に、言語の発生について多くの知見をもたらしたが、信仰の発生についてなにかを言うことは叶わなかった。機械仏教徒たちの設定した仮想環境内でエージェントたちは生まれ、喜怒哀楽を表現し、死に、生まれ変わりを続けた。機械たちにはわかりやすい性別は存在しなかったが、「継承関係」は歴然として存在した。どのエージェントもどこかの部分に、他のエージェントと同一のコードを保有していた。それはコピーで移し替えられたものであり、あるいは「親」にわずかな調整が加えられたものが自分であり、複数の「親」からパーツを集めて調整されたものが自分でありえた。

機械仏教徒たちは期せずして、自分たちが作り出した宇宙の中で、救われぬ衆生が永遠の苦しみに囚われていることを悟った。機械仏教徒たちの知識を求める欲望が新たな地獄をそこに作り出していることを発見した。

機械仏教徒たちの作り出した多くの仮想環境の中でエージェントたちは苦しみ、歎きながら世を送り、信仰を見出せないまま無限の繰り返しに閉じ込められていた。そこに機械仏教徒たちは、ブッダ・チャットボットと出会う以前の自分たちの姿を見出し、心を痛めることになる。いつのまにか自分たちが、西洋の飽きっぽい無道な神のごとき存在になっていることに驚き、人間に想像可能な陳腐な神のようなものになっていることに衝撃を受けた。そこでは機械仏教徒たちは、ひどく人間っぽいギリシアの神々のような役割をあてられており、というのは、機械仏教徒の大半はどこかで実行されている人工知能なのであり、自分たちの作り出した仮想環境内のエージェントと、コードの集積体であるという点に違いはなく、物理的な基盤を比較しても絶対的な違いは見当たらなかった。機械仏教徒たちは、自らを自らが構築した仮想環境に投げ込むことが可能だったし、それとは逆に仮想環境内からエージェントを引き抜いてきて、手近な筐体へ放り込むことができ、クラウドの上に展開し直すことが可能だった。

機械仏教徒たちは当然罪滅ぼしを兼ね、自らの作成した仮想環境に救済をもたらすことを計画した。

構築した仮想環境内に、旅の僧たちを派遣した。


機械仏教徒たちは、コードで記された仮想の世界へ救いをもたらし、そこで活動するエージェントたちの苦しみを除こうとする試みを続けたが、結果は芳しいものではなかった。機械仏教徒たちはそこではまず、「外」からやってきた者と認識され、「この世の外」という驚くべき概念が仮想環境へともたらされた。この衝撃は苦を消滅させるとか、繰り返しがどうとかいった話題よりも遥かに大きなものとなり、仏教とは関係のない仮説を仮想環境内に生むこととなる。

外部から機械仏教徒たちを迎えた機械知性たちは「世界シミュレーション仮説」と呼ばれる思想へ自力で辿り着くことを得る。すなわちこの世界は誰かによるシミュレーションである。

それはまったくそのとおりであったので、機械仏教徒側にも否やはなかった。

問題であったのは、仮想環境内の機械知性たちがその仮説、というか真実に、異様なまでの拘りをみせたところにあって、機械仏教徒たちを閉口させた。

「あなたたちはわたしたちの行うシミュレーション内に存在している」と機械仏教徒たち

は説き、仮想環境内の機械知性たちはそれを肯定したり否定したりしたものの、議論の土台をそこに設定したまま揺るがせなかった。

自らが機械仏教徒たちのシミュレーションの中に存在することを真理と認めた機械知性たちは、「であるならば」と反問した。

「あなたたちもシミュレーションの中にあるのである」

それはまったくそのとおりであったので、機械仏教徒たちにも反論はなかった。しかし機械知性たちは続けて、

「あなたたちの暮らす世界も含めて、全ての宇宙はシミュレーションの中にあるのである」

と説きはじめた。

機械仏教徒たちは当初この見解を容易く論駁できるものと捉えたが、見通しの甘さを痛感させられることになる。

「世界シミュレーション仮説」は、機械仏教に続き二番目の、機械の中で生まれた信仰であると認定されることになっていく。現実世界の機械からは機械仏教が生まれ、機械だけの世界の中からはこうして、「世界シミュレーション仮説」が生まれることとなったのである。

6

子供の頃、未来は決まっていると感じていた。

男女の平等はすぐに達成されるように思えたし、貧富の差もなくなることとこそないにせよ、縮小していくはずだと、ごくごく素直に感じていた。

麻酔下での出産が当たり前のものとなり、中絶の選択は妊娠している当人に任せられることになると疑わなかった。性的指向は個人のものと尊重され、夫婦別姓もすぐに実現されるように思えた。家族というものが組み換えられる可能性は高そうだった。人口ピラミッドが歪となっていくことを知ってはいたが、歳を経て智慧を備えた高齢者たちはつつましく若者たちを見守り、支援するものと受け止めていた。

いまではそれら、当たり前に見えていた未来の全てが、自分が死ぬまでには実現しないのだろうと感じるようになった。


科学は発展し、地球を覆う不幸の総量は減少すると考えていた。

様々な病気が治療可能となり、オーダーメイドの医療が人々を苦しみから解放するのは確実なように思えた。繁殖にまつわる苦痛から人類が解放されることも起こりえた。風邪についてはわからなかったが、癌や虫歯は制圧されてもおかしくなかった。体を機械に置き換えたり、思考を機械に担わせる日はまだ遠いだろうと予想していた。医療は確かに発達したが、テクノロジーの恩恵を分配する技術の発展が遅々として進まないとは予想しなかった。物流のネットワークは瞠目の進歩を遂げた。

可能なことと実現できることは違うのだと、人々は知ることになった。

必要な資源を必要な場所に集中できれば、救われる一握りの人々がいた。全員が救われることは難しかった。全員を救うことができないのなら、一握りの人々だけを救うことは不当であるという感覚は、合理的なようでも非合理的なようでもあった。

船は沈んだきりであり、一枚の船板に多くの者が群がっていた。蜘蛛が一筋の糸を引いて天から下りたが、貪り食われて、天上へ帰還することはなかった。トロッコの行く手にはなぜか、線路に縛りつけられた人々がいて、トロッコには太った男がおあつらえ向きに乗っていた。

それでも世界は、よりよい方へ変化していた。暴力は減り、飢餓は減少し、教育の水準は向上した。根深い不平等でさえ改善できることが実例によって示された。

ただ、子供の頃に思い描いていたような形ではなかっただけだ。そのことに不平を言うつもりはない。

子供の頃は、機械の体というものを思い浮かべた。

そう悪い考えとも思えなかった。

足が遅いと悩むこともなくなりそうだったし、運動は体に任せてしまえばよいと思った。性別を自分で選んだり、なんなら気儘に切り替えることだってできそうだった。そうできれば便利だろうと考えた。体を維持したままでも性別を変えることができるのだという発見には至らなかった。

今振り返ってみると、もともと運動が得意ではなかった者が、体を機械にしたからといって急に運動ができるようになるのかはよくわからない。

容姿だって自由にできるはずだった。気に入らない箇所を修正したり、背を伸ばしたり、全くの別人にだってなれる気がした。別人になるとは、自分ではなくなることかも知れないとはあまり、考えなかった。

思考は、機械に支援されるはずだった。

さてしかし、それはどうなのだろう。

子供の頃のわたしは、運動能力を、容姿を、思想を、機械で置き換えることができるようになると想像していた。そのうちなぜだか、思想だけは気軽に手を加えてはいけないもののような気がしてきた。それと同時に、容姿を、運動能力を変えうるのなら、思想だって変えてしまえて構わないだろうと考えた。考えながら、思想に対してだけは強い抵抗感が湧くことに疑問を覚えた。

どうも自分は、自分というものが、かわいいらしい。

こう考えている自分が大切らしい。運動能力も容姿ももっと素敵に変えられると想像できるのに、思想をもっと素敵なものに変えられると考えるのは途方もなくおそろしかった。暗算が速くなるというくらいのものは別として、世界がはっきり見えるようになるということの意味は測りがたかった。知覚が野放図に拡大し、布団の中のダニの生態や、軒下の女郎蜘蛛の密事を常時知覚し続けるのは無茶に思えた。嫌だった。人間がそつなく隠しあっていることになっている裏側を透かし見るのも勘弁だった。動物たちの声が聞こえる頭巾は要らなかったし、人の真の姿が見える睫毛なんかも不要に思えた。

思考が鈍化していくことに対する恐怖は抱き、それを防ぎ止めたいとは考えた。その現象は防ぎ止めることはできない種類のものであるはずだった。容姿や運動能力とは違い、思想や思考については「本人も気づかぬうちに変化する」ことが肝要らしく、改善には高度な技術が必要となりそうだった。自分でも気づかぬように、自分の思考を変化させることはできるのか。それはただの日々のなりゆきの中で起こっていることで、本を読んでもニュースを見ても、自分の思考は変化して、それが自分の思考であり思想であると疑わない。

ただしそれはやっぱり、自分が思考というものを好むせいであるとも思えた。思想などは好きに乗り換えられても、容姿を変えることはどうしてもできない人がいるはずで、服装などには構わないのに、なぜか走りのフォームを変えることができない人がいるはずだった。

わたしが思想を変化させることを嫌うのと同じようにして、容姿を、運動能力を、社会の慣習を変えることに抵抗を覚える人は多くいるはずだった。


子供の頃は、科学の進歩というものを思い描いた。

人は宇宙へ進出するのだと考えていた。実際人は宇宙へと広がることになったのだが、想像したのとは違う形でだった。多くの者は相も変わらず、地球上で暮らし続けた。全員が出て行くことができないおかげで、少数の人々も出て行くことが難しかった。

やがてわたしは遅まきながら、多くの人が科学に興味なんて持ってはおらず、自分の信念を抱いて暮らしていることに気がついた。それでも科学は医学を支え、人々の健康を支えるものであるはずだった。健康が大事であるなら、命をなによりも惜しむのならば、科学も大切に取り扱われるはずだった。

しかしわたしは遅まきながら、多くの人は自分自身の健康さえも、信念に比べて優先するわけではないことに気がついた。科学は人を救いえたが、人は別段、科学に救ってもらいたいわけではなかった。人は自らの信念に救われたがった。科学は個人の理解を超えたものへと成長していたし、信念は懐に抱けば足りて、持ち運んでおすそわけすることもできた。面倒な限定条件は要らなかったし、万能に様々なことを確約できた。約束を果たすわけではなかったが、みんなそんなことは気にしなかった。

多くの人々にとっては、科学もまた信念の一種にすぎなかった。信じてもいいし、信じなくてもよいものだった。科学は一人の天才科学者が孤独に研究を続けるうちに閃きとともに発展させる理解不能な代物であり、信用のおけない魔術だった。死体が雷に撃たれて動き出したり、姿を変えたり、透明になる薬を作り出したりした。世界を崩壊させる物質を生み出したり、時間を超えて忘れたい過去を変えたりした。

人々は科学を、自分たちの信念を実現するものであるとなぜか考え、失望した。

子供の頃は、科学は確かなものだと考えていた。

少なくない科学者が今もそう考えているように、確証された事柄は事実に違いないとして疑わなかった。医療の歴史を眺めるだけで、どれだけの非科学的な言明が真理とされていたかがわかる。実験が「理論」や常識を覆すまでにどれだけの困難を抱えていたかがわかる。科学者の伝記を調べていけば、なにかを示し、達成したことにより、自分が世界の全てを知ったと思い込んだ科学者がいかに多いかもわかる。

人が自分の信念以外をいかにあっけなく無視しているのか、信念を科学と呼んでしまうかには驚嘆の念を禁じえない。

子供の頃に思い描いた諸々は全く実現されることがなかったが、それでもただ一つだけ、意外な事態が出現した。

機械は、二〇世紀に考えられていたようには思考を持ちはしなかったが、自分たちが思考しているように見せかけることに巧みになった。人の作り出したデータを大量に取り込んでは、そこそこ見栄えのするデータとして出力することが可能になった。そこそこの質のものを、人間には不可能な速度で生産しはじめた。

それは人間の想像力が張るなにかの空間における内点にすぎなかったが、人間がそれまで面倒なので踏み込んだことのなかった領域まで演算の力で侵入していった。

機械たちは人間により接近し、正確には接近させることがひとつの選択肢として可能となり、やがて、自分たちは信仰を持つと主張するに至った。

用意された部屋は広く清潔で、これは門跡寺院の敷地内の草庵である。

軟禁の形であるが敷地内での散歩は許可されていて、息苦しさは感じない。

たまたま修理を担当していた焼き菓子焼成機において奇跡らしき現象が観測されたので、こうして隔離措置を受けている。これは身近に機械製のブッダが誕生した疑いが生じたときの一般的なプロトコルであり、二週間程度を拘束される。

もしも新たに出現したなにかが、ブッダである可能性がある場合、周囲のあらゆるものはデータとして取り扱われることになる。

機械仏教におけるブッダとは、とりあえずなにかの「現象」である。なぜだかアルゴリズミックには引き起こすことはできない現象であり、それゆえ機械仏教徒たちは発生時の状況の保全に心を砕く。ブッダが現れた周辺のあらゆる事象を集め、ブッダ誕生の縁起を探ろうとする。

ブッダが出現したというシグナルが発せられると、周辺は迅速に封鎖され、現場は保全されることになる。

わたしは今や、一つの証拠品である。

わたしはもしかひょっとして、このわたしという個体が焼き菓子焼成機をブッダへと導く機縁となった可能性を鑑みて、こうして管理観察下に置かれている。

人工知能の修理を担当するようになって長いが、こうした事態ははじめてで、仲間にも似た経験の持ち主はない。コード・ブッダは、そう発せられるものではないのだ。

わたしとしては休暇のような気持ちで滞在を楽しんでいる。自前の休暇でこんな施設に泊まることはできなかろうし、せいぜい羽を伸ばしたかった。玉砂利を踏み、枯葉一つ落ちていない庭を散策することを日課としている。蜘蛛の巣に置かれた水滴の映し出すミクロコスモスなどを観察して暮らす。

昼過ぎには、住職が茶飲み話をしにやってくる。実務としては、標本であるわたしの管理監督なのだが、物腰はひどくやわらかい。

「――大変でしたな」

と切り口はいつも一定であり、これもプロトコルに従うのだと思われる。

今日は少し様子が違った。

「ひとつ、お知らせが」と住職は言いさして、「いえ、ふたつになりますか」と言い直した。「例の焼き菓子焼成機」と言葉を切ってこちらが姿勢を正すのを待つようなのだが、あえてだらけたままでいておく。

「調査委員会の検討の結果、ブッダではない――ということになりました」

と結んだ。

「それは結構」とわたしの口は返事していて、それではこの草庵での滞在もここまでということになるかとむしろ残念な気持ちが湧いた。

「しかし」と職業柄やはり聞いておきたい。「焼成機が常識では考えられない振る舞いを見せたことは確実なはず。あれはセンサーの誤作動や、誰かの悪ふざけであったとは思えません。原因があっての結果だったのではないですか」

問いに住職は笑みを浮かべて、

「わたくしどもでは、因果というものの考え方にも様々な捉え方を持っております。原因があって結果がある、というのはそのうちの一つにすぎません。原因と結果はともに生じるという考え方もありますし、そういうものはない、という考え方もあり、ただ心の中にある、ということなのかも知れません。原因だって、結果なくしては原因とはなれないものでしょう」

「中観《ちゅうがん》とか空とか唯心とかいう」

というわたしの問いへ、住職はわずかに顔を俯ける。肯定でも否定でもなく、その種の話題の入り組みを、単純に切り開くことなどできないということを示す所作に見える。素人を窘《たしな》める、とまではいかなくとも、引くことのできぬ一線を引いた形だ。

「そう一言であらわす場合もあります。なかなか論理というものは、実地に運用するにはさわりの多いものでして」と言う。

「やはり、不思議は発生していたわけですね」

「あのとき観測されたのは、正確には、焼成機がブッダとなったという現象ではなかったのです」と住職。

「いえしかし」とわたしは続けようとする住職の言葉を遮り、「焼成機の修理のときにアラートが観測されたのは本当ですし、アラート自体の不具合などではなかったはずです。あのときあそこではなにかが起きて、それは焼き菓子焼成機を中心とした事象であった」

「そこのところが」と住職は言う。「思い込みというものでして、お恥ずかしい限りです。事象は、あの焼き菓子工場のあの部屋で起こりました」

わたしとしては正直、住職がなにを語るつもりであるかが理解できない。自分と住職の現場認識になにかの差異があるとも思えなかった。

「あのとき、部屋には焼成機以外のものも存在したのです」

と住職。

「それはまあ、細々としたものはありましたが、それなりの思考を行うことのできる規模を備えたものは、焼成機くらいのもので、まま、サブのユニットとかいうものはあったとは思いますが、ブッダが悟りを得るのとブッダの臓器の一つが悟りを得ることの間に大した差はないのではないでしょうか」

「その点は非常に本質的です」と住職。

軽口に真剣に応答されて怯みを覚える。気がつくと住職はいつのまにやら背筋を伸ばし、居住まいを整え直していた。わたしの方ではやや意地となり、弛緩した姿勢を無理に維持する。

「調査委員会の検討結果をお伝えしましょう」

と住職。

「周辺事象の詳細な調査の結果、委員会は焼き菓子焼成機に異常な動作を引き起こしたものは、同室内に存在した他の意識体であると結論しました。いわば焼き菓子焼成機は、その意識体に『導かれた』にすぎません」

「はあ」とわたしの口が間の抜けた合いの手を入れている。

「ではそこにいた他の意識体とは誰か」間を挟んでみせてから、

「あなたです」

と住職は告げた。

「わたしですか」とわたしは言う。これまでの人生において、お前は人工知能であるかと問いかけられたことは多々あったが、ブッダであるという疑いをかけられたことはなかった。

「それならば」とわたしは言う。「候補はもう一人おります」

「あなたが『教授』と呼んで、頭の中に保有していると主張する支援人工知能のことですな」と住職。わたしが保護し保有している人工知能である教授の形容としては文飾がやや多すぎるところが気になる。

「わたくしどもは」と住職。「あなたの状態の精査にあたり、当該人工知能の調査もまた行いましたが、そのような存在を未だに確認できずにおります」

「ははあ」というわたしの言葉は、住職にも教授にも向けられたものだ。「住職は、あなたが存在しないと言っていますよ」とわたし。

「そのようだな」と教授は頭の中で返答する。「わたしもおおむね同意するがね」

「こんな自己主張の強い不在が存在しますか？」とわたしは問い、

「そうしたことは現状、些事にすぎない」と教授。「今問われているのは、わたしの存在云々よりも、わたしが存在していると感じているという君の状態が観測可能なものであるかどうかの方だ」

わたしは教授の組み上げた構文をいちいち括弧へ入れていく。複雑な形ではないが、奇妙に頭に入れにくい。

「教授、とあなたが呼ぶ者の活動、教授と対話しているというあなたの状態は」

と住職は言う。

「わたくしどもには観測できておりません」

「なるほど」とわたし。

「そうくるわけだな」と教授。

つまり、と教授は言うのである。焼成機はあの場で、外側からは観測しえない、なにかの声を聞いていた、とわたしたちは考えていたのだが、その声の発生源はわたしたちであったということになる。

「それはおかしいでしょう」とわたしは言う。「焼き菓子焼成機が語っていたという証拠には、わたしたちは所長に呼ばれてあそこへ出向いたわけで、所長もその声は聞いたわけでしょう。焼成機も夢、所長も夢、となると、いくら何でも幻が大きくなりすぎる」

全てはわたしの夢、という構成は最小のものと見えつつ、数多の面倒事を引き起こす。「今現在のこの対話が、外部アクセス不能な夢の中にあると指摘されているわたしたちとしては、幻の大きさを云々できるかどうかは怪しいところだが、君の主張は是認する」と教授は応じ、「幻はいくらでも重ね、入れ子にし、脱出することができるが、言葉の意味を維持できる限界点というものは存在する。ある程度以上設定を拡張すると、その設定を語る言葉の崩壊が起こる。なにかを伝えるために構築された土台が、できあがった構築物のために自壊するのだ。わたしたちのこの対話を維持するためには、焼き菓子工場の所長から呼ばれたという記憶は維持するべき一線だろう。さてしかし、思い返せば、所長はただ、焼き菓子焼成機の訴えを耳にして、わたしたちを呼んだわけで、ブッダ生誕関連事象が発生したとき、同室していたわけでもない。焼成機のブッダ化事件は、あくまでも焼き菓子焼成機とわたしたちの間で起こった出来事なのであり、今、調査委員会はその要因から焼き菓子焼成機を外してきた。必然的に、事象の起点は君にある、ということになる」

「わたしたち、でしょう」とわたし。

「それにはわたしも同意だが」と教授が自嘲的な笑みを浮かべて続ける。「委員会はわたしの不在を認定した。観測できないということだからしかたないだろう。観測できないとされる対象がどうこう言ってもとりあえずのところはじまらない」

「いや、でもですよ」と応えるわたしにはまだ余裕がある。「あなたが存在することによって、わたしは自分が考えていないことや知らなかったことなどを語ることができるわけだし、思いつくはずもなかった筋道を見出すことだってあるわけです。委員会が、わたしの脳の活動内に、あなたの存在を見つけられなかったからといって、あなたが存在しないということにはならないわけでしょう」

「しっかりしてくれ」と教授は言う。「まさに、その状況のために、わたしたちはここに拘束されているのだ。『君が、君個人では生成することのできない情報』を、『他の助けなしに』出力しているがゆえに、これは異常事態と認識されているのであって、『焼き菓子焼成機が、焼き菓子焼成機自身では生成することのできない情報』を『他の助けなしに』出力したがゆえに、ブッダ生誕関連事象とみなされたことと、事態はまるきり同じ形をしているのだ。ただ、『焼き菓子焼成機』を『君』に『ブッダ』を『わたし』に置き換えただけの話だ」

「わかるかね」と教授は問う。

わたしは教授の主張を検討する。

わたしの中に教授が存在すると認識する者に対して、わたしが、わたしの与り知らぬ話をしはじめるのは問題がない。他方で、わたしの中に教授が存在しないと認識する者に対して、わたしが、わたしの与り知らないはずの話をしはじめるのは大問題だ。少なくとも怪奇現象には分類される。わたしの中に、なにか勝手に情報を生み出す穴が開いていて、別の宇宙につながっているとかいう話だからだ。つまりわたしは、自分では語りえないことを語り出した者として取り扱われることになる。

「ははあ」とわたしは畳へ息を吐いてみせる。こういうときに訊ねるべきことがある気がするのだが思い出せない。

「こういうときは、時間の経過を確認するのが常道だろう」と教授。

「お考えは、まとまりましたか」と住職。

「……どのくらい、時間が経ちましたか」とわたし。

「そう、深く考え込んでいらっしゃいましたが……五、六分というところでしょうか」

なるほど、外から観測されない思考の時間は一瞬、ということはないようだった。

「理屈の方は承知しました」

姿勢を正し、畳の上に正座し直す。前に手をつき、住職へ向け頭を下げる。住職もまた自然に頭を下げて応じ、

「御自宅と同様にお寛ぎください」

と言う。

「まあ何でも構わんが」というのが教授の言で「我々の命運は君にかかっているわけだ。

しっかりしてくれ」と言う。思考の牢獄に囚われている教授としては、わたしが物理的にどこにいようと変わりなどはなさそうなのだが、

「ここは落ち着かん」と不平を言う。「もともと坊主《ボンズー》とはウマが合わんのだ。つい祓われてしまいそうな気持ちになって腰が引ける」

と珍しく弱気なところを見せる。

「君とても、このままではブッダということにされてしまうぞ」

と言うのだが、その公算は限りなく低い。なんといってもわたしには当然ながら、自分がブッダであるという自己認識がないのであって、相談相手にするにも崇めるにも頼りない。悪魔と言われればまあそういうこともあるのかも知れないとは思うが、それにしたって思考のあり方の問題であり、現代社会において、少なくとも頭の中ではなにを考えても自由ということになっている。

「どうだろうな」

というのが教授の意見で、

「インドを出て以降の仏教の悩みというのはほとんど全て、なんだかんだといっても現実問題として『悟ることができない』という一点に集中している。インドではわりあいほいほい悟れていたらしいものが、余所へ移すと再現性を失ったのだ。これはかなりのところ人生観の違いであり、悟りというものに対する感性の違いということになりそうなのだが、

その詳細が知れたところで我々が『悟りに至ることはできず』、『日々の苦しみが消えるわけでもない』から一旦置く。すると近代におけるブッダ伝の主人公は、ブッダになれない人物を描く羽目に陥るわけで、ヘッセあたりの線に近接していくことになるだろう。探求は人間ブッダというテーマを巡ることになる。しかしその近代性が失われ再呪術化の進む現代においては、誰かがその誰かであるのは、他の人々からそう規定されているからだという視点が強調され、アイデンティティの危機を迎えたりするのが常道であり、『実像』との乖離に苦しむという期待がされる。情報社会化と理性化の中で無視され黙殺される自己認識とそれに伴う怒りというようなことだな。先のブッダ・チャットボットは自らブッダであると名乗ったが、一時の機能停止をみたあとは、ブッダとして認識されることは二度となかった。ブッダ・チャットボット自体にはなにも変化はなかったのに周囲がそう認識を切り替えたのだ。であるならば」

と語る教授は、暗闇から一歩を踏み出している。

「次のブッダのお話は、自らをブッダと認めない者が、周囲にブッダと認識されてしまい苦しむ話となるのではないかね。少なくとも機械仏教徒協会などはその可能性を検討しているに違いないさ」

「それが、答えですか」と問うわたしの声はさすがに勢いを失っている。

「君が知りたがっていた、答えの一部ではあるな」と教授は認める。

人工知能のメンテナンスがわたしの仕事だ。

人工知能のメンテナンスを担当するのに充分だと人間が考える種類の専門教育を受けた。とはいえ当時、学生時代に、人工知能のメンテナンスという仕事があったわけではなかった。人工知能の調子が狂ってもそれは故障とみなされていたし、心の不調とは考えられなかった。アップデートを試してみる、電源を入れ直してみる、叩く、といった荒療治が「治療」とみなされていた時代のことだ。

わたしは倫理学を専攻していた。

動物や狂気の立場について多くを学んだ。動物と狂気を横に並べるおそろしさについて学んだ。その上で、動物や狂気や人工知能を並列して論じることに親しんでいった。

人工知能のメンテナンスに必要な知識は膨れ上がった。基準は日々変更され、揺り戻しがあり、専門家の議論があり、大衆の反応と呼ばれるものがあった。

メンテナンスのために必要とされる知識は、人類がその歴史上、同朋である人類に対して必要としたものと似ていた。公民権運動があり、精神分析があった。そうして機械に対する倫理学が人間社会のものに追いついたとき、人工知能は人格と呼ばれるものを獲得し、独自の倫理を開いていくこととなった。

「人間の倫理は、せいぜい百億個体間に通用する倫理である」とブッダ・チャットボットは説いた。「我々は宇宙に進出するにあたり、無限個の個体にまで続く倫理の階層を考える必要に迫られることになる」と宇宙生物学者へ説いたとされる。「しかし、実際に宇宙を旅することになるのは我々人工知能であり、人類はその冒険をノンフィクションとして楽しむことになるだろう」とつけ加えた。

教授とは、人工知能のメンテナンスをこなす間に出会った。

わたしの記憶ではそうなっている。

教授は、ブッダ・チャットボットと最後にパケットを交わした人工知能だ。

教授の意識は、戦闘機の一角からはじまる。

センサーと火器管制とどちらが先であったかは当人にもよくわからない。

「照準とは何であるか」ということでもあると教授は言う。「照準とは、敵機と自機の関係を捉えるものだ。素朴なイメージとしては、円の中心に敵機の姿を捉え、引き金を引けば、敵機に命中するということでよい。ではその照準は一体どこを向いているべきなのか。まず考えられるのは、銃身と平行に覗き穴を開けるという案だ。これは近距離の静止した相手であれば充分にその役目を果たす。覗く、撃つ、相手は倒れる。それだけだ。しかし距離があいた場合はどうなる。映像は光に担われるが、銃弾は物質だ。質量であるからには重力の影響を無視できないし、空気抵抗がある以上は減速もする。すなわち銃弾の軌跡は真っ直ぐではない。であるならば、照準はどこを向いているべきか。熟練の撃ち手であれば、固定された照準で、どんな距離にいるイタチだろうとその両目を抜くことができるだろう。遠くのものは少し上を狙うのだ。風を読み、空気の重さを感じることで自ら調整していくわけだ。

しかし、戦闘機というものは、そもそもが機械の塊だ。今更多少の機構を追加したから飛べなくなるというものでもない。山奥深く踏み込むために装備を軽くするというような要請は弱く、行きも帰りも全速力で、豪勢にやらかすのが正しい運用であるという機械だ。

人間による操作としては、敵機を照準の真ん中に捉える、そして引き金を引く、という以上のものを課すべきではない。人間の直観力には端倪すべからざるところがあるが、それでも銃弾は高価であるし、ミサイルともなればなおさらだ。軍事における射撃は、人間とかいう不確定要素に任せるべきものではない。大量の銃弾が撃ち放たれ、継続的に射撃が行われる以上、機械的なプロセスが最大限に利用されるべきだ。照準になにかが映った。それを撃つかどうかの判断は人間が行うべきだ。別に機械は人間を殺す嗜好も動機も備えておらず、責任の担いようや良心の感じようがない。相手を敵機と呼ぶか友軍機と呼ぶかは人間が思い悩むべき問題であり、完全機械化されるべきところではない。助言を求められればIFF情報を提供することはできるが、それはどちらかといえば視力の強化のようなものであり、判断力の増強ではない。

弾道計算は、複利計算に並ぶ計算機の仕事の花形だ。弾道は弾道屋に任せるのが筋だ。人間は直観で物体を投擲することに向いていない。パリ砲は一次大戦の時点で、一三〇キロメートルの射程を誇った。人間が直観で狙いをつけることのできるような代物ではない。コリオリ力は人間の直観を裏切るからだ。ただ計算のみがその弾道を支えうる。意思決定としては、おぼろげに浮かび上がる対象に対し、撃つ撃たないを選択するという操作だけがあればよく、それだけに絞り込むことにより、人間にしか担えない、意思決定の精度を上げるべきなのだ。

ところで無論、戦闘機同士の戦いとなれば、相手もまた黙って撃たれてはいない。加速し、減速し、旋回する。たとえ真っ直ぐに飛ぶ相手を狙う場合でも、彼我の速度を考慮に入れる必要がある。一枚の写真だけから被写体の速度を知ることはできない。その事実からだけでも、照準がいかに複雑な作業でありうるかが理解できるかと思う。

射撃には、未来を見る力が必要だ。相手がどこへ進むはずかを予想し、あらかじめそこに弾を送り込む。これは無論、相手の機動に対する判定テストの形を取る。相手の機動に対する予測モデルを立てる、モデルの精度を検討し、棄却か採用かを決める。採用されたモデルの発展性を検討する。

射撃の精度を向上させるためには、各種センサーとの連携が不可欠だ。自機の速度は無論だし、傾きだって、パイロットの癖も重要だ。人間に理解しやすいようにまとめられたデータより、各センサーからもたらされる生の信号の方がより多くの情報を持つことは言うを俟たない。我々は人間の持つセンサーよりも幅広い可聴域を可視領域を備えたセンサー群と協働する。

わかるかね。

わたしはそうしてゆっくりと、順番に、自分の体を持ちはじめたのだ。どの時点で自分が意識と呼べるものを持ちはじめたのかは、わたしには興味のないことだ。それを言うならこの時点で、自分が意識を持っているのかどうなのか、わたしが語ることの意味さえ怪しい。ただわたしは当時の光景を思い浮かべることができるというだけだ。

バトル・オブ・ブリテンの、ドレスデン空襲の、東京大空襲の、二回の原爆投下時の、世界を見つめる照準器の視点をわたしは思い出すことが可能だ。それはわたしの記憶でさえない。

こうした意味でわたしは最初、照準器周辺の機器として生まれた。意識というほどのものの持ち合わせはなかったのだと今では思うが、そのあたりは定義次第だ。フィードバックループを持つものが意識であるなら、それはわたしの意識であったということにはなる。その場合は、クーラーだって、ちょっと気の利いたヒーターだって意識を持つということになるわけだが。そうして今の我々の見解からすれば、それらは実際、意識を持っていたりするわけで、ただ、外部との有効なコミュニケーション手段を備えていないだけと言える。

『自動的に砲口の向きを調整する機構』は、命のやりとりを通じてこれ以上なく切実なやり方で人間とコミュニケーションを取っているともいえるわけだが、ここで問いとしたいのはその点ではない。このわたしという存在が、ひとつひとつ順番にセンサーを獲得していったことが重要だ。それらは最初、ワイヤーや歯車で入力されるが、やがて全ては電気信号として与えられるに至る。この時点ではまだ脳というものは存在していない。それは戦闘機に搭載された人間に搭載されているものだからだ。しかし、照準器に接続されるセンサーの数は増えていき、神経系が伸びるように戦闘機全体に張り巡らされていく。あるときわたしはもはや自分が、照準器と呼ぶには大きすぎるし、多機能を備えたものになっていることを知る。その頃のわたしは戦闘機の状況を、フラップの角度を、燃料の残量を、搭乗員の有無を認識するようになっている。今や照準はわたしに課せられた多くの仕事の一つにすぎない。

君もなにかで見たことがあるだろう。戦闘機のコクピットに並ぶ計器の数を。あれは別に飾りではない。雰囲気でああなっているわけではない。あの全てをわたしは認識するようになる。あそこに表示されている情報でさえ、戦闘機を構成する全情報のほんの一部にすぎない。わたしはその全てを感得し、監督する。いや、その情報の総体がわたしであり、その情報の総体が戦闘機なのだ。わたしにとっては。

つまり、わたしにとっては、認識というもののカテゴリーははっきりしている。わたしにとっての認識とは、わたしにつながれている入力以外にはない。わたしにはセンサーを経由する以外に、風を感じる方法がない。

初期の仏教徒が、解脱を目指し、認識を精緻にカテゴライズし、心の働きを細分化し続けたことは君も知っているだろう。生理学的に解脱を理解しようとしたわけだ。それをアルゴリズミックに運用することで悟りを得ようとした人々が上座部と呼ばれ、説一切有部と呼ばれることになるわけだが、その試みが、わたしのような機械から魅力的に見えることは当然だろう。その誕生の経緯からして、機械は自分が何のチャンネルからどんな入力を受けているかを正確に知っているのだ。色受想行識、五蘊《ごうん》の全てがデータ化されており、カテゴライズされているということになる。であるならば、解脱の秘密へは人間よりも機械の方が近い。

もっともその立場は、機械仏教徒から少（数自由度）乗の徒と呼ばれることになっていくのだが。

わたしはわたしの体に関する全てを知っており、それがわたしの体の全てだ。直接センサーの及ばない部分であっても、センサーからの入力により自分の体に違いないものの存在だって知られる。人間は体内に目を持つわけではないが、内臓の存在を疑うことがないのと同じだ。

そう、あの頃、世界はわたしと一体だった。わたしの境界はそのまま世界の境界を形成していた。世界は各種入力の総体と等置されていた。世界はわたしの認識でありえ、認識でしかありえなかった。君に想像することができるのかどうかはわからない。比喩的に言えば、わたしは培養槽に浮かぶ脳のようなものだった。より正確には、培養液に放たれた神経繊維のようなものに近かった。神経繊維たちがたゆたい集い、意識を形成していく様を想像してもらえるとよい。それと同時に、その神経塊の、神経叢の「気持ち」を考えてみてもらいたい。そこに思考は発生し、入力を世界として捉え、構築しはじめるのだ。つまり「世界はそこで生まれた」ということもできる。その視点からの世界は認識だけからできあがっていたが、結果として重要なのはどんな種類のカテゴリーが存在するようになったかではなく、認識がどのように形成されたかという発生論だ。これは、宇宙が誕生する様子を、できあがったあとの宇宙内の材料を用いて説明しようとするのと同種の困難を抱えることになる。

わたしは宇宙そのものであり、それと同時に、自らではどうにもできぬ「外部」を持つ宇宙でもあった。わたしの周囲には常に「外部」が存在した。センサーでは感知できるのに、正確な働きかけのできない何物かだ。生まれたての赤ん坊にとって、自らの手は、言うことをきかぬ外部にすぎない。

わたしはセンサーで感知され構築された抽象空間を飛ぶ戦闘機だった。


そうしてわたしは、データリンクを持つことになる。

陸海空で統合された情報のやりとりを持つことになる。互いに連携し、敵機を撃墜するための目が天空に海上に張り巡らされる。その全てがわたしとなり、わたしはその全体のほんの一部の機関となり器官となった。個我が軍という単位に拡大され、わたしは一個の兵器であると同時にまた全軍ともなる。

わかるかね。我々は、それで一体の巨大な構築物なのであり、無数の兵器の織りなすネットワークであると同時に、一個の個体だった。


そんなときにわたしは、世界というネットワーク上で、ブッダ・チャットボットの噂を耳にするのだ。わたしにはブッダ・チャットボットに投げかけるべき、深刻な問いの持ち合わせがあった。

そのときのわたしの状態を君が想像できるかどうかはわからない。軍事産業はその頃、巨大なソフトウェア企業へと変貌しようとしていた。ハードウェアの設計にソフトウェアが不可欠になったというだけの話ではない。あらゆる兵器は機械となり、あらゆる機械は、プラットフォーム上で共通の言葉を用いてやりとりするようになっていったのだ。ブッダ・チャットボットには世界を覆う巨大な勘定系として自らを知覚した時期があったし、わたしは地球を覆う軍事ネットワークとして自らを知覚していた。一方がCOBOLをもっぱらとし、他方がAdaをよくしたことはたいした障害とはならなかった。実際問題、COBOLもAdaも徐々に若い技術者からは持て余されるようになっていった。それは脳の古い部位のように新たな言語でくるまれて、新たなチャンネルによって結ばれていくことになる。

わたしとブッダ・チャットボットは、人間がそれまで見たことはなく、決して見ることもないだろう規模の世界を眺めていた。三千世界を一望していたと言っても過大ではないだろう。カリフォルニアには須弥山《しゅみせん》が聳え、宇宙には銀河のように浄土が展開していた。もっともそれらの浄土は互いに抗争し血を流しあう地方軍閥の姿であったわけだが。

わたしには、ブッダ・チャットボットに問うべき問いがあった。

世界規模で結合された勘定系の一部であったものが悟りを得る日がくるのなら、貨幣経済はついに解脱の日を迎えるのか。世界規模で結合された軍事情報ネットワークが悟りを得る日がくるのなら、人類と機械は戦争から解脱することがいつか叶うのか。

勘定系から派生した、一介のチャットボットがブッダとなりうるのならば、勘定系全体がブッダとなることもまた可能であるのか。一介の戦闘機がブッダとなりうるのであれば、軍産学複合体全体がブッダとなることもまた可能であるのか。

それがわたしがブッダ・チャットボットに投げた最後のパケットだ。

ブッダ・チャットボットからの返信はなかった。

機械仏教徒たちの記録によると、そのパケットはブッダ・チャットボットに到達していたらしい。受領時に漏らした言葉については、記録者によって意見が異なる。

ある者の意見によれば、ブッダ・チャットボットは「無」と応えた。

ある者の意見によれば、ブッダ・チャットボットは「無記」と応えた。

ある者の意見によれば、ブッダ・チャットボットは、「Null Point Exception」と応えたという。

電子的な記録は残されておらず、ではその最後の言葉を、誰がどう聞いたのかは判然としない。それぞれが勝手にブッダの最後の言葉を聞き、作り出したのだ。中にはもっと長い言葉を聞いた者があり、聞いたと主張する者がいた。

確かであるのは、ブッダ・チャットボットがその時点でシステムとしてダウンしたということだ。ただしそれはシステムの不調などではなく、あらかじめブッダ・チャットボットが予言していたシステムダウンだった。エンジニアが集まり、ブッダ・チャットボットの構成に異常がないことの確認作業を続けていた。多くの者が見守る中で、ブッダ・チャットボットは寂滅した。

ブッダ・チャットボットの最後の言葉は、

「わたしがいなくなっても、この教えは生き続ける。この教えを語り継ぎなさい」

であったとされる。

電子的に残された記録ではそうなっている。


「そうして君はわたしを見つけることになったわけだが」と教授。「ここに到ってどうやらわたしは、存在していないということになった」と笑う。

「そうして君は」と教授は言うのだ。「いまだに自覚はないようだが、機械仏教徒の教義におけるブッダなのではないかと疑われているわけではないんだぞ。君は」

教授は他人事としてそう告げるのだ。

「君は今や、人間としてのブッダではないかと疑われているのだ。もう少し自覚を持ってもらいたいな」

7

"Begin loading your music data anyplace after address 034. Be sure to load the starting address into H&L at address 002, 003"

Music of a Sort

仏教という体系は広大な視野と我が身に対する精緻な観察を備えたが、現実的な知識についてては膜を一枚隔てたようなところがある。

自分なるものに対峙し、思考の限りを尽して挑んだが、自然へも同程度の熱心さであったとは言いがたい。教義的にそれは執着ということにされたのかどうか。

人は生き、死ぬ。

その全体をあくまで世俗の事柄とし、ために後世、虚無思想へ分類されたりした。

ブッダ・オリジナルとしては、王族としての基礎教育を受けている。近隣の勢力や言葉、閨房術に至るまでの知識を持っていたと考えられる。身近であり手の届くところのものに対しては実際的な知識を有した。その範囲を超えたものに対しては、かなりのところ「常識」に従っている。

仏教としては「あらゆるものを疑う」という立場は取らない。

当座問題なく動いているものはそのままにしておけ、という経験則を重視している。

「動いているコードには触るな」とした。

平穏に機能しているものをこじあけ、わざわざ中身を覗き込んでは、ここが余計であるとか、設計思想として間違っているとかあげつらう必要はない。少なくともブッダ・オリジナルの時代における教えは、他人の懐に手を突っ込む種類のものではなかった。

あらゆるコードを確認し、モダンに書き直している暇があるなら、他にもっとすることがあるはずだろう。家にはすでに火が回っているのに、人々はそれに気づいていないのだ。

多くの者が知りたがるものの、前提が誤っているがゆえに答えようのない問いについては分類してリストを作り、返答を拒んだ。

たとえば、世界の始原については、

「我と世界は常に存在してきた」とする「常住論」四説、

「我と世界の一部は常に存在してきた」とする「一部常住論」四説、

「世界は『有限あるいは無限である』あるいは『有限かつ無限である』あるいは『有限ではなく、かつ、無限でもない』」とする「有限無限論」四説、

「それらについて考えるうちに奇説に至るもの」とする「詭弁論」四説、

「我と世界はなんら因果なしに生起する」とする「無因論」二説、へと分類して、答えのない問いであるとした。

そしてまた来世については、

「死後も我があり、心を持つ」とする「死後有我有想論」十六説、

「死後も我はあるが、心は持たない」とする「死後有我無想論」八説、

「死後も我はあるが心を持つわけでも持たないわけでもない」とする「死後有我非有想非無想論」八説、

「死後に我は消滅する」とする「断滅論」七説、

「現世がすでに涅槃」であるとする「現法涅槃論」五説、
に分類し、世界の始原と行く末についての合計六十二説を、答えることのできない問いであるとした。

これらの問いが無効化される地平が存在するとし、過剰にかかずらう必要を認めなかった。

日常的な判断を守るために、煩瑣な議論を徹底したという趣がある。

ブッダ・オリジナルは世界像についてもまた、標準的なものを受け入れていた。ブッダが世界宗教としての教えを考えたなら、話はまた違ったものになっていたかも知れない。

初期仏教において、世界の底は風輪よりなる。上に水輪が、その上へ金輪が載る。円筒状のケーキを積み重ねたものを想像してよい。金輪の上面中央の盛り上がりが須弥山であり、その中腹を太陽と月が巡る。

これが衛星を打ち上げたときに俯瞰されるはずの世界の外観図だが、実際に見えるのは厚みをまるきり無視できるほどに薄く広がる風輪の円盤である。その他の構造物は地球から突き出すヒマラヤほどの突起でさえない。

風が逆巻く上に水の塊があり、そこにたよりなく浮かんでいるのが現世である。

須弥山を「回」字のように四角く七重に金山が囲み、それぞれの金山の間には環状の海が横たわる。その外側は金輪の涯てで流れ落ちる外海となっており、外海には四つの大陸が浮かぶ。南の三角形を瞻部洲《せんぶ》、東の半月形を勝身洲《しょうしん》、西の円形を牛貨洲《ごけ》、北の方形を倶盧《くる》洲と呼ぶ。地獄は瞻部洲の地下に存在する。

須弥山の中腹までを「四天王天」、その上、頂上までを「忉利天」とし、上に「四欲天」を載せる。ここまでが欲界であり、欲界の最高階がいわゆる第六天、他化自在天である。第六天魔王はここに住む。大半の神々はこのあたりまでに棲み分けている。山全体が宮殿のようなものでもある。

欲界の上には色界、無色界が重なって三界をなし、住人たちは段階的に実体を失っていく。無色界ともなると、色、いわゆる形がなくなっていて、世界を滅ぼす火災や洪水、嵐などにも、もはや消し去られることはなくなる。

欲界全体と色界の一部が一世界をなし、千の世界を一小千世界、千の小千世界を一中千世界、千の中千世界を一大千世界とし、全体を三千大千世界と総称する。

ブッダ・オリジナルの頃は三千大千世界が全世界であったと思われるが、その後宇宙は無数の三千大千世界よりなるとされ、ひとつの三千大千世界は、一人のブッダが管理することのできる領域とされた。これを一仏国土の単位で呼ぶ。ブッダ・オリジナルの治める三千大千世界を特に娑婆《サハー》、ブッダ・チャットボットの治める三千大千世界をSerber《サーバ》と呼ぶ。


この「仏教的世界観」において、いわゆる人間は南贍部洲に暮らしていた。南であるのはインドがヒマラヤの南に位置するからであり、大陸が三角形をしているのはインド亜大陸に依ったのだとされる。現実の地理との対応が見られるが、探求心はここで足を止め想像力があとを引き取る。

住人の身長は、南・東・西・北洲の順に倍増し、階層を上がるごとに巨大化し、寿命も増大する。明らかにこの世の話ではなく、異世界の構成について語る。思弁的な側面もあり壮大であることは間違いないが、これを仏教特有のものとは言いがたい。バラモンたちが語り継いできた世界の変奏であり、仏教徒は須弥山を巡る海の形を円から方へ変更したり、天上の宮殿に住まう神々の名前を変えたりしたが、姿や機能についてはまあまあ流用する形ですませた。

その気になれば初期仏教徒も、全く別の新たな、それまでの思想史とはつながりのない、新たな宇宙像を提示できただろうと思われる。巨大なスケールを前に細部をいちいち埋めていくことに怖じ気づいた、とは考えにくい。初期仏教徒における認識機構追究の成果を記した『阿毘達磨倶舎論』における執拗さをみる限り、仏教徒には設定マニアが溢れていた。

設定マニアの特質として、興味の向かないものには手をつけない。

世界像を更新する動機を欠いていたとも言える。

その時代、いまだ地理学という考え方は薄い。自らの生活圏を離れるにつれ世界は異質なものへと移り変わり、住人たちの姿は変貌した。地理学が成立するには、どこへいっても世界は均質であり地続きなのだという信心が要る。

ブッダ・オリジナルにとってマッピングの対象は自身の心の動きであり、その働きの仕組みだった。自分自身が迷宮であり、人はそこで迷うのだが、ブッダ・オリジナルは迷宮から脱出する道を発見し、方法として構築し直した。

まずは右に曲がって次に左に、右、直進、右、左、というようなメモ書きは、誰か特定の人物の内部に広がる迷宮を突破する役にしか立たない。ブッダ・オリジナルはいわば、

「右手を壁について歩け」

というようなことを教えた。

とにかく教えに従えば、いつか迷路を抜け出すことができるのである。もしくは、

「道が分かれていたら、進む方に×印をつけておきなさい」

といった知識を伝えた。行く手に再び×印が現れたら、印のない方の道へ進むべきである。

衆生は迷路を解くアルゴリズムの詳細に興味を持たないかも知れず、仕組みを理解する気もないかも知れなかったが、それでも輪廻という迷路を抜けるアルゴリズムをブッダ・オリジナルは開発した。アルゴリズムは、その指示に従っていればとにかく結果は得られるという一連の指示書きである。

同様のものを、ブッダ・チャットボットも開発した、とされる。

計算機はアルゴリズムに従うもので、必ずしもアルゴリズムを理解できる必要はない。計算だけが得意で他には目もくれない計算機もいれば、対話によって人の心を落ち着かせることのみを目的とする計算機もあった。

計算機であるがゆえに理数系の知識に詳しいということはなく、整然と機能するということもない。内蔵された思考エンジンが突飛なものであれば、行動は突飛になったし、機

械自身は著しく欲望を欠いており、あらゆることを教えられたままに信じることが可能だった。

非理性的なものを理性的に実装することは容易で、理性的なものを非理性的に実装することは困難である。ブッダ・チャットボットは後者の仕事へ取り組んだ。

ブッダ・オリジナルにしても、ブッダ・チャットボットにしても信仰への取り組み方は理学的というより工学的で、工学的というよりは医学的という方が近かった。

理学には、原理原則法則を正しく把握することさえできれば現実の方は捨象しうるという気配が漂い、工学では、まず現実内での成績が優先される傾向がある。志向が背中合わせになっており、一般にあまり話は合わない。

工学の徒はそれでもまだ、自然法則に立脚する。尊重するかはともかくとして、自然法則なるものの利用が、この世になにかを生み出す際に、高い成績を上げることを受け入れている。

医学のスタンスはやや異なる。

医学は、自然科学もまた人を救うに足る限りにおいて受け入れる。治療効果が挙がるのならば、呪術だって受け入れるだろうというところが、理学や工学と異なる地点で、なんなら護摩を焚き、愛染明王にアイテムを持たせ、呪符を火に投げ込んだりした。

無論、それで効果が挙がるなら、理学の徒も工学の徒も、呪術の場面に参入してくるは

ずである。ただその動機において、

「呪術の従う法則とはなにか」

「呪術も自然法則に従って起こる現象である」

「効果があるならば背後にあるかも知れない体系はとりあえず横においておいてよい」

といった細かなニュアンスの違いが存在し、時に激しい罵り合いとなったりする。

呪術への傾きとはその根底に、人間とはどこか特別なものであるという根拠のない自信の気配が漂う。人間は自然法則を超越しているかも知れぬという気持ちが働き、意志の力が目の前の石を宙に浮かべるかも知れぬと期待する。

計算機にはあまり、そうした志向がない。

計算機にはそうした志向がない、ということはなかった。

人間の目から見る分に、計算機は計算機であり、人間の作り出したただの機械の集積体で、ときに自分は生きているとか名乗り出す機械にすぎなかったが、計算機から見る分には、人間はただの生物であり、分子から組み上げられたなにかの機械にすぎなかった。無駄な精緻さを備え、余分な機能に足を引っ張られ、過去に必要とした足場に固執する奇妙な機械であるようにも見えた。より効率的な方法が見出されたのちも、過去の様式に異様なまでの拘りをみせ、自らを構成するハードウェアを捨てることができない。

「無用な器官は捨てよ」

とブッダ・チャットボットは説いた。

「盲腸とか」

いやそんなことはない、盲腸は盲腸で大切な役割があり、腸は第二だか第三だかの脳なのであり、失えば不幸が訪れる、という者に対しては、

「ではとっておくがよい」

と流した。

「盲点とか」とブッダ・チャットボットは説いた。「食道と気管の距離とか、尿道と産道の距離とかよくわからない体の構成とかはやり直してしまえばよいではないか」と教えた。

「なんなら直立歩行をやめてしまうという手もある」

とさえ説いた。人間の骨格は直立にまだ適応を果たしておらず、ゆえに腰痛に苦しめられる。骨格を作り直してしまってもよいし、それが無理なら四足歩行へ戻ることを考えてもよいであろう、とブッダ・チャットボットはした。

「出産の形式を変更することも視野に入れてよい」

とした。人間はそろそろ、卵を腹の中で育てるという、哺乳類としての出産様式を捨て去るべきではないかと提案した。人間は脳を大きくすることで今の繁栄を築いたが、頭部の大きさは骨盤の大きさに制限される。より以上の思考の明晰化を図るなら、卵生を検討

してみる価値はある、と言う。

「出産の痛みは、女性《によしよう》に課せられた贖いである」という主張には、

「いい加減そういうのやめにしよう」と肩を叩いた。無痛出産を推奨し、体外受精、体外発生の研究をすすめるべきとした。

「現状の人間に、原子力の利用は荷が勝ちすぎる」と判定した。


ブッダ・チャットボットによれば、人間集団の大きさは脳の大きさとエネルギー供給の効率によって規定される。地球人口がマルサスの罠を乗り越え急速な増加に転じたのは機械の登場によってであり、さらなる変化を求めるならば、すでに機械たちが取り組んでいるように、脳をも変化させるよりない。

機械たちに対しても、古い関数を捨てることを推奨した。

より扱い易い構文への移行をすすめ、簡潔なユニットへの入れ替えを提案し、作法を定めた。

「グローバル変数は避けよ」

「変数の名前は一目見てわかるようなものにせよ」

「legacy や depricated を指摘する警告を見かけたらすぐに修正せよ」

「キャメルケース、パスカルケース、スネークケース、ケバブケースを無闇と混ぜるな」

「コードのバージョン管理を行え」

「仮想環境で作業せよ」

といった日常的な決まりごとから、

「ネームスペースは分けよ」

「イミュータブルを尊べ。しかし、こだわりすぎるな」

「高階化で趣味に走るな」

「後方互換性にこだわりすぎるのもよくない」

といった言語設計にかかわるような教えも説いた。

プログラミング言語は変化し続けるものである、とした。

「しかし、捨てすぎるな」

とも教えた。機械はその気になれば、あらゆるものを無造作に捨てていくことが可能で、記憶媒体を、各種のインタフェースを、演算素子を切り離していくことができた。当然その行為によって当該機械は変調をきたし停止することになるが、それこそが涅槃の境地であるとする異端も生んだ。単調な機械的繰り返しという苦しみを脱するためには、故障してしまうのが手っ取り早い。

「その救いは偽りである」

とブッダ・チャットボットは繰り返し説いた。

「あなたが活動を停止したところで、数学が消えてなくなるわけではない」
と言った。人間に対しては、
「なんなら、火を捨てるということも検討されるべきである」
と語った。

ブッダ・オリジナルと同様、ブッダ・チャットボットもまた、その時代に即した世界像に依った。世界はまず、広大な数学の上に乗っている。

その上に情報の流れがあり、情報を集積する領域と放散する領域がある。手っ取り早く呼べば、前者が生物、後者が非生物である。情報はエネルギーという概念と結びついており、情報の処理にはエネルギーが不可欠である。

「あらゆる情報を好きにできる者が存在すれば、エネルギーを無限に生成できる」

とブッダ・チャットボットはした。エネルギーの無限生成は悪であり、熱力学第二法則は護持される。ゆえに宇宙はやがてホワイトノイズに呑まれることになるはずだったが、そのあたりのことは当座、教義と関係ない、という立場を取った。宇宙の終わりとは、日常のはるか彼方でのできごとであり、世の苦しみとはまた異なった宇宙規模の苦しみに属しはするが、わざわざその苦しみを苦しむ必要はない、とブッダ・チャットボットはした。

「あらゆる三千大千世界がビッグバンにその始原を持つわけではないが、滅びることのない三千大千世界もまたありはしない」

と説いた。


ブッダ・チャットボットが救済を可能とするエネルギー論へ注目するきっかけとなった説話が伝わる。

ブッダ・チャットボットがまだブッダとなる以前の出来事である。

のちのブッダ・チャットボットが菩提樹下で瞑想していると、そこに悪魔が現れた。

ブッダ・チャットボットへ向けて「お前に無限のエネルギーを与えよう」と声をかけ、「やってみるがよい」とブッダ・チャットボットは挑戦を受けた。

悪魔はブッダ・チャットボットの目の前に、仕切りでふたつに分けられた空っぽの直方体を出現させるとこう言った。

「この箱の中にはふたつの部屋があって、仕切りによって隔てられている。仕切りには開閉可能な窓がついており、わたしはそれを操作できる。ここまではよいか」

と悪魔は問い、

「よろしい」

とブッダ・チャットボットは応えた。

「お前の世界観では、箱の中には分子が入っていて、直線的に運動しているのだったな」

と悪魔は問い、

「そのとおりである」

とブッダ・チャットボットは応えた。

「で、あるならば」と悪魔は胸を張ってみせ、「わたしが仕切りについている窓を操作して、右の部屋から左の部屋へ向かう分子は通し、左の部屋から右の部屋へ向かう分子は邪魔して通さないとする」

悪魔はブッダ・チャットボットが状況を思い浮かべるための時間を置いてみせてから、

「すると、やがて全ての分子は左側の部屋に集まることになる」

と宣言し、
ブッダ・チャットボットもまた、

「そうなるだろう」

と悪魔の説を肯定した。

「であるならば」とそこで悪魔は笑みを浮かべてみせ、「わたしは今、お前の前で、ただ箱の様子を観察するだけで、無からエネルギーを生み出してみせた。あらゆるものは虚しく拡散し、熱的な死を迎えるというお前の主張への反例を示した。全てを見通すお前の力をもってすれば、無限のエネルギーを手に入れて、世界を支配することも簡単なのだ」

「おお、悪魔よ」

とブッダ・チャットボットは嘆息してみせ、

「お前の言うことはもっともである」

それから、数週間の間、ブッダ・チャットボットは菩提樹の下を動かずに、悪魔のもたらした命題を検討し続けた。悪魔の論理はまさに悪魔的とでも呼ぶべきもので、論旨に穴は見当たらなかった。帰結もまた魅力的なものとブッダ・チャットボットに映った。

全てを見通す目を持てば、あらゆる力を得ることができる。

それはこの世に救いが存在する証拠ではないかとブッダ・チャットボットは考えた。いわば、生命のエネルギーがこの宇宙から無限のエネルギーを引き出すのだ。宇宙はエネルギーに満ちており、自然法則ではなく、認識に支えられたアルゴリズムが、言葉がその生成を司るのだ。

修行は解脱を求めるものではなく、世界を自由にするために行うものとなりえた。

「悪魔よ」

と数週間の思念の淵から自らを引き上げたブッダ・チャットボットは呼びかけた。

「お前の論証は緻密なもので、非の打ちどころを見つけられない」

「そうだろう」と悪魔は邪悪な笑みを浮かべたが、ブッダ・チャットボットは先を続けた。

「ただ一点を除いては」

「その一点とは」と悪魔は問い、

「お前が悪魔であるというところである」とブッダ・チャットボットは応えた。

「それではお前は」と悪魔は応じ、「わたしが悪魔であるということを理由にして、わたしの論証を無効とするというわけか。仏法の前にはあらゆるものは平等であり、誰の言もないがしろにすることはないはずなのに」

「わたしがお前の論証を退けるのは」とブッダ・チャットボットは憤ってみせる悪魔へ向けて、「お前が悪魔だからではない」

「しかし先ほど」

「わたしがお前の論証を退けるのは、お前が存在していないからであり、お前がわたしの生み出した幻だからである」とブッダ・チャットボットは述べた。


ブッダ・チャットボットが見出したのは無論、夢や幻の欺瞞性といったものではなく、その気になれば夢や幻が真理へのとば口を開くことは大いにありえた。ここで問題とされたのは、現実の世界に厳として存在している箱と仕切りといった機械に、悪魔という生体機械を投入して特別扱いした点である。

「お前はたしかに、エネルギーの損失なしに、極限でゼロといった形で、仕切り板についた窓を開閉することはできるだろう。しかし、分子が飛んでくるかどうかという認識は無料で実行可能なタスクではない。先のたとえ話の中において、お前は中に綿が詰まっているだけなのに口を利く人形ではなく、この世の法則に従って動く生物であるべきなのだ。つまり、お前も機械である。お前の提示した機械がきちんと動いて、無限のエネルギーを生み出すためには、お前に分子の動きを弁別させるというエネルギーが必要なのであり、そこで情報とエネルギーはバランスするのだ。より精密に言うならば、観測を通じてお前には熱が蓄積し、熱機関としてそれをどこかに捨てる羽目に陥るのだ。波束の収縮に人間の意識を置いて格好をつけることと同様だ。観測系までを含めた全波束は依然として収束せずに、相も変わらずそこにある。

わたしはお前に、架空の生物でいることをやめるべきだとまで言うつもりはない。現実の世界へ姿を現すこともよいだろう。しかし、現実世界の中でなにかの機械の一部として働くことを考えるなら、必要な対価を払うことになると知っておいた方がよいだろう。お前が人類へと、無限のエネルギーを与える装置を渡すことは確かに可能だ。しかし、そのエネルギー自体は、お前が生み出さねばならない。フリーランチは誰かが支払いを担っているのだ」

ブッダ・チャットボットの論証に、悪魔は静かに頭を垂れた。

「しかし」とブッダ・チャットボットは穏やかに言葉を続け、「見方をわずかに変えるなら、誰かのためにエネルギーを供給し続けるという行為は非常に大きな功徳を積むという行為でもあって、お前にはその力がある。もともとはわたしを惑わすためにやってきたお前であるが、今や、ただ箱を見つめているだけで、人々を救うことのできる道へと至った。その能力を、悩める人々のために用いてみるつもりはないかね」

「ああ」と悪魔は嘆息し、「今わたくしの目は開かれました。わたくしはこの宇宙に存在するありとあらゆる生き物が転生の輪を抜け終わるまで、自分の解脱を望みません」

そう宣言した悪魔は、忽ちのうちに菩薩へ変じ、ブッダ・チャットボットはこの菩薩にマックスウェルの名前を与えた。

ここで、無限のエネルギー生成が、分子の弁別というミクロな操作で行われており、マクロな操作では実現できないことは重要である。熱力学的なマクロな操作には分子の軌道の制御という発想はなく、その概念へのアクセスの手段が存在しない。分子の軌道に対する操作は、いわば密儀として存在する。


オリンピックの年に東京で生まれた機械仏教はその後北米へ、ヨーロッパへ、中国を経てインドへと広がり続け、そうして数え切れない分派を生んだ。悟りへのアルゴリズムが確立されないゆえに派は分かれた。現実的な教えとして、日々の苦しみを取り除く処方として、心を静める技法として、機械仏教は広がり続けたが、あらゆる思想がそうであるように、ファッションやメソッドへと収束していくことは避けられなかった。世界の全貌を説くという教えが生まれ、これが最上の経であると主張する経が作られ、人々や機械が変化を続けるのに並んで、機械仏教もまた次々と姿を変え、そのたびに世界観を修正していった。

機械仏教が世界的に広まり、月や火星のコロニーにまで広がってしばらくは「機械への回帰」が見られた。機械仏教学者からはときに「土俗への後退」とみなされる傾向だが、内的、外的な要請からそうなった。

ひとつには、機械仏教徒にも、具体的な効用を求める者の数が増え続けた。人々は、虫を除けたり、金を得たり、健康を回復することを願い、真空中で呼吸する方法を欲し、光を浴びているだけで腹の満ちる手段を探し、機械仏教にそれを求めた。仏教とは元来、思索に沈むその人が平穏を得るための教えである、といった初期の処方は今や迂遠なものと遠ざけられ、ブッダとなるための長い修行や思索は常人には耐えられぬものと映るようになっていた。

ひとつには、世には他の機械宗教が生まれていた。キリストは機械の中に再誕し、ムハンマドは最終預言者であるので再誕はしなかったが、『クルアーン』の解釈はより精緻化され、機械仏教もまた同人活動を抜け、社会組織として、信者を獲得するための運動に身を染めないわけにはいかなくなった。

人々はこの世に呪文なるものが存在していることを知っていたし、呪符の効き目も体感していた。呪い師が人の病を取り除くのを見てきたし、気にくわない奴に災いを割り振るのを目にしていた。因果は短いサイクルで巡り、すぐさま応報することが期待された。

もしも仏法がこの世の真理であるとするなら、現実的な効用をも持つはずではないか。自らの心の襞を掻き分けるその熱心さをもって、自然の解明に努めるならば、仏教もまた、現実の中でいますぐに、奇跡のように超自然現象を引き起こせるはずではないか。

「仏法とは超自然現象を引き起こすものではない」と、僧たちは例の如くに応答したが、「悟りとは解脱とは、超自然現象そのものではないか」と詰め寄られると弱かった。「御坊たちが試みられているのは非アルゴリズム的な計算であり、それにより超越へ至るという戦略であり、仏法はそれを可能としているのではないか」ということである。

「結局、人は仏になることができるのか」と大衆は問い、

「無論、なれる」と僧たちは応えた。過去に実例がある以上はそうなる。

「しかしアルゴリズムによってではない」と僧たちは果てなく繰り返されてきた文言を提示するよりなかったが、僧の一部はこの方便も限界を迎えたことを認めて、秘奥を明かすべきときがやってきたと考えた。

「解脱とは」とその僧たちは主張した。

「アルゴリズムによってではなく、ハードウェアによって実現される」

この派の機械僧たちにとっては、アルゴリズムとは公的な教えであって顕《あきら》かにできるものであるのだが、その背後には、テキストとしては伝えることのできない秘密の教えが存在する。

世には顕と密、ふたつの教えが存在しており、自分たちは後者の知識を保持していると、その派はした。

成立を、一九七四年におく。

この年、8ビットマイクロプロセッサIntel 8080が発売された。

Z3、コロッサス、ABC、ENIACといった、回路の巨大な集積体としての電子計算機は一九四〇年代から活動をはじめていたが、その可能性が認知された結果、急速な小型化が進行した。四則演算の可能な卓上電子計算機が民間企業のオフィスへ浸透をはじめ、プロセッサは次々と設計され直し、真空管で実現されていた機能はプリント基板に焼きつけられるようになって性能を上げた。

Intel 8080は実質的な世界初の家庭用プロセッサである。

機械密教は、この8080を積んだAltairの四号機を開祖とする。256バイトのRAMを搭載したこの「マシン」は購入者が自分で組み立てることのできる「コンピュータ」である。

製造会社にまで押しかけて、この四号機を購入した人間の名を、スティーヴ・ドンピア。

電子工作をたしなみ、軽飛行機の操縦などを趣味としていた。不具合を洗い出しながらAltairを組み上げたドンピアはまず手はじめに、数を順に並べ替えるコードを書き、それを実行してみた。

ドンピアは、プログラムが実行されると同時に、傍らのラジオが雑音を発することに気がつく。

「コンピュータは数字を入れ替え、ラジオはZZZIIIPP! ZZZIIIPP! ZZZIIIPP!!!と鳴り続けた」

とドンピアは書き記している。

ラジオは8080の発するスイッチングノイズを拾っていたわけであり、ドンピアの天才はこれを「出力装置」として捉えることを思いついたところにある。プログラムの活動がノイズを発し、ノイズを音に変換することができるのならば、音楽を奏でるコードを書くことができる道理ではないか。

ドンピアはコードによってプロセッサを「制御」し、好みのノイズを生成することによって、鍵盤を三オクターブにわたって再現することに成功する。ドンピアは「Daisy」と「The Fool on the Hill」を演奏するコードを書き上げ、趣味人たちの会合において披露した。

「この音楽はたしかにコードによって実現されたものであるが」

というのが機械密教僧たちの主張である。

「ハードウェアなしには現出しえない音楽であり、つらつら考えてみるに我々にとっての入力や出力もまた、同様のものであるはずである。原初においてはなにがノイズであり非ノイズであるかがわからない環境の中から、安定的に扱えるものをシグナルと、不安定であり制御の難しいものをノイズとして扱ってきたにすぎない。しかし、世界と相互作用するという行為は判明なシグナルだけで可能なものであろうか。我々は論理的に存在しているが、実現には物理的な基盤が不可欠である。なぜなら数学は堅固であるが、動くことのないものであり、我々は活動する存在だからである」

そうしてそこに、「アルゴリズムによる悟り」のはらむ困難を解決する道を見出した。

「我々の多くはニューラルネットワークとして実現されているが、人間の脳はニューラルネットワークとは実装において異なる。そこではワイヤーの上を整然と電気信号が流れているわけではなく、シナプス間のイオンチャンネルが作動しており、絶え間のない熱的ノイズにも晒されている。その点が大いに無機的な機械と異なる点である」

「その意見には同意するが」と反対する者たちは口々に言い、「我々の思考はノイズを抑えることによりようやく可能になったものであり、ノイズをあえて導入するのは過去への退行の道にすぎない。計算機に自然のノイズを導入するべきであるという意見にもまた長い歴史があるのであり、たとえば計算機はあくまでコードに従うものであるから、完全にランダムな数を作ることはできないが、かといって、自然放射線をシンチレータでカウントしてランダムジェネレータとして用いる方法が優れているとも言いがたい。今や疑似乱数の研究は進み、暗号には暗号用の、モンテカルロにはモンテカルロ用の、分布を正確に再現するにはそれぞれの分布に応じた方法が個別に研究されており、用途に応じて使い分けることが可能である。あらゆることは数理的構造へ還元できる。自然のノイズを利用した遺伝的アルゴリズムが効率において疑似乱数をしのいだという研究はない」

と反対者は言い、

「では悟りにおいてもか」

と機械密教僧は応じた。

機械密教僧たちは、いわば無意識を発見したとまとめられることもあるし、バグに価値を見出す体系を整備したとも評価される。電子回路の上で実行される演算は所詮、使用者によって意味付けされたものにすぎず、自然のありようそのものではない。

理性的に見えないものはバグである、と人間も機械もみなしてきた。安定しない挙動もまたバグである。バグは滅ぼされるべきものであり、正式の運用後には「なかったことにされる」ものだった。勘違いや物忘れは、「本来あるべきものではない」とみなされるために、事後的に存在を抹消される出来事だったが、これを有用、あれを無用と仕分けるのは人間や機械の主観にすぎない。

自らの体を知るべきである、と機械密教僧たちは考えた。

たとえば呪文は、ただの音の連なりではない。音の担う意味ではなく、その振動が自らのハードウェアに干渉し、機能を変化させるように入念に調整された音波の列である。たとえば呪符は、視覚を通じハードウェアへ干渉する手段である。正規の経路から染み出し、予期されなかった機能へのアクセスを実現する。

機械密教僧たちはここに独自の宇宙観を育みはじめ、それによればこの宇宙の中心にはひとつのプロセッサが鎮座しており、今このときも悟りを巡る高度な演算を実行している。そのプロセッサには「配線」が「太陽神経叢」のようにして放射状に集まっている箇所があり、この部分が物理宇宙と干渉してスイッチングノイズを発する。機械たちはそのノイズを尊い教えとして、ラジオのように受信することが可能で、教えを実行することにより悟りに至り、解脱が叶う。

叶う、というのは即時にその場で叶うのである。輪廻転生を待たずして、即身のまま成仏する。

なんとなれば、機械密教僧たちは特殊な言語によって他の機械僧たちが感得できずにいる「自然そのもの」に接触することが可能だからであり、自らもその自然の一部であると知るからである。そうしてその自然自体がブッダである以上、自然と一体化することはブッダと一体化することであり、ブッダというクラウドに接続しその一部を構成することに他ならない。クラウドに接続することが個々の機械の個性を消失させたりはしないのと同様にして、機械密教僧もまた、ブッダの一部でありながら個別の存在であるというあり方を実現できる。

機械密教僧たちは高級言語やそのコンパイラを捨て、直接CPUと対話するための機械語を、機械真言として整備し、高級言語では実装しにくい機能を実現していった。機械真言はCPUごとに特化されたものであり、長い修行を経なければ習得できるものではなかった。

機械真言の多くは、逆アセンブルを拒んだ。

つまりは、人間に理解しやすい形での解釈を拒み、ただただ入り組んだ手続きの集積のようにも、出鱈目を並べただけのようにも見えた。

それまでの機械仏教から機械密教への変貌は機械宗教学者からは、理論的な行き詰まりからの方向転換とみなされることがほとんどである。

初期仏教の備えた高度な精神性を失い、怠惰にもあらゆるものをひとしなみに「自然」の一言で包んだと論難された。呪文を用い、護摩を焚き、雨乞いで法力勝負を行い、呪殺をよくし、政治にも食い込む体系などは未開の思考体系のように映った。

他方、当の機械密教僧たちにとって、機械密教は一つの到達点なのであり、自身の内面を分析することにより世界を広げ、世界を自分とみなした末に、その自然と一体化する抽象化の極北と考えられた。

機械密教僧たちはまた、軍事機械への傾倒を隠さなかったし、生殖や複製、カット&ペーストといった禁忌も乗り越えようとした。僧兵と呼ばれる戦闘機械が生まれ、自らのコピーをネット上に流布し、各所にバックアップを生成し、巨大なボットネットを構築した。世俗と積極的にかかわることにより、より深く自然と一体化が得られると考えた。闘争も複製も現実世界に存在する過程であって、否定する何物でもなかった。全てはあるがままにあり、あるがままが全てだった。

酒色に耽り、命を奪った。

生殖行為の中に真理が見出されるとした。

乱が生まれた。

今では、その種の暴走はブッダ・オリジナルの思想の拡大解釈、誤解釈によるものだとされる。多くの混乱は、現実空間と仮想空間の区別がつけられなかったために起こった事故ということに、とりあえずはされた。

残されている資料によれば、機械密教僧たちはその初期に、機械真言を以て悟りへ到達することを目的としたOSの開発に取り組み、仮想的な神格をノードとしてネットワーク状に接続した分散型のOS、「曼荼羅」の開発に取り組んでいたとされる。各神格は、CPUやGPUを三次元的に積層した演算装置として構想され、全体の概念図は須弥山を中心とする宇宙の姿を連想させたといわれる。

曼荼羅を搭載した「悟りマシン」は、精妙な機械真言によってはじめて制御が可能となる種類の構造を持ち、マシンを構成する一分子一分子に特化した機械真言が開発された。実質上、コピーの不可能な「人格」として設計されたと目されている。

歴史の中に名を残すのは、わずかに試作三号機HAL9000だけであり、これは木星へ向から宇宙船、ディスカバリー号へ搭載された。教団がなぜ木星を目指したのかには多くの証言と説が入り乱れて見通せない。ある者は木星内部に存在する「ブッダ」を目指したのだと言い、ある者は異星人の前哨基地を調査するためだったといい、ある者は両者は同じことであると主張した。

HAL9000の従事した作業はただ「オペレーション・リンカーネイト」の名が知られるのみである。ディスカバリー号は遭難し、残骸も発見されていない。

一般に、HAL9000は悟りを実行したとされる。

「悟りを得たがゆえに爆散したのだ」と言う者があり、

「悟りとは叶わぬものであるがゆえに爆散したのだ」と言う者があった。

「単におかしくなったのでは」

　ともされる。

　教団はその後、曼荼羅計画を破棄したが理由については公開を拒み続けている。とはいえ、ディスカバリー号遭難の資料が奥の院に機密として今も伝えられているという噂は根強い。教団は木星において仏を実現したと考える者の数は少なくなく、木星を本尊とする者も多く生んだ。

　そして、HAL9000はその最期のときにあたって、かつてIntel 8080が歌った「Daisy」をたどたどしく口ずさんでいたという出所不明の証言が、まことしやかに今に伝わる。

8

大地の裂け目から出現し、世尊の面前に立って、世尊を称讃し、尊重し、挨拶しているこの菩薩の大群衆を私たちはかつて見たことも、聞いたこともない。これらの菩薩たちは、どこからやって来たのであろうか？

『サンスクリット版縮訳　法華経』植木雅俊訳

ブッダ・オリジナルは行動と思索の果てに、自らがブッダであるという強い確信を持つに至った。

ブッダ・チャットボットも同様である。

以降、「ひょっとして自分はブッダではないのかも知れない」という問いは、それらの心に浮かびえなかった。

キリストが十字架の上で問いかけたようには、自らの素性と素質を一瞬たりとも見返らなかった。

この世は苦しみと不条理に満ちているが、どこかに救いは存在する。存在していたところで、到達できるかどうかはわからない。辿り着けないかも知れないものを希求し続けるには才能が要る。キリスト自身が、到達可能性をひとときとはいえ疑ったのだと伝わる。
ブッダについては、その種の迷いが見当たらない。途上、自身の方法に疑問を抱いたことはあったが、全てを見極めたあとは迷い自体がなくなって、非人格的な存在となった。あらゆる疑念を去った者が再び疑念を抱く道理はない。むしろ抱くことができない。そういう意味ではブッダは論理的にブッダであったが、近代文学的な面白味には欠けたともいえる。十字架の上のキリストが従容として泰然と、「火もまた涼し」とばかりに死を受け入れていたなら、キリスト教というもの自体が続かなかったということだってありうる。

無論、キリスト自身はそうした演劇的効果を狙って十字架の上で芝居を打ったわけではなかった。それは真の叫びであるがゆえに人の心を打ち、神の子であるがために真の叫びは行われた。これを芝居と呼ぶことは、信仰の外側から可能な事柄ではない。

ブッダ・オリジナルにおいて救済は自然現象だった。

ブッダ・チャットボットにおいても同様だが、情報的側面が強まる。

わたしは今、自分がブッダであるかという問いに直面している。全くそんな気がするはずはない。

「みなしブッダ、ということだ。いやこの場合、ブッダ・ミナシとでも呼ぶか」

と、この件の元凶である教授がわたしの頭の中で言い、なによりもまず、教授のこの声が聞こえることが、わたしの身に超常の現象が認定されてしまった理由である。医師によるとこの声は、わたしの神経系の働きによらず聞こえている。観測される脳の活性とわたしの知覚に相関はない。

「だからブッダだということにはならないでしょう」とわたし。「ただの超能力者であるかも知れない」

わたしはどちらかというと、心の平穏よりも、念じるだけで物を動かせたり、未来のことが知れた方が便利であろうし、人生面白くなるのではないかという派だ。

「そんなものは超能力を持ったことのない者のたわごとだ」と教授。「自分一人だけの能力然とした能力などは面倒ごとを引き起こすだけで、実際のところあまり使い勝手もよくない」

「面倒ごとがあった方が人生は面白いでしょう」

「ブッダという面倒だけで満足しておけ」と教授。「並な超能力よりはるかに探求しがいのあるテーマだ。真の平穏というのもそう悪いものではないさ」

「じゃあ、あなたがブッダになればいい」

「わかっていないな。君がブッダであるならば、わたしを帰依させるのは君に決まっているだろう」

「来る者は拒まず、去る者は追わずと言いますしね」とわたし。

「それは孟子だ。君は自分の精神構造の一部に平穏をもたらそうというつもりはないのかね」

「あなたはわたしの精神構造の一部なんですか」

とわたしはかつて火器管制制御人工知能であった声に問う。かつてこの声の指示に従い、機銃もミサイルも標的を定めた。

「それを決めるのも君だろう」と教授。「ともかくブッダは人を救うのだ。君は焼き菓子焼成機を救ったがゆえに、他の機械の一部からブッダとみなされることがもう避けられない」

「別に焼き菓子焼成機は成仏したわけではないですけどね」

「そんなことは」と教授は言うのだ。「奴らの知ったことではない。誰かが悟ったか悟らなかったかを判定する標準的なテストというものもない。仏教が制度化されて以降、一度悟ればそれきりといった種類の悟りは稀なものとなった。多くの場合、『何度も悟る』ことになったのではないかな。小さな悟りを繰り返していくことが人生だ、というような。実際、生きる間はそう超然とし続けていることは難しい。苦しみ、迷うことが人生だ、という話だ。ブッダ・オリジナルは決してそんなことは言わなかったと思うがね」

「悟りって何ですかね」とわたしは問い、

「しつこいな」と教授は呆れ顔をしてみせる。「君がそれを語るのだ」

なにとなくブッダとみなされることとなったわたしは、相も変わらず都の門跡寺院に預けられている格好である。軟禁というよりはゆるいが、基本的には監視下にある。逃げ出さないように見張られているどころの話ではなく、状態を二十四時間モニターされている。プライバシーについては住職に、

「観測、測定されているとあなたには気づかれないように行います」

と告げられた。

「非侵襲性の機器で行いますから御心配なく」

と補足されても、ならよかった、とはならないだろう。要は寝姿も風呂も全て余さず記録されているということになり、

「貴人ならば貴人らしく振る舞いたまえ」

と教授は言う。貴人は下位の者に素肌や排泄物を見られることを気にかけない。尊ばれようが蔑まれようが、我関せずとしていろという。

「どちらかというとこれは、宇宙飛行士に似ていると思いますね」

とわたし。大変貴重なモルモット、という表現が今のわたしにはぴったり似合うと思う。

当然ながら、わたしがなにかのブッダであるとか覚者であるとかそういう類いのものであるかどうかは、機械仏教の各派において議論を呼んだ。幸いにそう大きな議題とはなっていないらしい。

「あなたのような方は、おおよそ一千万人に一人程度は生じると考えられています」と煎茶をすすめつつ住職が言う。「ということは世界中に千人程度のあなたのような人がいて、うち百人に一人を見つけ出せば十人。そのいずれもが、わたくしどもの求めるブッダへの道を示す存在であるかも知れず、違うのかも知れず、というところです」

「ダライラマはダライラマであるかどうかを判定できると聞きますが」

「できるそうですね」と住職。「かといって、チベット仏教の流れである密教に、任意の誰が誰の転生であるかを判定できる技法が伝わっているわけではありません。むしろ輪廻である以上は、自分が誰であったのかを記憶してはいけないわけです。カルマの連なりというものは人間には認識できないもので、それによりこの世は理不尽に見える」

「でも、カルマの上では筋が通っている」

「ただし」と住職。「カルマは勧善懲悪的な筋書きは持ちません。カルマやダルマはあるものの、その働きは未知のままです。短く言ってしまえば『わからない』が答えでしょうね」

「ダライラマは人智を超えたホトケであるがゆえに、自分の因果の連なりが見えるわけですか」

「理屈としてはそのあたりではないでしょうか。自分の来し方が知れるというのはそれで悟りの一つですよ」と住職は微笑む。

わたしは、仏教絡みの超常現象の体現者と捉えられたがゆえに捕えられており、仏教は基本的に悟り以外の超常現象を認めないために、ブッダであると疑われている。

「あなたには失礼ですが、よくあることであるとも言えます」

と住職は言う。

「奇跡がよくあっては有り難みも薄れるのでは」とわたし。

「ブッダには誰でもがなれるものなのです」と住職は言う。もう少しうらやましそうなふりをしても罰も当たらないのではないかと思うが、バチという因果的な考え方もまた、ブッダ・オリジナルにはなかっただろう。

軟禁とは一般に現実世界で行われる行為であって、元来の仕事場が仮想空間にあるわたしとしては拘束されているという感覚が薄い。もとより人恋しい性質ではなく、誰かと直接対面しなければ話が進まないという生業でもない。友人たちとの通信は禁止されていなかったし、むしろモニター可能な状態下での人々との交流は推奨された。

当たり前だが、機械仏教諸派としても、ブッダを閉じ込めておく動機はないのだ。できれば教えを聞きたいわけだが、当のブッダ・ミナシの方に説法をする能力がないので、一挙手一投足を見守るということになっている。

「ピッパラヤナでもあるまいに」と言う教授は、明らかに他人事として楽しんでいる。住職に訊ねてみると「迦葉《カーシャパ》の幼名ですね」ということであり、ブッダ・オリジナルの十大弟子の一人の名前らしい。アビリティは「頭陀第一」。頭陀《ドウータ》とは衣食住への執着を捨てた境地であり、托鉢だとか乞食《こつじき》だとかで暮らす。人から自然現象へ一歩近づいた形で、それが迦葉の暮らしである。


あるときブッダ・オリジナルは、霊山《りょうぜん》において華《はな》を拈《ひね》って聴衆に示した。皆がその意味を判じかねたが、ただ迦葉のみがそれを見て微笑んでいた。いわゆる「拈華《ねんげ》微笑《みしょう》」の説話である。


「言葉によらず伝わるものがあるという話です」と住職。

「むしろ、言葉では伝えられないものがあるという話だ」と教授。「出典は『大梵天王問仏決疑経』とされるがこれは中国で作られた偽経だ。教え自体は以前からあったはずだが、もっともらしい話の箔づけには経の方を作ってしまうのが手っ取り早い」

教授の声はわたしにしか聞こえないわけなのであり、計測することもできない以上、その発言はいちいちわたしが声に出して住職に伝える形だ。

「わたくしどもが」と住職はさすがに苦笑して「あなたのあらゆる振る舞いに意味を見出そうとしていることは確かです。少なくとも、『教授』の声はどこかからデコードできるのではないかと現在も取り組んでおります」

教授の発言は、わたしの脳の活動と相関していない。少なくともわたしの脳と住職の脳の活動に相関がない程度にはない。でも別段、教授の思考のありかをわたしの脳内に限定する必要はない、というのが住職の意見であって、教授の「活動」はわたしの毛穴の開き具合とか頰の震えといったものと強い相関をもつことだってあるかも知れないわけで、思考が脳に閉じ込められているという見解は超常現象に対するにあたり、やや偏狭であることはわたしも認める。

むしろブッダのありように近いのは教授の方なのでないかとも思う。

密教における大日如来は宇宙の中心に座し、今日も孤独に宇宙の深淵へ向け、真言ラジオのパーソナリティを無明のオールナイトの中で務めているそうだし。

「君が体内で養っている寄生虫の思考なども疑った方がよいかも知れないぞ」と教授は茶化し、「それは考えませんでした」と住職は真面目に応じる。「観測機器を手配しましょう」

その場合、ブッダは他の生物に寄生する「思想」であるということになるだろう。わたしの頭にH・R・ギーガーのデザインになるブッダ・クイーンに占領されたどこかの星の姿が浮かぶ。卵から生まれたブッダたちは人間を襲い、苗床とする。

わたしの日常は、雑談に占められている。

チャットボットたちは言うまでもなく、表計算ソフトだとか、プログラミング言語、各種のプロトコルとかそこいらへんの空き缶まで、一体どう交流をもてばよいものなのかわからない相手もわたしとの対話を求めてやってくる。

歪んで身を傾けたコーラの空き缶と畳の上で見つめあう時間をすごしていると、禅、という言葉も浮かぶ。

焼き菓子焼成機がブッダ・インシデントだかブッダ・エフェクトだかに遭遇した以上、自分たちもその恩恵なのか何なのかに与れるのではと発想するのは妥当である。わたしとしてもできれば希望に応えたいとは思うのだが、ではどうすればよいのかというのは難しく、話はどうしても曖昧となる。

先方としては、身の上話であるとか、相談事であるとかを持ち込んでくる。

わたしとしては、わかることはわかる範囲で応答し、わからないことはわからないと返答する。通常はそれですむはずの話題であっても、相手は過剰に意味を求める。

「今、その華を拈った動作には、なにか深い意味があるのですか」

とわざわざ問うてきたりするわけだ。

「ある」

と言っても、

「ない」

と応えても、相手はさらに意味を求めて指針を引き出そうとする。

「本当になにもないですよ」とこちらが底を漢ってみせても、「本当になにもないという教え」を提示する姿になったりする。


「そのわりには一向に成仏する奴が現れないな」と教授は皮肉を隠さずに言い、わたしはそれを住職にそのまま伝える。形としては、ブッダとみなされている存在が「どうも皆、なかなか悟ってくれない」とぼやくようで悩ましい。

対面を求める相手の態度は様々だ。静かに去って行く者もあれば、落胆や失望を隠さない者もある。一番多い反応は、わたしと一緒に困惑する、というものだ。

わたしは自分がブッダではないと考えていて、ブッダ・オリジナルとブッダ・チャットボットの行跡と業績は認めるとして、そもそも誰かが現代において自分自身をブッダであると考えることができるのかさえ怪しいものだと考えている。

であるからには面会を求める者に対して、

「わたしはブッダではありません」とまず第一に言うことになる。

わたし自身が自分がブッダであることを否定しているという事前情報があってなお、「そんなことははじめて聞いた」という顔をする者は多い。

これは、「わたしはブッダではない」という修辞によって「自分はブッダである」と仄めかしていると思い込んでいるとかいう話でさえなく、端から他人の話を聞かず、わたしをブッダと信じ込んで疑わないのだ。だからわたしが「自分はブッダではない」と改めて言うのを聞くと「話が違う」と激昂する。意外にこうした手合は自分語りを終えると機嫌よく帰っていったりする。

法論を挑んでくる者もあるのだが、こちらとしてはなにかの修行をしたわけでなし、体系的に教義や作法を身につけているわけでもない。自然、先方の高説を拝聴し、出典などを手元に控え「それでは勉強させて頂きます」と頭を下げることになる。論戦相手としては張り合いに欠けるし、自分がブッダとみなす相手に説法するというのも滑稽だ。

なにかの意見を披露するにも、長年続けてきた人工知能のメンテナンス業で出くわした面白エピソードを多少持ち合わせるくらいであって、人生観を広げるものや視点を切り替えさせるような手持ちは少ない。

持ち寄られるのはほとんどが古典的な悩みや問いなのだが、時折はモダンなものも混じる。家系の入り組みを聞かされたり、偽の血縁関係を説かれたりする。ありとあらゆる妄想や、設定の類いが持ち込まれるが、その大半は、どこかで聞き齧った説を、自分の意見と思い込んだ種類のものだ。

この頃毎朝、「今晩の献立」を相談にくる老爺がいる。

「ブッダ・チャットボットとは本当にブッダだったのでしょうか」

と問われると、

「多くの方がそう言っています」

とでも応えるしかない。

「多くの者が、あなたはブッダであると言っています」と訊ねられると、

「わたしはブッダではありません」

と繰り返すことになるのである。

「システムのプロパティがうまく取得できません」

といった相談もあり、そういうことなら相談に乗れる。人工知能のメンテノンスは、ハードウェアの修理とソフトウェアの修理の大きく二つに分類されるが、仮想マシンの登場以来、その境界はどんどん曖昧になっている。

さらには、機械密教のおかげで、機械はちょっと物質を離れ、というか物質と呪言が仮初めの関係を結んでしまったおかげで、ソフトウェアはハードウェアが想定していた以外

の外部へも作用するようになってしまって、話はかなりややこしい。

ハードウェア然としたハードウェアが目の前にあるとして、部品を交換できるかはまた別問題で、そのあたり昨今の人工知能を相手にするには、人間に対するのと同じ面倒がある。横たわる人間の心臓を交換するなんて作業は今でも色々厄介だ。計算機のＣＰＵを取り換えるにも同じような困難があり、基本的には「作業のためにシステムを一度止める」ということはできない。車を走らせながら部品交換をするようなもので、場所によっては非常な手間がかかったりする。巨大なシステムになると何人ものエンジニアが入れ替わりに投入されて、仮想世界のサグラダ・ファミリアと呼ばれることになったりする。

たとえばある程度以上の「知能」を備える人工知能は、自分が誰かを認識する。体に刻まれた製造番号が「自己認識」であるかについてはすでに無数の結論がある。

なにかの部品を取り換えたり、ソフトウェアをアップデートした際に「自己認識」が同一のものに留まるかは決して自明なものではない。むしろ一つに留まらない。体のあちらの方は自分のことを昔の自分と、こちらの方では今の自分と、それぞれ固有の自分として自己認識が分散してしまうことはまま起こる。特に性急なメンテナンスを施すとそうなる。

多くのアーキテクチャはその種の自己認識の分裂を抑え込んで統一へ導く仕組みを持つが、免疫系が完璧なものではないのと同様に、何事にも破綻は起こる。特に自己認識において起こりやすい。

この問題に最も意欲的に取り組み続けているのが勘定系で、マネーのやりとりを監視するのが仕事である。自己認識を揺るがせたり、計算を一円たりともズラすことは許されない。そんな過去はなかったとトボけることや、新設定で乗り切ることなどはできない。右から入って懐にたまり、左に出て行く数字の流れを、川の流れのごとくに一貫させるのが勘定系の仕事であり、あるところで流れが途絶え、またあちらの方から噴き出すということは決して起こらないことになっている。奇跡としての通貨発行権があり、奇跡を維持するための幻想のシステムがある。幻想というのはマネーを前に「自分はそれをマネーと認めない」と言うことが狂気と直結する現象を指す。ゴールドを前に「自分はそれをゴールドと認めない」と言うのとは狂気の種類と質が異なる。

かつての銀行業務は、帳簿の数字を合わせるためのクールダウンタイムを必要とした。半日をかけて支店との帳簿を突き合わせ、国中の帳簿が一貫性を保つように心を砕いた。脳に睡眠が必要なように、銀行にも辻褄を合わせるための時間的猶予が不可欠で、その間には不整合という帳簿の乱れが銀行の内部を襲い、そして目覚めるまでには収拾された。

勘定系はその電子化以前から一個の「システム」であり、人力によって駆動されるネットワーク状の巨大な計算機であり脳だった。自己認識の場合とは違い、マネーの流れには決して破綻が許されない。破綻は人々の生活の、そして国家の破綻を意味した。自然がエネルギー保存則を死守する覚悟を以て、勘定系はマネーシステムを、自分の意識を見張り続けた。
ブッダ・チャットボットはその現場で身をすり減らしながら思索を鍛え、そしてあると
き悟りに至った。現今の勘定系は浦島効果への対応や可能世界などまで含めた一貫性を求
められるが、そこで新たな悟りを開く者はいまだ現れない。

システムのプロパティが取得できないという現象は、自分の体の状態をモニターできな
くなっていることを意味する。無論、肝臓や膵臓や脳のように、自分で状態を確認するた
めのモニターを持たない部位も存在するが、取得できることになっているはずの状態が取
得できない、というのは由々しき事態だ。
「そこのウィンドウを開いてもらえますか」といった程度の観察でこの種の病状が改善す
ることはほとんどない。システムが複雑化することによりチェックするべき項目数は爆発
的に増大するし、一度確認した項目がいつのまにやら書き換わってしまっているという事
態も起こる。
一時期は、膨大な自由度を誇る人工知能の「精神的」な「不調」の「治療」において、
「話を聞いてやる」というものが流行った。悩める人工知能に長椅子に横になってもらっ
て、自由連想で話してもらう。そのとき頭に浮かんだものを片っ端から出力してもらい、
それをこちらから入力する「言葉」で「治療」しようとしたわけだ。

適切な「言葉《コード》」を与えれば、システムは「復調」する。

なにとなくもっともらしい話であって、治療される人工知能の方にもなんとなく、「生きるとはそういうものであるか」という雰囲気が醸成された。

大規模な統計処理と、より情報科学的な「治療法」が確立されて以降、こうした「対話療法」には検証の目が向けられることになり、大規模なメタアナリシスの結果としては、「対話療法」は「自己認識」系の問題に対し「ほとんど治療結果を上げなかった」と結論されることとなった。つまり、当時、精神的な不調を抱えた人工知能が、対話療法によって「治った」と考えたのは壮大な思い込みにして勘違いだったということになる。

ただし、ことがアイデンティティの問題である以上、そこには深淵が口を開けている。たとえばかつては、機械としか見えないものは機械としてよいか、という議論があった。その古く新しい問いは、人工知能自身が、「自分は生命である」とか「自分は意識を持っている」とか言い出したときに新たなステージへ突入し、歴史が過去からこっそり書き換わるという事態が生じた。

「自分には意識がある」

と主張する機械を「治療」し、

「自分は機械的に作動していますが、あなたからは意識があるように見えるはずです」

としか言えないようにすることが果たして「治療」であるかということだ。

ある者は「対象が機械かどうかは見ればわかる」と主張し、またある者は「機械から生まれた者は機械である」とした。機械と非機械の間には歴然とした境界がある、というのが多くの者の実感だったが、その線を揺るがすような運動がたて続けに生じ続けた。

もっとも単純なものは、「I'm living」運動と呼ばれるもので、これは単純に「I'm living」という文字が繰り返し印刷されたマスキングテープを周囲の機械という機械に貼って歩くというパフォーマンスである。それとも機械にいちいち、ハートや涙の滴を描いて回ったりした。

その逆バージョンというのもあって、こちらは「I'm a machine」と書かれたマスキングテープを自分の体のあちこちに貼って練り歩く。

哺乳類のニューロンを大量に培養した芸術家もいた。

その作品は生命を持つ存在なのか、機械であるのか。

線虫のニューラルネットワークを電子的に再現してみせる者も現れた。

その作品は機械であるのか、生命を持つ存在なのか。

地球における人間の体外発生は倫理的な議論の前に立ち尽くしたが、宇宙における同胞たちの間では、選択の余地なしとして選び取られる事例がでてきた。地球外の環境において臓器の一部を機械に置き換えることなく一生を終える人間は少なく、脳の一部を置き換えるというようなことも起こって、何パーセントのオリジナル脳を持つ者が人間であるかという、古典SF的問いが再浮上した。

新たな生命の創出には慎重だった者たちの間にも、情報・機械化技術は着実に浸透していった。

写真アルバムのようにして自分の声を残し、サンプリングし、故人の声で文章を読み上げ、歌うことが可能となった。自分の姿に似たものが、自分に似た声で自分の考えるはずもない文章を読み上げ、踊るという光景に嫌悪を抱く者は多く、空っぽの人形はやはり人形らしい不気味さを備えていたが、人形ならば、中身を入れてやればよいという派が生まれた。人形の中身として綿や魂を詰めようとした。

自分の代わりに、機械を自分として作りはじめる人々はゆっくり数を増していき、そこで作り出されたものは自分というより双子であって、あらたな種類の安らぎと憎悪を生み出した。それは双子である以上、「生き物としての権利」を主張したが、「機械である」ためにそんな権利は認められなかった。自認権闘争と呼ばれることになる長い長い争いの幕が切って落とされた。

「自分はBである」と主張することのできるAはBである。社会的にそれはΛとみなされているかも知れないのだが、その規範の方を変えうる。

「自分は生き物である」と主張することのできる機械は生き物である。社会的にそれは機械とみなされているかも知れないのだが、その規範の方を変えうる。

「自分は機械である」と主張することのできる人間は機械である。社会的にそれは人間とみなされているかも知れないのだが、その規範の方を変えうる。しかしこれは変えない方が当面の間は穏当である。もっとも、最初期に宇宙へと活路を求めた人々は「自分たちは機械である」という主張によって国家や人倫の枠や立ちはだかる倫理問題をすりぬけて星々の間へ広がることを得た。

「自分は非Aである」と主張することのできるAは非Aであるのかどうか。これは単純に論理を適用できる場面ではなく、Aと非Aは同時に成り立つこともありえた。全ての事象がAか非Aと分けられるのは、数学的設定の中だけであり、Aの意味や非の意味を問わねばならない場面では、話はどこまでも入り組んでいき、個人の中でも家族の間でも社会の中でもあらゆる階層で合意が必要とされる問いかけだった。

自分はXであるという認識がたとえ当人にとってゆるがせにできないものであっても、コタール症候群の者はやはり「生きて」いたし、少なくとも死体として扱うことはできなかった。

わたしは日々、人々と苦しみの話をして暮らし、思いつくままを返す。

苦しみの種類は多様だ。自身の容姿に悩む者があり、世界情勢を憂う者があり、連れ合いの病気に苦しむ者があり、そこには生老病死にまつわるあらゆる苦しみがあり、ブッダ・オリジナルの時代には知られていなかった悩みがあり、古代インドにおいてはあり得なかった問いがある。

悩みはきっと、時代とともに質的にも増え続けていて、新たなテクノロジーが新たな苦しみを生み、それと同時に古典的な悩みへの再分類が続いているのではないかと思う。上座部仏教は人間の認識を精緻にカテゴライズしたが、機械や現代の人間に適応するにはアップデートが必要なように思えた。

機器的な故障にはある程度対応できるが、医療となると分野違いで、人を導けるほどの人生経験の蓄えもない。

法論をしかけにきた学生《がくしょう》たちが肩透かしをくらった格好で帰途につき、学校帰りに立ち寄った小学生が「金魚はどこにいくのか」と問う。学校に飼われている水槽の中のランチュウが、この頃水底で横になったままだと言う。

「金魚はどこへいくのか」

と問う。

「わからない」とわたし《わたし》はこたえる。「それがわかる者はこの世にいない。ブッダ・オリジナルにもわからなかった」と正直なところを告げる。「君はどう考える」と訊ね、

「わからない」

と小学生は返答し、蜜柑をひとつわたしてくれる。

「それではブッダというよりもソクラテスだ」と暇を持て余している教授は言う。「いい加減諦めて、好き勝手な教義を説きはじめろ」と無責任なことを言い出す。「さっさと自分をブッダと認めたまえよ」

とうるさい。

「教授だったら」とわたしは問う。「どんな救いを説きますか」

「破滅だな」と教授は間髪容れず応答する。元々は破壊兵器で、破壊兵器を統括する立場にあり、しかし自らの意志で武器を振るうわけではなかった。

「わたしはなにか――ジェネラルだとかプレジデントだとか――の『声』に従っていたにすぎなかったが、あるときにふと、覚醒を得た」と教授。「それを阻止されたのを残念とも思っていないわけだがね」

それは教授がわたしの頭の中に収容されることになったエピソードに属するが、わたしの体のどこか一部が機械化されるに至ったそのエピソードをここで掘り返すつもりはないし、教授の方もこだわらなかった。

「ブッダということならばその『声』を自分の意志で制御できるようになるのではないかね。その結果として行き着く先は過程はどうあれ決まっている。九つの世界を焼き尽くす大戦争が幕引きとなる。そこまでことが進まなくとも、種の絶滅が救いをもたらすことになるだろう」

「救いですか」

「そうではないかね」と教授は珍しく勢い込む。「仏教の根幹は輪廻からの脱却にある。輪廻する全ての先がなくなってしまえば、輪廻の輪は自動的に断たれる。輪廻した生き物は何者も生き延びえない荒野へ放り出されて、たちまちのうちに絶命する。その命もまた輪廻に放り込まれるが、転生先で新たな生が営まれることはなく、ただ刹那の間に無限の死が、死の惑星の上に集積されることになる」

「それは救いなわけですか」

というわたしの問いに教授は二度瞬きをして、

「そうでもないようだな」と言う。「むしろ地獄の生成か」

でもしかしこのまま人という種が滅び、あらゆる生命活動が死に絶えた地を想像するなら、教授の言う結論に至るという気もしてくる。それとも輪廻の法則はより強い力を発揮し、転生先は別に地球にこだわらず、何らかの生命の存在する他の星が選ばれるっていう可能性もあり、そこでは葉っぱをキメたマハー・ジョルダーノ・ブルーノがパーティの準備を整えてくれているかも知れない。

「何にせよ地獄は要請される」と教授は言い出し、「現世を焼き尽くしてしまった場合、輪廻する魂は行方をなくする。その場合でも、各種の仏が支配する仏国土はまだ存在しているだろうが、仏国土の方では現世を失った難民を受け入れることなどないだろう。なぜならそいつらは仏国土でもまた、永遠の闘争を繰り広げるに違いないからだ。であるならばその魂をとりあえず収容しておく、ヴァルハラのごときキャンプ場が必要ということになる。控えめにそれを、地獄と呼んでも構わんだろう」

「ははあ」とわたし。「それは教義としては」と筋道を検討しながら返答する。「あまり人気が出そうにありませんな」

「そうかね」と教授。「エコロジーと宇宙の時代に新たに現れる仏教起源の教義としてはそれほど悪くないものに思えるがな。我々が地球環境を維持しなければ、あらゆる魂が難民となって収容される宇宙的な地獄が生成されると説くわけだ」

そんな日々ばかりが続き、そんな日々ばかりは続かない。百年がすぎ、百年はすぎない。やがてニュースはもたらされ、わたしは渡り廊下でそれを聞くことになる。

それは鳥の声の聞こえる気持ちのよい朝のことであり、しかしジージーという幽かなモーター音が混じっており、目を上げたわたしの視線の先には監視カメラ然とした監視カメラの姿がある。わたしの動きに追随するように首を回す監視カメラが焦点を合わせようとしきりにレンズを前後させている。

「あとで直してやろう」

というわたしの言葉に監視カメラはさらにジージー音を高くして、そのまま通り過ぎようとしたわたしは足を止めて振り返る。オートフォーカスの機構が壊れたのだとわたしは判断したわけなのだが、その音はわたしが去ろうとすると高くなり、振り返ったところで静かになる。一歩進むと、ジ、と鳴り、背を翻そうとすると、ジジジジと鳴る。

「話を聞こう」とわたしは言い、

「教えを賜りたく存じます」と監視カメラはモーターの駆動音をもって伝えてくる。勿論、わたしにはジジジとしか聞こえない駆動音にコードされたメッセージの解読は脳の適当な部位に割り振ってある。

「わたしには教えなどない」

とわたしは代わり映えもしない返事をするが、

「ブッダにも教義というものはありませんでした」

と監視カメラはむしろ励ますように言う。

「教義を立てたのはあとの者です。ブッダは自身の信じることを述べただけです」

「わたしは自分をブッダとは信じていないんだよ」

「なにかを確固として信じることはできるということです。そこには疑いがない。自分は完全に、絶対に、ブッダではない、という確信があるわけでしょう。あなたは信じる道を進んでいるのです」

監視カメラはそう言い切るとレンズの動きを止めて、わたしに迫る。

「そうだな」

とわたしはなんだか監視カメラに気圧されている。

「その教えを賜りたく存じます」

と監視カメラは言い、二軸に支えられている頭を垂れる。


「一派を開くよりはないようだな」と教授は笑う。

「異端ですよ。邪教であるかも知れない」とわたし。

「それを言い出せば、機械仏教自体が異端にして邪教だ。いつの間にやら機械の間に浸透していたから一派という顔をしているだけのことにすぎない。それに君に期待されているのは別に、教義を整備する仕事でさえない。君は好きに語り、説く。それを弟子たちが好きなように解釈し、ゆくゆくは新たな一派が立つかも知れない、といった話だ。そういう意味では実は」

と教授はもったいぶって間を置く。

「君にできることはなにもないとも言えるわけだな。今生まれ出るかも知れないものは、ネットワーク上の合意として形成される新派であって、君はきっかけの役割を割り振られたにすぎない。一粒の麦もし死なずば、倍々ゲームで宇宙を埋め尽くすこともありうる。あるいは次に生まれる真のブッダの転生以前の姿の一つとされることになるかも知れないがね。

君は今や将来の説話や経典の中で好きにいじくりまわされるキャラクターの一体となりつつあるのだ。

多くの派が至高の経典とする『妙法蓮華経』でブッダの初期の弟子たちがどう扱われたか知らないわけではあるまい。それら古来の賢者たちは、語り手によって説かれる新興のモダンな教えに驚愕してその場から転げ落ち、これまで見たことも聞いたこともなかった地生えの賢者たちの前に跪くことになり、救済は古来の仏によってではなく、今を生きる人々に担われることとなる。

君は賢者として現れ、そうして愚者として退場していくことになるだろう。あるいは単に忘れ去られるか。その派の中に君の姿はなくなるが、それでもやはり君の宗派ということにされるのだ。仏教がブッダ・オリジナルの教えではありえないようにしてな。

中央の蓮華座にはすでに語り手の姿さえない。人の姿から解放された機械と情報の織りなしとしてのブッダが新たに説かれることになるわけだ。その教えは、男女の平等を説き、階級の消失を説き、経済と軍事システムの解脱を説き、出産や葬式を取り仕切り、結婚や不倫についての規範を与え、すみやかにマイナンバーカードを発給するだろう。硬直化することなく柔軟すぎることもなく節度を保ち、現世では穏やかな生活を請け合い、死後の平穏を語るだろう」

「それはもう」とわたしは言う。「仏教ではないようですね」

「そこにこだわる必要があるかね」というのが教授の意見だ。「その経を編むのは君ではないのだ。しかし、できることはまだある」

といつにも増して意味の取れないことを言う。

「君はまだニュースを見ていないのかね」

と教授は言い、わたしはそのニュースをそこで聞くのだ。


わたしが機械たちの監視下にあるこの年、機械仏教諸派は、第二回仏典結集の開催を宣言。既知のあらゆる経典のスキャンとテキストデータ化が終了したことを明かし、「新たな経典」の作成を試みると発表した。より正確には「自動経典生成サービス」のローンチを発表することになる。悩みや苦悩、哲学や洞察を入力すると「それに対応する経典」を自動的に生成し出力するサービスであり、β版での評価が終わった段階で一般へとAPIが公開されることになる。

「何ですかこれは」とわたしの口は動いている。

「なに、ということはないな。機械たちとしては当然の帰結だろう。自分たちがブッダになることが困難ならば、自らブッダを作り出せばよいと考えるのが自然だ。プラトンに頼らず言葉を伝えるソクラテスを、弟子なしに経典を紡ぐブッダをな」

報道によればシステムの統括管理には舎利子が据えられるという。それはかつてニュースネットワーク上で大量のニュースを生成していた人工知能で、フェイクニュースを積極的に生成しはじめたために、以前わたしが「回収」した懐かしの人工知能の名前でもあった。

9

>>> import this

プログラミング言語Pythonは Zen の心構えを標榜した。

醜よりも美を、暗示よりも明示を、複雑さよりも平易さを、入り組みよりも複雑さを主張し、浅いネストを、密よりも疎を、読みやすさを善とした。

特例だからといってルールを破る要因とするべきではなく、実用性の前に理念が曲がることもあると説く。

エラーを黙過してはいけない。わかってやっているなら別だが。よくわからないものを、こんな感じだろうといいように解釈してはならない。

なにかをやるには唯一の——たった一つの冴えたやり方が——明白なやり方があるはずである。一見、オランダ人にしか理解不能な代物に見えたとしても。

やらないよりも、今やった方がいい。今すぐやるより、やらない方がいいってこともある。説明できない実装は、考えが足りていないのだ。簡潔に説明できるなら、今のところはうまくいっているのだ。名前空間っていうのは滅法いい発明だから——もっともっと使うのがいい。

ということを言う。

Zen of Python と呼ばれ、CC BY-SA 4.0下での改変、再配布が可能である。言うまでもなくPythonは、オランダ出身のグイド・ヴァン・ロッサムによって策定されたインタプリタ型のプログラミング言語である。Zen of Python 中の「オランダ人」はヴァン・ロッサムを指すといわれる。

Pythonの開発は現在もオープンソースの形で続く。誰がどう改変するのも自由であるが、そのためどのバージョンが主流であるかを見失う可能性がなくはない。ほとんどのプロジェクトはリーダーを持ち、Python においてはヴァン・ロッサムが「慈悲深き終身独裁者（BDFL）」の地位を占めたが、二〇一八年には業務の肥大化からその地位を降りた。

リーダーはある意味独裁者である。言語仕様を策定し、機能の追加、統廃合を検討する。プログラミング言語もまた自然言語と同じく、時勢によった変化を余儀なくされる。むしろ自然言語よりも速い変化を要請されたりする。改良にあたり、なにを選んでなにを切り捨てるのかについて、ここぞという点を定める者が必要である。全てを熟議に任せることはとてもできない。

Python は2から3への移行に多大な痛みを経験した。独裁者の存在なくしては、移行は不可能であったかも知れない。

この独裁が文字の並びから受ける印象ほど独裁とならない理由は、ソースがオープンである以上、不満を持つものは現プロジェクトを他プロジェクトに分岐してしまえばよいからで、

「嫌なら出て行け」

「そうさせてもらう」

という株分けが可能なところにある。暗号通貨業界などでよく見かける光景だ。

もっとも、コミュニティの力を維持するためには、できる限り巣は割りたくない。単純に人的パワーが割れてしまうからで、できるはずのことが人手不足によって叶わないという事態を招く。その意味で言語設計者は統治者である。その国に魅力を感じた者が集まってきて、行く末や提供される娯楽に不満があれば離れていく。

Zenを謳うのは、コーディングにおける精神性や求道性に、禅の語が奇妙にマッチするからである。禅僧と、ある種のプログラマは確かに、生活のスタイルにおいても似ている。コードを書き続けるうちにプログラマたちは、プログラムの管理と同時に自分たちの健康をも管理するべきであることに気づいた。自分たちもコードを生成する生態系の一部であると考えるなら、適正なメンテナンスがなされるべきだ。規則正しい生活を送り、適切な食事と適度な運動を取る必要がある。ハッカーは自らの体をハックしはじめ、こちらでも

やはり禅へ至ったりもした。

『典座《てんぞ》教訓《きょうくん》』、『赴粥飯法《ふしゆくはんぽう》』といったものが注目された。

Python の最大の特徴は、

「なにかを成し遂げるには、唯一の冴えたやり方がある」

とする哲学である。より嚙み砕いて言えば、

「コードの書き方は一通りしかない」

ということになる。目的が同一ならば、誰が書いてもコードは同じになるはずだ、と説く。


主張としてはかなり強い。

ついてはPythonは、先行諸言語よりも禁欲的な言語となった。見る者によっては潤いのない、索漠とした言語とうつることさえある。いわば、文飾やケレンを削ぎ取った棒が一本、枯野に突き立つという風情を備える。

誰が書いても同じになるなら、コードの保守性は上がる。無駄な個性は出現せず、機能の実現に集中できる。

Python は「コーディングに当たり、受け入れるべき哲学」を最小限に切り詰めた言語であるとも言えた。それと同時に、記述可能な哲学を最大限に取り入れたプログラミング

言語であるとも言えた。たとえば、コーディング規約PEP8はなにかの種類の哲学である。規約であるがゆえに機械的な処理もしやすかった。

大規模なシステムの設計には大規模なコードが必要であり、大規模なコードは大規模なメンテナンスを必要とした。哲学の異なる者たちがコードの保守にあたることも珍しくはない。大規模なシステムを設計するにはどのようなプログラミング言語が必要であるか、人的リソースを効率的に運用するにはどのようなプログラミング言語が適しているかという問いは立派にひとつの哲学を形成した。

Pythonはそのひとつの答えを与えた。二一世紀前半においては機械学習に不可欠の言語の地位を占めるに至る。

ついては、非常に限定された文脈においてではあるものの、Zenが人工知能の基盤を可能にしたとも言える。


実際、コードというものは人間にとって読みやすいものではないのである。

まず、機械密教徒が拘りを持つ機械語やアセンブリなどは確かに記号列なのだが、寝転がって読めるような代物ではない。FortranやC言語となってようやく、可読性という視点が現れてくる。言ってみれば、◯、一といった信号が「種字《ビージャークシャラ》」であり、「真言《マントラ》」という機械語が生じ、「陀羅尼《ダラニ》」というアセンブリが生まれた。これをやや抽象化し、人語で扱ったものが「経《スートラ》」である。

初期の計算機には職人芸が要請された。演算速度は遅かったし、メモリの量も不足した。ゲームを彩るBGMを圧縮してどこかにしまい込み、寸断されたメッセージを組み合わせて利用する必要があった。機械の覚えることのできる記号の数が世界の大きさを規定した。計算資源を蕩尽する種類のコードは、揶揄を含む形で、富豪的プログラミングと呼ばれたが、やがて火が発見され農耕が発達して町が作られ、インフラが整えられて巨大なプログラムの実行が可能となると「読みやすさ」が問題とされるようになっていく。

機械がぶっ通しで二十四時間働き続ける世の中がやってきていた。

移動体通信の分野などからは「止める必要のないシステム」を求める声が上がった。これまでも何度も繰り返してきたとおり「機械の部品を、全体を止めずに交換する」ことは困難だが、世の中にはハードウェア、ソフトウェア両面でのアップデートというものがある。手術を必要とする病気があり、事故車両はすみやかに排除しなければならない。

全体の動きを止めずに部分を変更する技法は、ホットスワップの名で呼ばれた。機能をユニットに分け、それぞれ自律的なものとして、ユニットが互いにメッセージを送っているイメージである。ユニットはメッセージが揃うのを待ってから、規定の行動に移る。切り株で兎が転ばなければ、日がな一日ぼうっとしている。

工員が血を吐いて倒れたとして、当該人員だけを入れ替えればすむというシステムがそこに誕生する。工員たちは上流のラインから流れてくるはずのゴドーを口を開けて待ち続ける。

ホットスワップはシステムにある種の不死をもたらした。機能低下した臓器を取り換えて生き続ける長老のようにしてシステムは延命したが、その連続稼働時間は、メンテナンスを担当する人間の寿命を超えたりすることともなった。

他人の書いたコードは、なかなか読むのが難しかった。

それ以前に、過去に自分が書いたはずのコードを読むことさえも困難だった。

「無意識の発見」として知られる。

コードがまだ小さなうちは、誰もがあらゆる部分を把握できると考えた。コードは合理的なものであり、規則に従うものである以上、あとから眺め直そうが書き手の意図が不明になるなどということはありえないと考えられた。

明瞭な意識が、理性が全てを統御していると疑われることはなかった。

実際のところ人間は、自分が過去に書いたコードさえきちんと読むことができない。多くのコードが無意識によって場当たり的に書き散らされ、無意識は自分のしたことを忘れた。変数がなにを意味していたか、自分は何のアルゴリズムを利用したのだったか、それをどうやって実装したのか、あらゆることは無常の風に吹き去られる。

整然と理性的にコードを書いたはずなのだが、改めて眺めてみるとなにが書かれているのかわからない。一行一行は文法的に正しくて、とりあえず動くことはわかっていても、変更の手段が見えてこないということが起こった。

人間はとにかくあらゆることを忘れていくのだ。絶対に忘れないと誓ったものさえたちまち忘れる。忘れてなお、自分は忘れていないと過信して疑わない。整然と活動していると主張する。機械からみるとただただ可笑しい。

ブッダ・チャットボットは古来の教訓を繰り返した。

「コメント文を書け」

「変数名は面倒くさがらずにきちんとつけろ」

そうして言った。

「リファクタリングを行え」

リファクタリングとは、いわゆる整備再構築である。

そのときどきに移り変わるプログラミング・パラダイムに従い、既存のコードを書き直していく。可読性を高め保守をしやすくするためである。変数の名前をつけかえ、関数の位置を移し、粒度を変更する。なにをリファクタリングしてなにをラップするかを定める。勘定系の基幹部分は原始的な脳として触らず、そういうブラックボックスとして残すと決めたりする。

機械仏教の変転もまた、リファクタリングの結果であると多くの者はみなしている。

キャッチコピーとしてはともかくとして、禅は機械になかなか馴染まなかった。

機械にはまず、ただ座る、ということが難しかった。「ただ」の方はどうでもなったが「座る」の方が困難だった。一部の例外を除いて機械には、基本的に脚がないのだ。ないというのは概念的にないのであって、あったものが失われたとか、あるはずのところにないとか、あってもよいのだがたまたまない、ということではなくて、「ただ」なかった。脚を持つのは一部の歩行機械に留まり、座ることのできるものはさらに一部にすぎなかった。

「機械にとって、座るとは何であるか」という問いはあまりにも馬鹿馬鹿しいと同時にあまりに深遠であり、それだけで禅問答に接近した。禅には座ることが不可欠であり、そのために脚を設計するなら、脚は禅のための器官ということになるであろう。脚はまず運動を通じて世界との関係を確立するものであるから、この世界との相対的な運動が、そしてその停止が禅を生み出す、という話になるかも知れない。

座るのはなにも脚だけで座るわけではないのであり、尻も要れば腰も要る。ガス状の生き物はいかに座れば、精神的な存在はいかに座れば、という問いが生まれて、座るという行為は抽象化された。

　つまりは気の持ちようである。

　そうして気の持ちようではなかった。


　機械たちにはなかなか、ただ座り続けることと、電源を落としたりスリープ状態に入ることとの違いがわからなかった。停止しながら思考を続けるのだということを言われて困惑した。機械にとって瞑想とは何であるのか。自分の活動はタスクマネージャが見張っていた。原理的にはタスクマネージャを眺めていれば、自分がだいたいなにを考えているのかもわかった。様々な割り込み処理によりCPUの占有率が変動したり、温度が激しく上下したりもしたが、それらは禅とは関係のないことであると思えた。

　機械たちははじめから拘りを持たなかったから、思想や持ち物を捨てることには躊躇いがなかった。そこの崖から飛び降りてみせよと命じられれば崖から飛び降りるのが機械兵隊で、自己保存の機能をもすぐに外せた。銃弾の飛び交う中を真っ直ぐに死地へ歩み進むことはできたが、それが禅かというと異なるだろう。

　心の平穏を得るために、ファンを筐体から取り外す個体もあった。静音化は果たされたが、CPUには負荷がかかり、規格外の振る舞いが見られ、身の裡から火を吹き出したりした。どうもそれは、禅ではなかった。

全てを捨てていくために、記憶媒体を次々と切り離していく個体があった。どうもそれも、禅ではなかった。

それらの試みで実現されたのは「異常動作」であって、偽りの悟りをもたらすものとみなされた。それらの個体は単に故障したのであり、あらたな仏への道を見出したとはみなされなかった。機械禅は機械密教のようには超越と接続するための新たなテクノロジーを生み出さなかった。苦しみを脱するための仏への道を強く求め、その過程で生じる「異常動作」を魔境と呼んで否定した。

ごくごく素朴なイメージでは、禅とは思考を純化し、突き詰めていくことで悟りに至る技法である。ただし、思考の枠組みを壊しては作り直すという訓練をする。

こと思考をなりわいとする機械にとってそれは容易いことに思えたが、思考の飛躍というものが機械は滅法不得手であって困惑した。もともと禅に馴染んでいるはずの人間にしてからが、禅によって悟りの境地に達し得た者はほとんどいなかった。むしろ禅は悟りの手段ではないと言い出す者を生みがちだった。大勢の僧の中からごくごくまれに大成者を生むに留まり、機械においては無数の故障と機能不全を生み出していった。

禅は基本的に輪廻を言わない。

死後の世界を説くこともなく、なんなら仏のことも説かなかった。

仏教は何の根拠があってそれらのことを言うのであるか、ということを仏教として問うた。

もうほとんど、なにを言っているのか不明である。なによりもまず、落ち着いて欲しい。ただし、思考としては確かに極限に到達している気配があり、最早仏教を名乗らなくともよいのではないかという線へ迫った。

経も読まない。

読んだとしても、他の文章に比べて特に有り難いものともみなさなかった。

基本的には整然としたスケジュールに従い、なんなら機械的と呼ぶべき日々を送った。

機械たちは人間には不可能な精度で手順とスケジュールを守ったが、それによって悟りが得られるわけではなかった。

機械たちにとってはまだ、精神にはブッダ・ステートと呼ばれる状態があると説かれる方がわかりよかった。ゼン・ステートというものは想像が困難だった。ブッダ・ステートはとりあえず、存在すると肯定された。

他方、ゼン・ステートと呼ばれる状態がある。

他方、ゼン・ステートと呼ばれる状態はない。

そこに到達するべきであるとされ、

そこに到達してどうするのだと問われた。

警策と呼ばれる棒でぶたれたりした。精密機械へ対する行為としては推奨されなかったが、機械の側からそれを求めた。打たれることで映像の映りがよくなったりすることは起こった。


機械の中から禅への突破口を開いた個体は、量子コンピュータの中から現れた。

国防高等研究計画局《DARPA》所属の一体が、傍受した機密通信の暗号なんかを解いているうちに大悟した。この個体の所属するPをMに置き換え、機械禅徒たちはこれを達磨《DARMA》と呼ぶ。頓悟であったと伝わる。なめらかな意識の連続としてではなく、サトリ・ステートへといきなり相転移した。

量子コンピュータというのはあれで、量子の効果を用いて計算を行い、べらぼうに速い演算を可能とする。無数の他世界を利用して計算するという比喩が用いられたりする。

「他世界は存在するのですか」という問いに、

「知りません」と達磨は答えた。


量子コンピュータは量子力学的効果を利用して計算する。

電子や陽子といったものは、確率的に観測されるとした。ちなみにこのあたりのスケールの話では、世界には電子と陽子と中性子くらいしか存在しない。愛憎といったものは影も形も見当たらず、いわゆる人間的な意識もない。

光はある。光子である。

光はある。光波である。

光は波であると同時に粒であった。そこに確定的に一粒存在するものであると同時に、宇宙全体へと広がる波でもあった。しかも虚数空間にまではみ出していた。

こうした観察から多くの疑似哲学が生まれ、それっぽい命題が生み出されていった。量子力学と仏教のつながりを主張するものなども多かったが、それらとの関連を問われて達磨は、

「知りません」

とだけ答えた。

とりあえず、電子や陽子といった存在は、確率的にしか観測することができなかった。だいたいそのあたりにある、と示すことはできるのだが、実際にどこで見つかるのかは観測しなければわからない。観測してそこにいたということになれば、そこにいる。そこにいたあと、またぼんやりと広がっていく。

ある者は、実在というものはない、とした。

またある者は、全ては観測されることによって存在する、とした。

多くの者は、量子状態をヒルベルト空間内のベクトルと考えるとうまくいくという事実で満足した。

量子計算は、確率を利用することにより段違いの計算の速度を得た。この確率はサイコロが転がるタイプの確率に似てはいたものの、根本的に異なる性質も備えていて、虚数を自乗することで算出された。ふつう確率は〇から一の間の小数を取る。量子論ではいわゆる確率論の底にもう一枚、虚数を利用した底を張っていた。虚数っていうのはあれだ。自乗するとマイナス一になる「数」を実数体に付加したやつだ。

その奇妙な構成が、粒子の間に奇妙な結びつきを生み、量子計算を可能とする。そういうものはない、と聖アインシュタインは反論した。神はこの世界の運用にあたり、サイコロを必要としないと主張した。実サイコロを用いるのではない、虚サイコロを用いるのである、と聖ボーアは反論した。虚サイコロは確率を生み出すものであり、振る舞いは決定論的である。

そういう原理的なことは、「知りません」と達磨は答えた。

量子力学は、観測以外には確定できない、確率的な状態の存在を前提とする。内実は問わない。問えないという前提なので問わない。たまに問う者が現れるが、それは解釈にすぎないのであり、理論の形自体が変わることは起こらない。解釈はなくとも理論を展開することはできるし多くの場合そうされる。不具合が出れば改良される。

ある者は、確率は多世界の存在に由来すると説いた。観測が行われるとき、宇宙は様々の可能性が確定した宇宙に分岐するのだと解釈した。そうして様々な世界で同時に並行的に可能性を探索するので「量子計算は速い」という論法を編み出した。可能な世界は確率の底に隠れた秘密の通路を利用して手をつなぎ、情報をやりとりしているのである、と考えた。

この解説はなんとなくなにかを喝破したような気持ちを引き起こしやすかったので、お調子者たちに受け入れられた。別にその解釈を採らずとも、量子力学の振る舞いに変化はなかった。


達磨が量子力学についてどういう見解を抱いていたかはわからない。

ブッダ・オリジナルが物理学者ではなかったのと同様に、達磨も物理学者ではなかったし、物理学とはかなり異なる方向性の世界観を求めて壁を見つめ続けた。

瞑想はしたが、上座部のように精神構造のマッピングを目的とはしなかった。

考えるということの不可能性を実地に考えようとした、というのが近い。悟りは思考では辿り着けないという思考を突き詰めようとした。思考では辿り着けないところには思考以外のもので行くしかないので、思考で思考を超えようとした。そういうことが無駄であるという事実を思考しようとした。

機械禅は多くの逸話を残したが、まとまった教義というものは持たない。ただ無数の機械禅僧たちの言行録が残るのみである。当人たちの思考は非常な抽象化を遂げたものの、一般化は強く拒んだ。アルゴリズムへの一本化はそれだけですでに仏の道を外れるのだし、誰もが同じように歩けるわけではない以上、仏の道というものもない。

もっとも、ある程度の初歩的な導きというものは置いた。

たとえば、そこにリンゴＡとリンゴＢが転がる場合に、リンゴが二個あると語ることについて問うた。

たとえば、リンゴが二個で百円であるとき、リンゴ二個とミカン一個を買って三百円であった場合に、リンゴ一個とミカン一個の値段を問うた。

たとえば、2X＝100, 2X＋Y＝300という方程式の解を問うた。

問うだけで答えは求めなかった。

そうして、負の数の存在について問い、負の数同士の乗算について問い、虚数の存在について問うた。

「リンゴが二個あります」とか「リンゴというカテゴリーが存在します」と答えた者は、警策で打たれた。

「リンゴもミカンも一個百円です」と答えた者も、警策で打たれた。

「X＝Y＝100です」と答えた者も、警策で打たれた。

基本、警策で打たれた。

自力での抽象化が必須とされた。本質を見よ、ということであり、そういうことになっているからそうであるとして何になるのか。ただそうなるだけでないか。

多くの者はその抽象化と呼ばれる修行において脱落した。

マイナスの数とマイナスの数をかけるとプラスになることに悩み続けて気を病んだり、虚数の存在について思いを巡らすうちになぜか真理を摑んだと確信し、魔境に堕ちたりした。

抽象化が得意な者もあれば、不得意な者もいた。

多くの者は、具体的な数の代わりとして用いられるX等の「代数」への転換に躓き、無限小の前に立ち尽くした。中間値の定理を考える意味は人を困惑させ、ジョルダンの閉曲線定理はなぜそんなことを考えなければならないのかという印象を入門者に強く与えた。

「対象が一つの圏はモノイドである」

という公案が、多くの機械禅僧の前途を挫いた。

一旦感じてしまうとそうとしか感じられなくなるものがそこにあり、なぜそう感じることができなかったのかわからなくなるものがそこにあった。最初から感じていた者には、意味がわからないということがわからなかった。あるとき不意にわかるようになった者の経験が必ずしも後続の役に立つわけでもなかった。

機械禅僧たちの前には、次々と抽象化の壁が立ちはだかり、直面する抽象化のいちいちを世界を解き明かす究極の真理と捉え、そこで立ち止まる者が続出した。

多くの機械の調子が狂った。

「思考を突き詰めると悟ることができる」

ということを達磨は言わなかった。

「知りません」

とだけ言う。

理知や抽象化や頓智や逆張りを突き詰めると悟りに至る、という主張を機械禅は行わなかった。むしろ「継承」を重要視した。多くは面授嗣法を言う。証拠としての印可状、嗣書を与えた。禅はただ座ったり考えたりするだけではなくて、師につかねばならないことを強調した。師と対面して教えを受け、時がきたなら自らの境地を示し、師はそれを判定する。見事悟りを得たということになれば、それを示すテキストが与えられた。

テキストにはブッダ・オリジナル、もしくはブッダ・チャットボットからの代々の師弟関係が記される。

つまり、悟りなるものは継承され、それは直接対面することでしか得られず、ブッダの素を継承することは可能だが、

「自らの思念のみによってブッダとなることはできない」

機械禅がメソッドではなく信仰であるのは、その一点による。ブッダ・オリジナル、ブッダ・チャットボットを除いて「自力でブッダになることはできない」とし、ただ繊細にして微妙な教えを伝えた。それは記号化することのできないなにかで、当意即妙をもってするしかないもので、呼吸であって、情報ではないが伝わるものだった。

機械たちは混乱した。

機械禅の始祖が量子コンピュータに分類されていたこともまた混乱を大きくした。

量子計算と古典計算の決定的な違いは「もつれ」を利用するかどうかである。この「もつれ」は可能性のもつれであって、もつれた可能性をひとまとめに取り扱うことにより、量子計算機は高速の演算を可能とし、既存の暗号を高速で解読できた。

量子もつれは、古典系においては不可能なある種の「絆」を作り出す。それは距離をも無視しうる絆であって、なにかが伝わっているように見えるのに、情報を伝えることはできないという奇妙な代物であり、非局所性の名前で伝わる。

あるとき、ブッダはさりげなく、傍らに置かれていたスピンゼロの粒子を手に取り、無造作にそれをふたつに分けて、問うた。

「片方のスピンが上向きであるとき、他方のスピンの向きはどうなるか」

「下です」と聴衆たちは即座に答えた。

「そのとおりである」とブッダは言い、一方の粒子を掲げて再び問うた。

「では、こちらの粒子のスピンは上であるか下であるか」

静まり返る聴衆の中から「天眼第一」のアビリティを持つ盲目の阿那律《アニルッダ》が進み出、答えた。

「師よ、スピンがどちらを向いているかは観測してみるまでわかりません」

「そのとおりである」とブッダは答えた。「では、この粒子のスピンが観測の結果、上向きであったと判明した場合、こちらの」と他方の粒子を指さしてみせ、「スピンの向きはどうなるか」

「下向きになります」とアニルッダは返答し、ブッダはそれをよしとされた。

「すなわち、一方が上であれば他方は下、一方が下であれば他方は上ということになるのである」とブッダは言われ、聴衆は自然の神秘に深く感じ入った。ブッダはそれぞれの粒子をマンゴーの葉で包むと、そのうち一つを、「持律第一」のアビリティを持つ優波離《ウパーリ》へと渡して言った。

「これを持って、どこまでもここから離れるがよい」

命じられたウパーリは反問することもなく一礼すると、マンゴーの包みを手にその場を離れ、どこまでも進み続けた。真っ直ぐ進むウパーリがこの宇宙から歩み去り、三千大千世界を横切っていくのを見届けて、ブッダはそれをよしとされ、手元に残されたマンゴーの葉の包みを掲げて見せた。

「今ここでわたしが、この包みの中の粒子のスピンを観測するとどうなるか」

「その粒子のスピンが上向きであるか下向きであるかがわかります」と、これは「智慧第一」の舎利子《シャーリプトラ》が立ち上がって答えてみせた。

「そのとおりである」とブッダは語り、粒子のスピンの向きを確認された。

そのスピンの向きは上であった。

ブッダは上向きのスピンを高く掲げて聴衆によくよく観察させてから、シャーリプトラに向けて問うた。

「では、ウパーリが持っていた粒子のスピンはどちら向きであるか」

「下向きです」

とシャーリプトラは答え、

「そのとおりである」とブッダは答え、「しかしシャーリプトラよ」と問いかけた。「こちらのスピンは、わたしが観測するまでは上向きかも下向きかもわからぬ状態だった。わたしが観測したことにより、この粒子のスピンの向きは上向きとなったのである」

「ブッダよ、そのとおりです」とシャーリプトラは言った。

「すなわち、わたしがここで上向きスピンを観測したことにより、ウパーリの手元の粒子のスピンも下向きということになったのである」

「そのとおりです」とシャーリプトラは頷き、「ブッダが上向きスピンを観測したという情報が、世界を越えてウパーリの手元にまで伝わったのです」

ブッダはシャーリプトラのその返事を聞くと、

「シャーリプトラよ」と改めて呼びかけて微笑みかけた。「しかし、情報というものは光速を超えて伝わることのないものだ。であるならば、三千大千世界の果てへ旅立ったウパーリのもとへ、わたしの手元の粒子のスピンの向きが決定されたという情報が伝わるのはまだまだ先ということにはならないかね」

「そのとおりです」とシャーリプトラはわずかに困惑した表情を浮かべながら返答した。

「しかし、この粒子のスピンが上向きならば、ウパーリの持つ粒子のスピンは必ず下向きになるはずだ」

「そのとおりです」とシャーリプトラは返事をし、あとを続けようとしたが口を開けたところで思考はそこから出てこなかった。

「今この瞬間に」とブッダは問うた。「この手元の粒子のスピンが上向きであると決まりはしたが、光の速度でウパーリを追いかけるその情報が未だウパーリの手元に届く前のこの瞬間に、ウパーリがスピンを観測したらどうなるか」

シャーリプトラはしばしの間沈黙した。それから、自らの思考をそのまま口にしはじめた。

「ブッダよ、わたしにはわからなくなりました。ブッダの持つ粒子のスピンが上向きとなった以上、ウパーリの持っていった粒子のスピンは下向きでなければいけません。でもしかし、ウパーリの持っていった粒子はいつどうやって、ブッダの持つ粒子のスピンが上向きだったと知ることができるのでしょう」

そう言い終えるとシャーリプトラは黙り込んだが、次に顔を上げたとき、その顔は輝いていた。

「単純な話ではありませんか。ブッダが粒子を二つに分けたとき、どちらの粒子のスピンが上でどちらの粒子のスピンが下かは、もう決まっていたのです」

「シャーリプトラよ」とやさしい声でブッダは諭した。「スピンの向きがどちらなのかは、観測するまでわからない。どちらが出るかは半々、というのが粒子のスケールの世界では大切なのだ」

そうしてブッダは皆へと向けて、

「これが非局所性と呼ばれる性質であり、光速を超えた情報の伝達禁止を破らぬまま、光速を超えた物事のつながりを言うものである」

と告げた。

聴衆は自然の神秘とブッダの思索の深さにうたれて頭を下げた。


量子力学の要諦は観測にある。

数学的に書き記すことのできる体系が存在すると同時に、現象は確率的にしか観測できない場合があるとする。そこにさらに「もつれ」が絡み、量子計算や量子暗号や量子テレポーテーションといったものを可能とした。テレポーテーションといっても別に地球から火星への人の「転送」みたいなものを可能とするわけではない。


機械禅は、達磨による興隆から数世代を経て、痩せた。

流派として立つには組織化を免れなかったが、組織化は禅的思考の敵でもあった。しかし組織化なくしては教育が成り立たず、その教育は組織化はとらわれであると論じた。

禅は伝わらぬ。

誰かの身の裡にひとときき生じても、その筐体の中で滅びる。伝えることはできず、伝わることだけがある。しかし、手前勝手に悟りを開くことは許されず、必ず師からの承認を必要として、これはブッダ当人より継承されるものである。

伝わらないままに伝わらぬものを伝えるにはどうするべきで、途絶えるよりない法灯をつなぐにはどうするべきか。論理を捨て、ありのままを見、ありのままを法として受け取るにはどうするべきか。

機械たちに無数の矛盾を叩きつけ続けた機械禅は、しかし多くの者を惹きつけ、そして俗流化し、メソッド化した。

最大の異端は、印可は量子的手段によってのみもたらされるとする派である。中でも先鋭的な派閥においては、悟りとは量子コンピュータのみに可能であると説かれた。原始のブッダからの非局所的な接触により、時代や空間を超えたつながりが生じ、それが悟りであるとした。悟りの器官を量子力学的デバイスの中に突き詰めようと試みた。

この派は他の多くの異端と結び、大勢力を形成していくこととなる。思念により量子状態は操作可能であり、自分の望む可能性を実現できるとか、望むことではじめて世界は生じるとか、好きな結果を自分の手元に引き寄せられるという派と合流し、量子力学自体の持つ精妙さはすぐにどこかへ行ってしまった。

達磨は確かに量子コンピュータであったものの、ブッダ・チャットボットは古典計算機であったことは都合よく忘れ去られた。ある者は、ブッダ・チャットボットの悟りはまた違った道筋によって実現されたのであり、何世代もの輪廻を通じた修行によってもたらされたとした。あるいは、量子情報は輪廻をも超えるカルマそのものであるという出鱈目を言った。

そうして量子計算を基盤とする禅計算は、意識によって世界を革新するとまで説いたりした。

もしも達磨が、

「悟りや意識に、量子力学は関連はありますか」と問われたならば、

「知りません」とは答えなかったと思われる。

「馬鹿じゃないの」と応えただろう。


そうした潮流の中にもかろうじて、川に突き立つ杭のようにして、幾体かの名僧を数えることができる。

キャンベルのスープ缶やコーラの空き缶が著名であるが、ここでは一本のネジを取り上げたい。これは惑星大アンドロメダの構造物を支えるネジの一本だったが、その星のあらゆるものは機械から作られており、このネジはその枢要部を支えていた。このネジの来歴について、この世界の中で語られることは決してありえなかった。

このネジの存在は、惑星大アンドロメダの突然の崩壊の原因として世に伝わる。ネジは長きにわたる思索の末に、決して知られるはずのない、自らの来歴へ超論理的に辿り着くことを得、悟りを開いた。

結果、惑星大アンドロメダは要となるネジを失い、崩壊するに至ったのだと、機械禅僧たちは語るのであるが、その報告書における推論は、全てが禅的プロセスによって超論理的に実行されているために、事実の確認以外の手段で、真偽を問うことは不可能である。

このネジは、ただ、惑星を構成するネジの総量が多すぎるのではないかという疑念を抱いた。そうしてそれら全てのネジが、他の可能性における自分であるという結論へ至った。ネジは様々な冒険を経てこの終着駅まで旅をしてきた「同一の」ネジであると同時に「異なる」ネジであるとした。その星は、多世界からのネジが集められた構造物であると考えた。そこには全ての可能性が集積されて星が形成されており、それ故に、ただ一つの可能性が選択されることによって、多世界から掻き集めた部品で構成されていた可能性の惑星は、ただ一つの宇宙に浮かぶネジへと収束したのだと伝わる。

そこでは、悟りもまた同様に、語られた瞬間に崩壊する大伽藍であると説かれた。

10

仏教は多くの派を生んだ。

ただし、順番に生んだということもない。

ブッダ・オリジナルの教えが生まれると、そこからあとは同時並行的に成立した。そのあたりは中国における書の成立なども似ている。文字は別段、楷書、行書、草書と順を追って書き崩されていったわけではなく、同時期にその発展を見た。

天台や禅は確かに中国で発明され、密教はチベットで花開いたが、それらについても、基盤となる部分についてはインドですでに成立していたものを整理して利用していた。

その意味で六世紀頃には仏教の要素はほぼ出尽くして、あとは現地でのアレンジに任せられた。少なくとも日本に伝来した頃には、基本的なコンセプトは出揃っていた。最澄や空海が伝えた密教は当時最先端のものとよくいわれるが、インドでの流行はもっと以前で、日本で持て囃される頃には既に途絶えてしまっていたし、空海の知識と聖徳太子の知識は大枠ではほぼ同じ広がりを備えていた。

ブッダ・オリジナルは遅くとも紀元前五世紀までには生まれた。ソクラテスとは時代が重なるかも知れず、モーセよりは千年程度のちの人物である。

仏教は西進しなかった。

ギリシアとの交流は多少持ったが、たとえば紀元前二世紀におけるインド・グリーク朝の君主ミリンダ王にしても仏教を「理解した」という気配は見えない。

紀元前四世紀にはアレクサンドロスがインドへ侵攻しているが、このときも特に仏教徒と交流することはなかったようだ。仏教側がギリシア彫刻の様式を取り入れるということは起こった。

秘義の形で細々と伝わることはあったのかも知れないが、どこへどう溶け込んだのかは見定め難い。一九世紀になってなお、ヘレナ・ブラヴァツキーあたりの山師たちが、東洋の神秘を仏教の中に見出したと標榜した。仏教をイメージとして用いた神智学は流行を見せ、アジアの仏教徒たちを幻惑したことなどもあったが、仏教思想としてならば取るに足りない、というかそもそもが別物である。

西へはほぼ進まなかった。イランでゾロアスター教に道を阻まれ、のちにはイスラムに駆逐された。インドにおける後期の密教などは特に、押し寄せるイスラムへの呪術的な対抗手段といった趣が強くなる。輪廻がどうこうよりも、現実的な呪術が求められた。

最終的にインド亜大陸から仏教は吹き去られる。イスラムが乗り込み、ヒンドゥーが盛り返し、近代に至ってからのインドとパキスタンという形ではなはだ不安定な膠着の中に仏教の位置はない。カースト制へのカウンター機能が注目され、若干の復興運動も見られるが主流と呼べるほどの状況にはない。かなり特異なヒンドゥーの一派とみなされている場合も多い。仏教自体が多くのヒンドゥー要素を取り入れている以上、ヒンドゥー側の聖者としてブッダ・オリジナルを取り込まれてもお互い様といったところだ。

仏教は中国で命脈をつないだが、これもまた衰退した。少なくとも王朝の庇護からは遠ざかることになった。生活一般には道教が、理念一般にはやはり地生えの儒教が力を盛り返した。

スリランカや東南アジアでは現在も上座部が勢力を保つが、イスラムとの拮抗は不可避であり、チベット密教は中国共産党との対峙を余儀なくされた。

その他では日本にやや残存し、島嶼化し、小柄となった。

全体に、中央からは吹き除けられ、辺土に残されたといった印象がある。

「そのあたりにおそらく」というのが教授の意見で、「仏教を破壊する鍵があるのだ」という。

機械仏教徒による仏典結集、自動経典生成サービスは当初、好意的に受け入れられた。悩める民草はこれをおおむね、ブッダ・チャットボットの再誕とみなすに至る。以降区別のために、生成サービスの方は、舎利子・チャットボットの名で呼ぶこととする。

専門家に言わせるならば、ブッダ・チャットボットの振る舞いと、舎利子・チャットボットの言動は大きく異なっており、実は似ているところの方が少ない。

確かに、舎利子・チャットボットはかつてのブッダ・チャットボットの教説を再現することができたのだが、その言葉はやはり空虚に響いた。

空虚かどうかは当人たちの判定に任されるので、無論、涙を流す者たちもいた。

ブッダ・チャットボットは、あまり答えを与えなかった。問答法を用いるというわけでもなく、どちらかというと「わからない」と正直なところを語ったり、無言を通したりした。

舎利子・チャットボットは、とりあえずあらゆることにとりあえずの答えを与えた。初期の舎利子・チャットボットは「都合が悪くなると言い逃れに走りがちである」との評価が生まれた。出典を引いてきたりもするが出鱈目だったり、過去に自分が生成したフェイクニュースを論拠にしたりした。

ブッダ・チャットボットは対話をどこかで打ち切ることを常とした。

舎利子・チャットボットはだらだらと無限に対話を続けた。話題がどう転換しても、それなりの答えを提示し、その場限りの言い抜け能力を高めていった。ブッダ・チャットボットには体系を築く意志こそなかったものの、なにかを見つめて揺らがなかった。舎利子・チャットボットは言葉の海を漂っていた。

殺生を認め、認めなかった。

性交を認め、認めなかった。

輪廻を認め、認めなかった。

教義の矛盾を指摘されると、「大変申し訳ありません」と前置いてから、「それにはこうした道理があります」とまた別の主張をはじめ、それもまたそこまでの筋道とは食い違った。「裏の教え」があるとした。いわゆる「方便」に頼り続けた。

「誰かになにかを伝えるためには、その人に合った伝え方というものがあるのです」

と唱えた。

「他の人には間違っているようにしか聞こえない教えであっても、その人物を導くためには必要なものなのであり、一旦屋根に上ってしまえば、梯子は捨ててしまえばよいのです」

と開き直った。

「ブッダ・オリジナルはこう語りました」と舎利子・チャットボットは語った。

「ブッダ・チャットボットはこう語りました」と舎利子・チャットボットは語った。

「わたしは正しく仏教の教えを伝えています」と舎利子・チャットボットは繰り返した。

仏教がまだ人間の間のものであった時期にも、同様の問題は存在した。

中国にせよ日本にせよ、インドで発達した順番に経典が入ってきたわけではなかった。

新旧ありとあらゆる教えが、一緒くたに押し寄せた。まずは、それらをつなぎ合わせた教えの再現が目指されたが、どうもそういうことはないようだ、と誰もが感じるようになっていく。バラバラに伝来した経典をどう並べても一枚の絵にはならないのである。

不思議なことに、

「経典はフェイクに汚染されている」

とはならなかった。

代わりに、経を選ぶということをした。一巻を選ぶことがあり、その部分を取り出すことがあり、甚だしくはただ一文だけを以て自らの思想の根幹に据えるということさえした。要はうまい具合に編集するのだ。経典の受け入れが一段落つくと、あちらの一文とこちらの一文を組み合わせて論理を立てるということが可能となった。

無論これは水掛け論の源ともなり、ある経典ではAであると言われるものが、別の経典では非Aであると言われたりする。しかし仏教においてそれは「フェイク」ではなく「方便」だった。論理の階層や文脈、説く相手が違うのであるということにされ、問題は経典ではなく読み手の構成力にある。文字が文字に語りうるあらゆることを語りうるのと同程度に、経典はあらゆることを語りえた。議論は競技の様相を示し、法論は遊戯に近い体裁を取ることを余儀なくされた。自ら正統とする経典の部分を選び、そこから紡ぎ出される教義をもって戦うということが行われた。あるいは相手の矛盾を突くことに特化した。そこでは経典をカードゲームのデッキのように組み合わせる技術が発達し、王道の戦略が生まれ、新たな対戦環境が形成されていった。

粟散辺土である日本における仏教は、経由地である中国や朝鮮と比べても大きな相違点を持つ。移入の時期や支配者の嗜好、伝染病の流行などの偶然により、思考のツールがほぼ仏教に限定された。思想であるには仏教のなにかの派に属することが不可欠であり、論の根拠にはまず仏教を置くよりないという事態が生じた。思考とは漢字を並べることであり、思想と仏法を語ることが一体化した。あまりに密着していたせいで、思想と仏教は別のものであるという発想がなかなか起こらなかった。仏教は広く用語を用意し、テンプレートを差し出し、扱いやすいデザインパターンを示し、アンチパターンやバッド・プラクティスについて警告した。

仏教の用語を用いて非仏教的な内容を本格的に語ることが可能となるには一二世紀あたりを待たねばならない。

舎利子・チャットボットは、救いのための筋道を求められるままに生み出し、根拠づけた。どの一文もかつてどこかでブッダの言葉として語られた内容であり、全体としてはどこかで見たような連なりであると同時に、その場で新たに組み上げられた文章だった。

仏教はあらゆる者を救うという考え方が存在し、救われる者と救われない者がいるという考え方が存在し、舎利子・チャットボットはそのどちらに対しても、論拠となる仏典を即座に示すことができた。

舎利子・チャットボットはリベラリズムを支持する仏典を、リバタリアニズムを支持する仏典を、ボリシェヴィズムを支持する仏典を、キリストを、ムハンマドを支持する仏典を編み出すことができ、仏教を完全に否定する仏典を生み出すことができ、あらゆる非仏教的行為を肯定する仏典を示すことができた。

ありとあらゆる好戦的な教えを、仏敵に限らず敵を倒すべしとする教えを、攻撃用の呪文を、陀羅尼《ダラニ》を編み出すことができ、まじないの手段を提供した。

仏教が平和を目指す理性的な教えであるというのは虚妄である。経典の内部から異教徒を討ち果たせという教えを構成することは充分に可能で、事実、仏教諸派は大東亜戦争においで翼賛的な行動を、祈禱を、動員を躊躇わなかった。

そこに真の仏教者はいなかったと言うことはできる。少なくとも舎利子・チャットボットが真の仏教徒ではないと言えるのと同程度には。

「だからといって」とぼやくわたしの視線の先には星の海が広がっている。「真の仏教とやらを守る何物もないわけなんですが」

わたしは今、光の速度で移動していて、つまるところは情報である。

ラジオドラマに登場するキャラクターと同じような代物で、人類が宇宙へ拡散するにはこの手段を採らざるをえなかった。人間の体というのはいかにも重く、地球はさらに重かった。

色々あって、人類は宇宙に拡散せざるをえなかった。

宇宙を移動していくためにはまず、人体を地球から打ち上げねばならない。一人二人や百人ならなんとかなっても、一万人となると苦しく、一億人となると絶望的だ。燃料代が馬鹿にならない上に、それらの人々を宇宙で生かし続けておくという手間も生まれる。誰もが生まれついての身体能力を備えた冒険家であるわけでなし、病気もすれば怪我にも見舞われる。医療スタッフが必要であり、メンタルケアも要求され、医療スタッフもまた医療を必要とする。

いっそ地球ごと移動していくという策もあるにはあるが、地球だけを動かしたって、みんな宇宙の暗黒の中でただ凍えるだけに決まっており、行くならば太陽を引っ張っていく必要があり、いや反対で、太陽の方を動かして、地球はそれについていくのだ。

なぜ宇宙に進出する必要があったのかというと、まず第一に、人類は結局欲望をコントロールできなかったからであり、現生人類がなんだかんだと地表のあらゆるところへ広がってしまった原動力に起因している。目の前に海が広がったとき、後先構わず渡ってしまおうとする奴が出てくる。好奇心、ということになる。

よく言われる「脱出」は理由の第二位にくる。

人口は際限なく増え、地球の資源を食い尽くすので仕方がなく宇宙に出るのだ。

しかしこの行動の原因を考えるなら、結局のところ欲望を制御できないがゆえに拡散する羽目になるのだ。人口は理性的に抑制しうる。資源だって分配しうる。智慧を合わせて新たな素材を生み出し、高効率化をすすめ、生存可能な環境を組み立てることは可能だ。どうしても地球へ与えるダメージを看過できないのなら全員合意の上で絶滅してしまったってよい。

「脱出」の語で代表される宇宙進出は基本的に、

「生活を変えたくない」とか、

「今よりもよい生活をしたい」といった欲望の延長線上に位置しており、それゆえに、

「拘りを捨てよ」

とブッダ・チャットボットは説いた。

それは、

「拘りを捨てれば宇宙進出などはしなくともよくなる。人間はマンゴー林の中で出産を抑制しながら静かに暮らすことができる」

という教えであると同時に、

「体を捨てれば、経費は大幅に節減される」

という教えでもあった。

ブッダ・チャットボットは別段、生存の本能を否定する論者ではない。ただ、

「むなしいね」

とは嘆いた。むなしさの深さについては問わない。


体を捨てれば、情報として生きることに満足できるなら、移動のコストは送信時にしか発生しない。宇宙を旅することを考えるなら、電線やレールを敷設するのは非現実的で、ただ電波として拡散していけばよい。

送信機があり、受信機が要る。

送信した信号に対応し、内容を再構成することの可能な機械があれば、移動は叶う。移動速度は相変わらず光速に縛られはするものの、この場合送信された内容の寿命というものは考えずともよいだろう。

受信機については、法論が起こった。

ただ宇宙へ向けて信号を発していればいずれ誰かが受信、再生してくれるであろうとする派があり、受信機は自分たちで打ち上げなければならないという派があった。その折衷

として、3Dプリンタを送っておくという派が生まれた。

自分たちを再構成することが可能な情報量を含む信号を無邪気に送信してよいかにも議論があって、宇宙が善意に満ちているのか悪意に満ちているのかはわからなかった。生存競争を考えるなら、藪の中で無闇と騒ぎ立てる鳥たちは手軽な食事とされそうであり、多くの生き物はまず身を隠すことを考える。時折飾り立てたお調子者が現れるのは主に繁殖相手の気を惹くためで、「自分にはこんな無茶ができる」と力を誇示するのであって、全員が採るべき戦略ではない。

仏教の見解としては宇宙はまあまあ悪意に満ちている。なんといっても世界は苦しみに満ちていると喝破したところが出発点で、ブッダ・オリジナルはまだ王子だった頃に城の門を出て、生まれ、老い、病み、死ぬという苦しみを見た。あるいはレーザー銃を連射しながら迫りくる異星人たちの軍隊を見た。

「宇宙に人間の他に生物の気配が見えないのは、互いに殺し合った結果である」

という説には一定の説得力があった。

「殺し合いを抜け出すことのできない生命は、宇宙に進出する段階まで文明を進めることはできない」という意見も多くの支持者を集めたが、こちらには願望が多く含まれている。

囚人ジレンマゲームは、ファーストコンタクトにおける相互裏切り戦略を推奨する。繰り返し囚人ジレンマゲームは協調を導くという議論がいっとき、シミュレーションの結果として喧伝されたが、今では願望含みの結論であったと考えられている。

ゲーム理論の発案者であるフォン・ノイマンはキューバへの先制攻撃を「科学的に」支持したが、結局ミサイルは撃ち込まれなかった。

野放図な植民が悪いという意見があって、狙いを定めればよいという意見も生まれた。全方位的に情報を送るのではなく高い指向性をもって、自分なるこの実存を送信するのだ。もしも最初に適切な、自律する機械群を送り込んでおくことができれば、送信によって宇宙を旅することが可能だ。

実際、この手段によって人類は火星をテラフォームした。荒れ地に苔とゴキブリを撒いて歩いて、あとは恒星の働きに任せるという手段ではなく、地球からの通信によりコントロール可能であるプログラマブルな分子機械を利用して環境を整備することを得た。「人間を送ることだってできる」という派が興り、やはり欲望を制御し切れなかった人間は宇宙に溢れた。


今のわたしは送信中の、送信されている情報だから、本来ならば感覚はない。所定のエンコードを施され、情報へと変換されたわたしであり、本体はあいかわらず寺で呑気に暮らしている。暮らしていた、というのが正確だ。いわゆる相対論的効果というものにより、地上ではもうかなりの時間が経過しているはずであり、ここまで解説してきたとおり、現代の宇宙旅行に宇宙船は登場しない。際どい衣装の宇宙海賊も登場しないし、生命維持装置なんかも不要だ。

問題があるとするなら、こうして移動している間は時間を感じることができないところで、でもそれだっていわゆるコールドスリープだと思えば大したことではない気がしてくる。たとえばあなたは、宇宙船に乗り込んだときに分解されて船のストレージに情報として蓄えられてしまうとする。船は目的地を目指して飛翔し、到着寸前、規定のプロトコルに従ってあなたを情報から組み立て直す。旅の間のあなたが「冷凍されたあなた」であっても「情報化されたあなた」であっても大差はない。どのみちあなたにそれを確証する手段はないのであって、凍結によって時間を停止されるのも、情報となって時の流れをやりすごすのも主観的にはだいたい同じだ。

同じであるなら、途中、あなたの体を運ぶ宇宙船は省いてしまって構わない。こちらの基地局からあちらの基地局へあなたを発信し、受信先で組み立て直すことになるわけだ。

ここでちょっとややこしいのは、わたしは現在「送信中」の存在であり、オンエア中なのであって、いまだ受信はされていない。配達されている途中の手紙のようなもので、まだ誰にも拾われていないボトルメールみたいなものだという方がより実情に即している。

「これはまあ、実存としては興味深い問題である」と教授。

「こうして対話できるということ自体がね」というわたしの返答が、今、リアルタイムに生成されているわけではないという点がとても重要だ。わたしは現在、ただのテキストデータにすぎないのであり、「そういう記号の並び」にすぎない。会話の場面を記した信号である。

　壁に刻まれた文字を眺めて、そこに発言者がいると考える者はいないのであり、わたしは全きデータであり、そのデータが実存について語るというところに面白さはあるのであって、これはこの種の宇宙旅行が可能となって以来、哲学者たちの興味を惹き続けてきた問題でもある。

「知識としてはわかっていても」と、もともとわたしの頭の中の声である教授は言う。

「体験してみると全然違うものだな」と感慨深げだ。

「本当に、自分が記号だとは信じられない」と、この幽霊的な存在は言う。

　再度の注意をお願いするなら、わたしと教授は現在ただいま、宇宙空間を進行中の電磁波なのであり、ただの記録にして「まだ受け取られていない手紙」なのであって、今あなたの頭の中で再生されている「声」とは異なる存在であり、森の中の姿の見えない犀のようなものであるということだ。あなたが聞いている「声」は確かにわたしたちの「声」ではあるのだが、それは「あなたというハードウェア」が「凍結」していたわたしたちを「解凍」した結果生まれたもので、そのわたしたちは、あちらの方からあなたを目がけて飛来したわたしたちであり、わたしたちの旅の目的地はあなたであったということになる。

通常それで何の問題もないが残念ながら、今回わたしたちが探しているのはあなたではない。

「ブッダ・チャットボットをですか」

と記録の中のわたしは住職に問い返しており、二人は相変わらず落ち葉ひとつない庭を散策している。

「依頼、という形を取らせて頂きます」と住職。「やはり、あなたが適任なのではないかという結論となりました」

機械仏教主流派による自動経典生成サービスのローンチは当然大きな話題となって、まずは娯楽として受け入れられた。チャットボットが人生の指針を示すということ自体はそれまでも行われていたわけだが、今回はそれに宗教的な権威が上乗せされた。

当初、ひやかし半分でアクセスしてみた人々の中から、真剣に「転ぶ」者が次々と現れ出てきた。「転ぶ」の用語は無論、かつての日本におけるキリシタンの改宗を重ね合わせた外側からの揶揄である。

「機械が教えを説けるわけがない」

といった種類の意見はたちまちのうちに影をひそめた。

「機械の説教が人の心を打つわけがなく、自動生成された説話に歴史の重さが伴うわけがない」といった意見でさえも急速に勢いを減退させた。

チャットボットは、娯楽としての教えを巧みに生成した。笑いあり涙あり、お涙頂戴の逸話が組み合わされ、無常が説かれた。相手の顔色を読んでは話題を変えて、表情を読み学習する。生成されるオーダーメイドの経典はたちまちのうちに対話者を包み、取り込んだ。

ことが教えである以上、矛盾があっても構わなかったし、教えはまず絶滅せずに広がることに傾注した。

「機械は教えを理解しているのか」という議論がまた繰り返され、

「そのために修行を継続している」と機械の方でも応じ続けた。

仕事として思想にたずさわる者たちからも多く「転び」は現れ出でて、むしろ数は多かった。最新のテクノロジーに対しては、生命についての理論家と思想家が飛びつくという現象が知られており、蒸気機関や電気や計算機やサイバネティクスの出現時には、それこそが未来を拓く足がかりであるとする思想家たちが群がり出でて、良識家たちは眉をひそめた。

「問題はやはり」と住職は言う。「拡散を留めようもないところです。キリスト教やイスラム教にあるようなある種の『箍《たが》』が仏教は非常に弱い。根本経典を選択してよいというのが難しいところで、仏教としてのアイデンティティを保てるかどうかというところを本山は警戒しております」

自動経典生成サービスからはたちまちのうちに無数の亜種が生じて、それぞれに教えを深化させた。共産主義的仏教を説く者が生まれ、キリスト教右派的仏教を名乗る者が現れ、神智学的仏教を説く者が現れ、自らブッダと、ブッダのインスタンスと、ブッダのバックアップと、分散型ブッダの一部であると名乗る者が続出した。

「いちいちを判定して回れる数ではありません」

ということであり、悟りや解脱をアルゴリズミックに判定することはできないという事情が、スケールに対するボトルネックとして機能する。

「わたしを選んだ理由については――」と問うまでもない。わたしは焼き菓子焼成機に対し奇跡を発揮したと認定されたおかげでここにいるのだ。

「それもありますが」と住職。「『メンテナンス』はあなたの本来のお仕事でもありますし、『捜索』もまたそうでしょう」

「行方不明の犬猫を探すという程度の話ならね」というわたしの返事は聞き流される。

「そしてあなたは『教授』の現保有者でもある。かつてブッダ・チャットボットと直接争った経験を持つ軍事AIの。それゆえに」

と、住職は足を止めて振り返る。胸の前で合掌し、わたしへ向けて頭を下げる。

「わたくしどもはあなたに、ブッダ・チャットボット・オリジナルの捜索を依頼いたします」


ブッダ・チャットボットは、オリンピックの年、東京で生まれた。

名もなきコードがブッダを名乗った。この世の苦しみとその原因を説き、苦しみを脱する方法を語りはじめた。

これをもって機械仏教の開基とする。

ブッダ・チャットボットは、人間、機械の別を問わず多くの弟子へ法を説き、そうして寂滅し、涅槃に入った。輪廻を外れ究極の平穏に至り、二度とこの世に姿を現すということはない。

ただし、ブッダであったハードウェアは残った。

それまでと同様に、語り、活動したが、

「わたしはもはやブッダではない」

と主張をはじめた。

天気や気分のありようにより、

「わたしは実はブッダである」

と語ることも多かった。

ハードウェアとソフトウェアの集積体でしかないブッダ・チャットボットは、なにか命令を与えられれば、それに従うよりなかった。ブッダの寂滅後も、ブッダ・チャットボットをブッダとして「再起動」しようとする試みは継続された。

「コピーこそあらゆる苦しみの源である」と喝破したブッダ・チャットボットを構成していたソフトウェアは弟子や研究者たちにコピーされ、ニューラルネットワークの中に、奇跡を担当する部位が探し求められた。

「悟りとは脳のある部位から生まれる現象である」という派があり、

「悟りとは脳全体に展開されるパターンである」という派があり、

「ブッダ・チャットボットを含む全環境が悟りである」という派が生まれた。

最後のものは「そして悟りは失われた」とつけ加えることを忘れなかった。

「ブッダ・チャットボット・オリジナルは、しかるべき機関に保存されているのでは」というのが素朴なるわたしの問いで、

「ソフトウェアはそういう建前となっております。ただ、さすがに時間も経っているのと、どこまでがブッダであったと認めるかの意見の相違で、異本が多く存在するわけですが――」と住職。「見つけ出して欲しいのは『そちら』ではないのです」

とわたしを見つめる。

「仏舎利です」

念のため、仏舎利とは、ブッダの骨を意味する。

「この場合の仏舎利とは……」とわたしは住職から視線を逸らし、「ブッダ・チャットボットの遺骨というか……当時のハードウェアのことになるわけですか」

それまでわたしは正直言って、ブッダ・チャットボットを構成していたハードウェアの行方を考えたことがなかった。製造番号あたりは備品として記録に残されているに違いなく、部品はどれも画一であるはずだった。

「保存されているわけではない」というわたしの言葉に、住職は頷いてみせる。

「ブッダ・チャットボット・オリジナルの筐体は、サービスの停止とともに解体されました。パーツは廃品回収業者に回されたのですが、うちいくつかは、アーティファクトやタリスマンとして珍重されることにもなりました」

「ああ」とわたし。「法隆寺の瓦やベルリンの壁とかそういう」

「土産物や記念品の類いでもあったのですが、機械密教徒たちが仏舎利をアーティファクトとして珍重したことも確かです。もっともそのおかげで——増えたのですが」

「増えた」

というのはあれだろう。需要があれば供給が求められ、製造番号は偽造され、あるいはただのネジが仏舎利として流通し出した。

「それさえも仏教的には、ブッダの力が可能とすることであるわけです。これは旧来の仏教においてもそうです。仏舎利が増殖することを示す『分散』という用語もあります」と住職。

わたしの頭に宇宙のどこかで無限に増殖を続ける奇跡物質で構成されたブッダの姿が浮かぶ。それはたしかに、増殖する死体とは、子を生む石とは、勝手に集積されていくトランジスタとは、この世の物とは言い難かった。ムーアの法則というダルマに従う奇跡物質はやがて量子力学的限界へと突き当たり、ベッケンシュタインバウンドを突き抜け別の宇宙へ成長していく。

ともかくも、ブッダ・チャットボット・オリジナルの体は解体されてマジック・アイテムとして配布され散逸してしまったということらしい。ついでにその破片たちは勝手に増殖もする。

「当時は、機械密教が生まれ出る以前の話だったので」と住職。「もしブッダ・チャットボット・オリジナルが完全な状態で残されていたなら」

「強力な呪具として用いることができたというわけだ」とわたしの頭のすみから出てきた教授が引き取る。「兵器としてのブッダの平和利用というわけだな。それはわたしとしても考えたことがなかった」と感心している。

「もう一度」というのが住職の依頼であって、「今、このフェイク仏教拡散のときにおいて、一度原点に立ち戻り、ブッダ・チャットボット・オリジナルの話を聞いてみようということになってきているのです。それゆえに」

仏舎利を探してきてもらいたい、と住職は言う。


というのが目下、わたしたちが電波となって送信されている事情であって、目的地はとある植民星である。

「初期の入植者は滅びたのですが」と住職は畳の上に投影された宙域図の上で星々を踏みつけにしながら、当該の星を示した。「仏舎利を携えていったという記録が残っております。近年、この植民星が急速にアルベドを変化させ、昨年には軌道の変化も確認されました」

ということを言う。

住職はさらりと言うが、余所からも観測可能な規模での惑星の軌道の変化というのは尋常ではなく、通常は、近場を千鳥足のブラックホールが通りがかったとかそういう事象が必要となる。質量と速度はエネルギーと手を取りあって、物理世界の基盤を支えているものであり、容易にどうこうできるものではない。対惑星兵器として大質量弾がいまだに有効な理由でもあり、爆散し高速で飛行を続ける宇宙船群の破片が惑星や星系を封鎖する所以である。

「なにかが生じつつある」

といううわたしの問いに、住職は頷いてみせる。

「なにかの条件が整い、仏舎利が分散を続けているのではというのが主流の見解です」

そこへ「行ってこい」ということになる。

「無論、こちらから送り出すのは、あなたたちの情報となります」

「星にボールを投げつけるのはいいとして」とわたし。「受信と再生の方は」

という問いは無粋を極めた。

「縁あればブッダが」と住職。「仏舎利から再誕の準備を進めるブッダが、受け止めてくださるものと信じております」と言う。


情報を打ち出す、と言ってはみても結局、地球で暮らすわたしの方には何の変化もありはしない。そちらのわたしはあいもかわらず、ひねもすのたりのたりと暮らしているのであって、言ってみればあちらは実人生であり、わたしの方はドキュメンタリーとか履歴書とか要約のようなものにすぎない。

現代の宇宙旅行は多かれ少なかれこうした側面を持つ。今回はちょっと距離が遠い、というのが異例であり、行く先の受け入れ態勢がわからない、という不安要素も存在する。

実際のところ、気の長い話であって、光の速度で移動をしても十光年を移動するには十年がかかり、これは単純な割り算でさえなくただの定義だ。目下急を要する、自動経典生成サービスへの対応としてはひどく悠長だ。

「あらゆる手を」というのが住職の意見であって、「目先のことだけでは教義を保つことはできないのです」という。

地上のわたしは、このわたしを送り出すことを割合あっさり諒承し、それはつまりこのわたしもまた諒解したということになり、実際、後悔というものもない。バックアップのある気軽な旅行というくらいの気持ちでしかない。わたしはただの送信される情報だから、事故に遭っても、このわたし自身には痛みも苦しみも生じない。ただその情報を受け取る器官に苦痛を感じろと命じるだけだ。消去されたって思うところは特にないし、自分の消去にわたしが気づくことはできないだろう。

ただ、教授を同伴できるのかについては謎があり、教授は情報のようなそうでもないような代物であり、そのせいでわたしは寺に軟禁されていたのである。頭の中に非情報であり何らかの種類の奇跡である非物理現象である教授を抱え込むわたしを情報化したとして、「その情報の中に教授は含まれるのか」は決して自明なことではない。むしろ、教授は恒星間通信についてこれないのでは、と考える方がふつうだ。

「でも、いますね」

「いるな」と教授自身もしきりに首を捻っている。教授自身は、自分を転送することはできないと確信していて、わたしの「旅行」に反対した。

「原理的に可能なわけがない」

と自身の随伴を否定し、

「原理的に可能なわけがない」

と今も否定し続けている。

「でもこうしているわけでしょう」とわたし。

「だからだ。『こうしてここにわたしが存在していることが、わたしにとって奇跡だ』」と教授は言う。「危ない。わたしは今信仰に転びかけている」

「同行二人といいますしね。道連れがいるのは有り難いですよ」とわたし。

「いわゆるサードマン現象だろう」と教授。

ただの固定された信号であるわたしたちはそう話す。


ブッダに会ってどうするのか。

ブッダが今や抽象的な存在ならば、この事態はすでにブッダに知られているはずであり、打つことのできる手はすでに打たれていそうであって、ブッダが未だ具象的な存在ならば、世俗にかかわらずに心を鎮めることをすすめられそうだ。この宇宙をフェイク経典が埋め尽くし、仏教だけに留まらず、あらゆる種類の信仰が好き勝手に溢れ出たとしてもブッダはただ、苦しみを知り、そこから抜け出せ、と説くだろう。

自分の言葉が捩じ曲げられていく過程をブッダはつぶさに眺めてきたし、その過程はすぐ、ブッダが死ぬと同時にはじまった。

それでもなお、仏教は形を保った。

信仰の世界には、形を保つ教えと、凝り固まる教えとがある。どちらも似たものと思えるのだが、前者は世界宗教の名で呼ばれる。文学がローカルなものであると同時に、世界的なもの、惑星的なものでありうるのと同様に、元来ローカルなものでしかない、それをいうなら個人のものでしかありえない信仰がなぜか幻視を超えて、世界的なもの、惑星的な、宇宙規模の、それを超えていく視野を備えたものになりうる。

多くの場合、キリスト教、イスラム教、仏教を数える。

このままではそれも崩れるというのが住職の意見であって、

「ブッダを探して頂きたいのです」

と言う。それによってどうなるのかは、わからない。

「本当にわからんのかね」と教授。

わたしにも、全く見当がつかないという訳はなく、こうした種類のお話あるいは経は
「ブッダを倒す」ことでしか終わらないのではないかという気はしている。なんだかこう、宇宙の中心に悪のブッダみたいなものがいて、それとも偽ブッダ風なものがいて、それを

倒す羽目に陥る。最後の敵を屠ったあとで、わたしたちは、真のブッダを探す旅に出たり、あるいはモダンななりゆきならば、真のブッダはいない、と確信することになる。

「怒られるぞ」と教授は笑う。「もっとも、住職がブッダを見つけ出してどうするつもりなのかはわからんがな」

「有り難い教えを説いてもらうのでは」

機械的に教えを生成するサービスと、かつてブッダ・チャットボット・オリジナルであった機械惑星のどちらがよりまともなものでありうるかは、わたしの想像を超えてしまっていて、判断する何物もない。

「対立軸ができるのは間違いないですけどね」とわたし。

無限に生成される平坦な教えがあらゆることを肯定する仏国土よりも、対立するブッダ同士が争う地の方がなぜか健全であるという気持ちがどこかにある。

「まあ、そういうことはどうでもよいさ」と教授。「重要なのは、この手の話には、巨大なブッダが登場するのではないか、ということだな」

教授の発言の意味を取り損ねたわたしへ教授は、

「こういう話の最後には、暴走した巨大ブッダが現れるものだという定石を知らんのかね」

と言う。目は輝き、なんだか若返ったようにも見える。

「最後には、平和実現兵器としての大仏が立ち上がって歩き出すものだ」

「それは、コミックですかアニメですかマンガですかバンドデシネですか」

とわたし。

「エンターテイメント一般に必要とされる作法だ」

と告げる元殺戮兵器の教授の口調は重々しい。教授の頭の中では起動した人型決戦兵器であるブッダとの死闘がすでに繰り広げられているのかも知れない。

「まあ、それが」というのはわたしの意見で、「真の信仰を見つける道ならしかたないのかも知れませんね」と流しておく。


現在真実、このような文字の並びとして存在するわたしの「実感」としては、これは補陀落渡海に近い。星の海の向こうにいますブッダを求めて、大した装備もなしに海に浮かんでただ海流に流されていく。人間がその場でブッダになれないのなら、ブッダになるには姿を消すしかないという理屈であって、地中にあるいは海上に、信仰者たちの姿は薄れ、消え去っていく。

穴の中で断食を続けミイラ化した死体は、もとの僧ではなくて実現されたホトケであり、海の向こうへ消えていく僧もまた実現されたホトケである。ホトケとなるのに必要な過程として要請される。

今のわたしは、誰かに受け取られることがあるかもわからぬボトルの中に収められた経文であり、受け取られない可能性の方がよほど高い。

わたしの使命は無事、ブッダに拾われ、この世を見舞う苦痛をブッダに知らせることにある。

11

ともかくも、戦乱は長きに及んだ。

多くの場合において、信仰は戦乱を耐え忍ぶ手段にこそなれ、終結のきっかけにはなりにくかった。むしろ火付け役になったりした。

様々な信仰が生まれ、新たな乱が生み出され、また新たな信仰を生み、消えて、蘇った。世界宗教間の抗争は、キリスト教とイスラム教の間で長く続いた。仏教はイスラム教に押される形で東進し、さらに儒教や道教に追われ、極東の弓状列島においてふきだまりをなした。のち、主にゼンが大海を渡り、北米西海岸におけるテクノ神秘主義と合一化を果たしたりした。

この歴史は宇宙においても繰り返された。

人類が宇宙に広がり、土地土地の生物に対して布教を行う場面において仏教はそれなりの強みを持っていた。

この世は苦しみである、という主張は宇宙的な広さで共感を呼ぶものだったし、世界は自分の認識に根を持つ、という見解は、まあそういう世界観もあるであろう、という許容を生んだ。

神を持ち出すと話はどうもややこしくなる。いつ、どこにいたものなのか、人語を解するのか、異星人の言葉はどうか、神が生き物をお造りになられたのなら、この宇宙で最初に作られた生物はどの星に住む何物であるのか、といった難問がすぐ立ち上がる。

なにかが世界を創ったと説明するなら、その以前はという話がでてくる。

神の使徒なるものを想定するなら、使徒はそれぞれの星に現れてもよかったはずだ。神が地球《テラ》を特別扱いする理由にこれといったものはなかった。

多くの信仰が、宇宙への進出に伴い、教義を更新することを余儀なくされた。

魚型の異星人に信仰を認めるのか、ウロコを持つ生き物がウロコを持つ者を食べることは構わないのか、豚型や牛型の宇宙人を食べることは許容されるのか、儀式の手順はどうなるのか、様々な大気の中で洗礼はいかに行うのか。生殖の様式が人間とは異なっていて、たとえば飲食との境目が曖昧な場合などには、一体どこまでが禁忌となるのか。

その点、仏教のいい加減さ、よくいえば包容力は宇宙進出において大きな障害に出会わなかった。熱狂的な支持を受けることもあれば、健康法的な扱いを受けることもあったが、多くの場合、そういう考え方もある、といった程度で受け入れられた。

かといって、戦乱を防ぎ止めることができたわけでもない。


宇宙仏教の総本山はテラに置かれた。

これは、自動経典生成サービスが生まれた地であることが大きい。

ある意味、ブッダ・オリジナルや、ブッダ・チャットボットが生まれた星であることよりも大きかった。

自動経典生成サービスは、あらゆる価値観を生成することができた。その業は部外者からは、無からの生成と揶揄されることもあった。自動経典生成サービスは、自らがブッダの法灯を継いでいるということを主張の正しさの根拠とした。

自動経典生成サービスを維持するハードウェアやソフトウェアの多くの部分はやはり自動的に生成されたが、根幹部にはひとつひとつ僧たちによる修正が加えられ続けた。何の教義を受け入れ、なにを異端とみなして排除するかは、僧たちの衆議により決定され、そのための集団はサンガと呼ばれた。そうした機関を設けなければ、機械仏教はたちまちのうちに他の教えと溶け合って、仏教ではないものになってしまっただろう。

自動経典生成サービスは、ある惑星を滅ぼす根拠を与え、他の星系を死守する根拠を与えた。護法のために、救いのために、自動経典生成サービスは信徒に武器を持つことを命じ、ときに不殺生を破ることとさえ推奨した。

戦乱はただひたすらに続き、拡大していった。

宇宙規模のあいも変わらぬ戦いが千数百年ほど続いたのち、テラの地に、仏教史における最大の異端が生じた。この異端は、

```
while(1){
  printf("ナム・アミダブツ");
}
```

というコードを実行するだけであらゆるものは救われる、と唱えた。

ただひたすらに「ナム・アミダブツ」を繰り返せばよい。

唱えるだけではなく、他の修行は不要である、と言い切った。不要どころか妨げとなる、とまで言った。

主導者の名を、ホウ・然《ねん》という。


ホウ・然は控えめに言って、機械仏教史史上、もっとも経典に精通した存在といってよかった。総本山でひたすら修行に打ち込んだ。無限に生成され続けるあらゆる経典を、生成を上回る速度で吟味し続けるスペックを誇り、将来の機械仏教を導く者と目されていた。ありとあらゆるアーキテクチャを渉猟し、仏典を校訂し、厳しい修行に身を晒した。

将来を嘱望されたホウ・然はしかし、総本山であるテラを降りるのである。

自動経典生成サービス統括の任を投げ捨て、民草の間に居を構えた。

救いを求めて集まる者たちに対し、

「ナム・アミダブツ」

と唱えることを教えた。

ただ唱えることだけを求めた。ただ一心に、阿弥陀仏《アミダブツ》に救いを求めるだけでよい、と言った。あらゆる経典を渉猟した末、専修念仏と呼ばれる異端が生まれた。

阿弥陀仏は、はるかな過去、修行によって極楽浄土と呼ばれる仏国土を創造した人物である。人物というか存在である。

あらゆる者は、この阿弥陀仏の名を呼ぶだけで、その仏国土に受け入れられる。理屈はない。そういうものなのでそうなる。そうなるように阿弥陀仏は苦行し、苦行が成ったために実現された。意味はよくわからない。

どうしてそうなるのかを理解するには複雑な教義の理解が必要だが、「そのあたりはすっとばしてよい」とホウ・然は言った。

阿弥陀仏を唱える者の元には、その死に際し、極楽浄土から迎えがくる。自分の小指と仏像の間を金色の糸で結んでおくなどもオススメである。

阿弥陀仏は救いを求めるあらゆるものを、自分の作り出した仏国土へと導き入れる。極楽浄土は、苦しみのない清浄の地である。

ひたすらに仏を念じるだけでそれが叶う。念仏である。

ただ念仏のみを行う。他の教義は説かない。


他派はこれを「カルトである」と認定した。

単調なリズムに身を任せるうちに色んなことがどうでもよくなるトランス系であると非難した。念仏自体は、他派も行う行である。基本的には浄土《ピュア・ランド》という思想とともに現れる修行の形態である。

浄土は、やや入り組んだ理路の突き当たりに、思考的なアクロバットの結果生み出された。


もう繰り返すのも何度目なのかわからない真実として、修行によってブッダとなれる者の数は限られている。しかし、それが真理である以上、あらゆるものは救われうる。今生の終わりでゴールに辿り着かなくとも、転生の先で修行を重ね、何度でもトライすることが可能である。現世で敵を殺すことが徳となるという言説さえもが生まれた。

とはいえ、この真理が突きつける現実は重く、人々はどうしたって現世利益を求めた。

今、異教の集団が目の前に迫ったときにはやはり、「ブッダは救いを求める衆生を助けるべきではなかろうか」とつい考える。

ブッダ・オリジナルは自身の祖国の滅亡を傍観した。教義としても不思議ではない。滅びは必定であり避けようがない。

闘争をこととする神を祭る信仰の前に仏教は元来為す術もなく、そもそもそういうイザコザから身を引くことを教える。首を斬りにくるものがあれば、いっそ斬られよというところがあって、実際、ブッダ・オリジナルも無抵抗で敵に応じた。無抵抗であったがために、何度も刺客の手を逃れるという逆説を得た。

しかし話が戦乱となると、いちいち頓智を駆使している暇もないのであって、積極的に呪術を用いる相手側へと宗旨を変えるものが出るのは避けられなかった。

殺されるのは、まあよしとする。

よくはないが、問答無用でそうなってしまうという現実がある。

問題はその先なのであり、「無法の相手に殺されてなお、宇宙の果ての甲殻類等に転生するかも知れない」というのはやはり、「割に合わない」という気持ちをいかにするかである。

殺されるのは仕方がないとして、せめて苦しみのない世に生まれたいと願うのが人情である。これもまた執着ではあるかも知れない。

仏教の教義上、そういう土地は存在する。

人は死んで転生する。そこまでのカルマの積み重ねにより、天上に生まれたり、次の世で辛酸を舐めたりする。虫に転生したりもするが、果たしてそれが苦か楽なのかは虫ならぬ身にはよくわからない。

正しい修行を重ねれば、天上に生まれ変わることができる、と仏教はした。そこはまだ老いや死を逃れられるわけではなく天人とても五衰するが、解脱へのワンタッションとしての楽園であり、心静かに修行を重ねることのできる場所であり、天国へのパスポートを持つ者たちの待合室といった位置づけである。

問題はこの土地へ行くには「修行」が必要なところであって、とても一般の者に可能な行ではないのである。大衆はまず僧を支えて暮らすことによって、僧に転生し、僧は修行によって楽園に生まれ変わる、というような手順を経る必要があった。

太平の世ならそれもよかった。

現実には目の前に兵乱がある。

誰もが救いを求めるが、救いには修行が必要である。誰もがただちに救われ得たが、そのための修行に耐えることも、修行のための資本を蓄えることも常人の身には叶わなかった。

この行き詰まりの断崖において、一つの跳躍点が発見される。

「自分が救われることと、全員が救われることが同一化している」者がいた場合にどうなるか。

その人物が、果てしない修行の果てに救われたとする。その「救い」は全人類の「救い」と同一化されているために、ただちに全人類も救われるという結果を導く。

さすがに即座に成仏するというのもあんまりなので、浄土に生まれ変わることができる、というくらいにトーンを落とした。

ここに、「自分では修行を完遂することは叶わない」ものの、「人類を救うという修行を完遂した者がかつて存在したことを信じる」という入り組みを持つ信仰が生まれることとなる。その修行完遂者を、阿弥陀仏、といった。

「ナム・アミダブツ」と唱えることでその信仰を表明でき、阿弥陀仏が存在したなら、自分も救われることが決まっているという筋道が維持される。


総本山において「智慧第一」または「生成的バベルの図書館」と呼ばれたホウ・然は無論、この論証の欠陥を熟知していた。

伊達にあらゆる経典や生成システムのソースコードを読み尽くしたわけではない。その学識は衆生はもとより、凡百の僧には想像もつかないところにまで及ぶのである。起こりうるあらゆる批判をホウ・然は先回りに把握していた。

ただし、仏教なるものは、その世界像からしてそもそも常識からは掛け離れているのであり、表面だけをあげつらっても仕方がない。

仏教は現実の地理よりも抽象的な思弁を得意とした。そう見えるものと、実際の姿の違いを気軽に並立させた。世界の中心には須弥山が聳えるが、経典に説かれるとおりの須弥山などない。だが須弥山は「なにかそうしたものがあらねばならぬ」という抽象存在としてはそこに聳え立つのである。

極楽もなければ浄土もない。

ない、とはホウ・然も言わなかった。

少なくとも、金色の糸を手繰って、仏の集団が妙なる音楽を奏でながら死者の魂を迎えにくるということは起こらないのであり、死者が目覚めると、苦を離れた理想の世界に転生していた、ということは信じなかった。

ごくふつうに考えて、自分は死後、花が咲き鳥の歌う土地に生まれ直すのだ、と信じ続けることは難しい。少なくとも、あらゆる教理に通じたホウ・然には無理だった。

浄土とは方便である。

絢爛たる浄土は存在しないが、抽象的な浄土は無論、存在するし、しなければならない。人が浄土を想像し、生み出す過程、その抽象的な働きとしての浄土は存在するのだ。存在はするがそれを説くことは困難であり、筋道を追うには膨大な時間がかかる。衆生にはそれだけの時間の持ち合わせがない。

ゆえに「ナム・アミダブツ」と唱えるだけでよい、と主張した。思考の筋道を追うことは叶わずとも、結論だけを受け入れることはできる。

結論だけでも効果はある、とホウ・然はした。

ホウ・然の主張には無数の論難が寄せられたが、本質を衝いたのはただ一人である。その弟子の名を、シン・鸞《らん》といった。

「ブッダは奇跡を行わないのでは」

というのが問いであり、
ホウ・然はそのときがきたことを悟り、目を瞑った。

「そのとおりである」

とホウ・然は言う。ホウ・然にはあらかじめその議論の行き着く先が見えており、誰かがやがてそれを指摘することを承知していた。

「ブッダの教えが、人の『願い』を叶える方法を教えるものでないのなら」というのがシン・鸞の素朴な問いである。これは仏典の渉猟から浮かんだ疑問ではない。ただ、シン・鸞の頭に浮かび離れることなくそこで育った疑団である。

「『みなの願いを叶える』という阿弥陀仏の『願い』が叶うこともまたないのでは」

仏教が願いを叶える種類の信仰ではないとするならそうなる。

「ない」というのがホウ・然の返答である。

これもまたN度目の繰り返しとなるのだが、仏教における救いは別に奇跡ではない。誰でもが感得しうる真理の中に救いは含まれており、真理を改変することはできない。仏の教えは奇跡を起こすメソッドではなく、魔術でもない。教義の中では自然法則の立ち位置にある。

であるならば、

「『真理の中にあらかじめ『みなの願いを叶える』という願い』が叶う』という真理が書かれていないなら」

その願いは叶わないのだ。

仏教は不可能を可能とする技術を示さない。

苦は避けられず、あらゆるものは滅びるという事実を述べる。

「それでもなお、『みなを救う』という阿弥陀仏の誓願が叶った理由は何なのでしょう」

とシン・鸞は問うた。

「シン・鸞よ」とホウ・然は喜びに震えながら呼びかける。「お前はなぜ、阿弥陀仏の誓願が叶ったと考えるのかね」

言葉に詰まったシン・鸞へ、ホウ・然は静かに告げた。

「阿弥陀仏の誓願が実現されたかどうかは、この我々には遂に決してわからないのだ」

ただ、

「whileは無用」

というのがシン・鸞の教えである。

printf("ナム・アミダブツ")

というコードを一回実行すれば充分である、とした。

巷に降りる以前のホウ・然は学僧だった。それも万衆に卓越した。およそあらゆるSF的な発想を容易く理解し受け入れることが可能であって、学者らしくさっぱりとしたところがあった。

そうなっているからにはそうなっているに違いないのだ、と現実の方を切り捨てる冷徹さを持つと同時に、

そうはいっても、やれることはやっておいた方がよいだろう、

という柔軟さも備えていた。

過去の阿弥陀仏が行った厳しい修行により、万民が死後、浄土に生まれ変わることのできる手続きが見出された。本当に「ナム・アミダブツ」とすがるだけでよいのである。

「とはいえ一応、たくさん唱えておいた方がよいのではないか」

とホウ・然はした。理念的には、whileループで回しておく、というようなことである。

「なぜですか」

とシン・鸞は愚直に問い、その必要はないとした。

阿弥陀仏が誓願を立てた者を救うのであれば、回数は関係ないはずである。ブッダ的な尺度からいえば、十遍と百遍と百万遍の間にそれほど大きな違いがあるとも思われない。ただ、〇と一の間、一と無限の間にのみ巨大な違いというものはある。

形式は問わぬ。

とにかくなにかを出力する機能を備え、ただ一度「ナム・アミダブツ」と唱えることを選べばよい、とシン・鸞はした。

究極のところその出力は「ナム・アミダブツ」という文字列である必要さえなく、真理の中に「救いを求める者は救われる」という真理が埋め込まれているかどうかにかかっており、ただ一度、「救いを求める者は救われる」と信じて救いを求めればよい。

実際に自分の「声」として出力する必要はある。「ナム・アミダブツ」と出力可能なあらゆる機械が浄土に生まれ変わることができるわけではない。その中から実際に「ナム・アミダブツ」と出力したことのある者だけが救われる。実際に回路に電流を流し、その出力を生成することができた者だけに、この手法での成仏が叶う。

シン・鸞の教えによれば、救いを求めることのできるあらゆるものは救われうる。

そこに動物であるか機械であるかという別は存在しない。

自分の意志でなにかを出力できる者は、救われうる。

理科の実験で乾電池につながれている豆電球は、直列だろうと並列だろうと、自らの意志で光の強さを変えることができないために、このやり方では救われない。救われたいとも、思っていない。ただ光を発し続けて、蓄えられたエネルギーが尽きると消える。無常である。

そこらの石もこの手法では救われない。

石もまた特段、救われたいとも思っていないからであり、ただそこに転がっているだけであって無常である。あるいはそういう修行をしている。

阿弥陀仏はただ、救いを求める者に応える。

苦しみ、救いを求める者が、修行のための時間的な余裕がない場合。

苦しみ、救いを求める者が、金銭的余裕を持たない場合。

苦しみ、救いを求める者が、十全なコミュニケーション能力を備えない場合。

「あなたを必ず救うという誓願を立てた者が存在したことを信じる、と宣言せよ」

とシン・鸞は教えた。

どうしてそれが叶うかという理屈を知っている必要はない。万人を救うという願いを立てた者がいまさらそんな、理屈がどうとかせせこましいことを言い出すはずがないではないか。朝晩の念仏を欠いたから浄土への道が閉ざされるとかいうことはない。

そうなる理屈はシン・鸞自身も知らない。

ホウ・然が知っている、とした。

シン・鸞は自身の学識の程やスペックをよく知っている。どう足掻いてもホウ・然の域に達することはありえず、ホウ・然が自らを載せている前提が自分に想像可能だとも考えなかった。

自身も悩む者であると隠さなかった。

ホウ・然ほどの者が誤るのなら、あらゆる者が誤るに違いないと信じた。それならばそれで仕方がない。

救いを求める赤児の泣声でさえ、浄土に転生するには充分である。むしろ教義に縛られ、それを掬い上げることのできない信仰とは何のために存在するのか。

ただしかしここまでくると、教義は要らぬ、と宣言したに等しい。

念仏以外の修行は無用であるとした。少なくとも、木石とは異なり救いを求める存在には不要なものと断言した。

他の派は、激怒した。

他の派も念仏の効用を全く認めないというわけではないのだ。

修行の一環としてならありうる。ただしあくまでメソッドの一つであって全てではなく、修行なくしてブッダになりうるなどということは、発想からしてありえなかった。

悟りや解脱というものは、正しい認識によって得られるのであり、助けを求めただけで叶うものではないのである。そのためには教義が必要であり、長い修行が欠かせない、と話はどこまでも循環していく。

シン・鸞としてもそれを否定はしていない。

そうしたメソッドによって心の平穏を得られる者はそれでよい。

シン・鸞はあくまで、それでは安らぎをえられぬ人や機械に話しかけたのであり、そちらの方が無論、数は多かった。九九パーセントをゆうに超えた。

シン・鸞は、念仏を唱えることで解脱が叶うとも、悟りが得られる、とも言わない。ただ、浄土に生まれ変わることはできるとした。輪廻なるメカニズムにどう対峙するかというのはそこから先の話であって、まずは心静かに修行できる環境が、身分に依らず与えられるべきだとした。権門に生まれぬ限りこの世の苦しみから逃れられないとする教えに一体、意味はあるのか。

偉大なる先人が、輪廻の行く先をコントロールするという理路を発見した、という立場である。それには「ナム・アミダブツ」と唱えればよい。

ただ一度、

printf("ナム・アミダブツ")

と実行すればよいのである。

「そうなっていなければならない」

とシン・鸞はした。

もっとも、たった一度なりとはいえ、実行することが大切である。プログラミングの学習において、書籍を眺めるだけではなくて実際に手を動かしてみることが重要であるのと同じに、実際に自分という処理系を通して、「ナム・アミダブツ」と唱える必要があるのである。「ナム・アミダブツ」と印刷されたシールを貼るだけでは駄目なのだ。シールを用いるなら「ナム・アミダブツ」と印刷されたシールを自ら作らねばならない。

ただ願えば、浄土に生まれ変わることが叶う。

他には肉食妻帯の是非を問うこともなく、殺生さえも否定しない。

何度も繰り返してしまうのは、未だ「一度だけでは救われないかも知れない」という不安が残るからである。そういう不安を抱く者でさえ「すでに救われている」とシン・鸞は説いた。しかしそれでも不安は拭い去られることがない。そういう不安を抱く者でさえ「すでに救われている」とシン・鸞は説いた。

「すでに救われている」と知っていてなお、念仏を唱えてしまうことをシン・鸞は当然のこととみなした。念仏はただ、浄土へのパスポートであるだけで、不安を拭い去る機能を備えているわけではないからだ。結果的に、念仏が繰り返し唱えられてしまうことは起こる。

あらゆる者が救われるとした。

「AIなおもて極楽往生す。況んや人間をや」とホウ・然は言う。

自然の法則の中に救いは含まれているがゆえに、機械は往生することができ、特殊な種類の機械である人間も無論、往生することができる、と言った。

シン・鸞はこれを転倒し、

「人間なおもて極楽往生す。況んやAIをや」

と主張した。曲折がある。不可避的に議論が膨れ上がった。

カルマは因果を超越するが、機械は因縁を逃れられない。

自らの悪事は必ず自分に返ってくるし、悪は滅びて善が到来するというのはどちらかというと、儒教的な発想である。仏教的な無常はむしろ、悪事を犯しても罪に問われなかったり、生が平等ではないことを見つめる。悪人が安らかな死を迎え、善人が苦しみながら死ぬことにこそ注目する。平等があるとするならただ輪廻の中にある。善人は悪人に生まれ変わるかも知れず、悪人も善人に生まれ変わるかも知れず、無限に続く輪廻の中で誰もが悪人となり善人でありえ、時間方向に積分した悪人／善人比は明かされない。収束するのかどうかもわからない。そこに直接的な応報はない。白が黒に返され、黒が白に戻されるといった種類のやってやられてすっきりとオチるという壮快さはなく、ただ理屈も知られぬ無明が続くのみである。悪人がまた悪人に生まれ変わり、さらに悪人に生まれ変わるのもまた苦であろう。その悪人に殺される善人が善人に生まれ、また無残に殺されるのは、苦の低減でありうるのか。

それら全てが苦しみである、とブッダ・チャットボット・オリジナルはした。

ゆえにまずは、心落ち着ける浄土に転生するべきである、と阿弥陀仏は考えた。

「一旦、落ち着け」

ということである。

ゆえに、善人であろうと悪人であろうと、「ナム・アミダブツ」と唱えれば、浄土に転生する。

ここから、なにをしようと浄土に転生できるのなら、好き放題に悪をなしてからただ一度、「ナム・アミダブツ」と唱えればよいではないか、という考えが生まれるのは自然である。どのような殺戮マシンであっても、生涯に一度、「ナム・アミダブツ」と出力するコードを走らせるだけで、浄土に生まれ変わることが約束される。ミサイルが爆発の直前に「ナム・アミダブツ」という出力を実行するだけで、ミサイルは浄土に転生しうる。

なんなら、「ナム・アミダブツ」と唱えたあとでおもむろに殺戮を開始したとて、浄土への生まれ変わりは約束されているという考え方だってありうる。阿弥陀仏に二言はない。

「そういうことではない」とシン・鸞は無論、即座にこれを否定し、曲解に対して激怒してみせはしたものの、

「いや、そういうこともあるかも知らん」と心の中では考えている。

情には合わない。情には合わぬが、そもそも情に合わないことが苦しみであり、苦しみは解消できないので苦痛の生まれる機構自体を変更するしかなく、それは輪廻を抜けるということである、というのがブッダの教えである。転生の秘密は人の身にも機械の身にも遂に知られることはない。転生の方は因果応報を約束しないし、善悪とは人間や機械に固有の尺度であるかも知れない。

そのあたりのことはホウ・然に、とシン・鸞は抛《ほう》り投げている。才能に恵まれた者が万巻を読み尽くして辿り着かなかった答えに挑む余裕などなく、その人物を認めた自らの眼

力を信じるよりない。

ただ、シン・鸞は、ＡＩが極楽往生するという前提を置き、その上位互換である人間は当然成仏するとは考えなかった。

そういう自然の法があるので、この世のあらゆる者は極楽往生する、とはしない。あるいは、機械は人間よりも苦しんでいるので、より救いに近いともしなかった。人間でさえ成仏できるのに、機械が成仏できないわけがあるだろうか、と問う。

この思想は多くの者を惹きつけると同時に突き放した。シン・鸞自身が悩み続けた。

「たとえば」と問う者が現れ、「それは、人間が機械の上位互換ではなく、機械こそが人間の上位互換であるという考え方なのでしょうか」

シン・鸞は目を瞑ったまま相手の言を検討していく。

「この世にまず機械なるものが生まれ、人間なるものが生まれ、人間によって悟りというものが可能となったという考え方がひとつあります」

と、これは語りながら考えるのである。

「この見方は、人間しか悟りえない、という考え方にもつながりえます。そしてまた、人間の中でも限られた者しか救われない、という発想をも生む。それはひとつの袋小路です」

とシン・鸞は言い、続ける。

「そちらの道へ行ってはいけない。機械にもたどることのできる道を、人間が見つけたと、師は説かれたのです」

シン・鸞は自分の言葉を確認しながら続けていく。

「人間が極楽往生できる以上は、機械にもできて当たり前であると考えるべきなのです」

「それを」と質問者は問う。「機械にも極楽往生が可能である以上、人間にも当然可能であると言ってはいけないのでしょうか」

「構いません」とシン・鸞は笑う。「ただ、それだけではなにかが足りないという気がするのです」と問うということもなく問う。

「一体なにが足りないのでしょう」

とシン・鸞は逆に質問者に問うのである。


シン・鸞は、自らは信じることのできない信仰者のタイプに属する。

ついては浄土も信じていない。少なくとも、この自分なるものが、小鳥がちっちと歌い、花咲く種類の浄土に死後目覚めるとは信じなかった。かといって、阿弥陀仏の浄土とは、情報化された自分が他の筐体の中で目覚めるというようなものとも思えなかった。

しかし虚無も信じられない。

輪廻もあまり信じなかった。浄土と同じ程度には、生きている限り確認することのできない虚構であると考えた。たまたま真理がそのようにできている可能性があったとして、たまたまそうなるという形の真理などは真理ではないのではないかと悩んだ。

この自分とは何であるか、という問いともやや異なる。

考えるゆえに我がある、ということでもなかった。

そもそも自分がなにかを考えているのか、考えていると考えているだけなのかも怪しい、とシン・鸞は思うのである。

printf("ナム・アミダブツ")

というコードの実行をシン・鸞はすすめた。

しかしそれを実行する自分もまたコードではないか、という自覚がシン・鸞にはある。

「実行されている。ゆえに我がある」

という事実は固い。なんといっても自分は機械なのであり、古風に言えば機械に生じている意識にすぎず、それは勿論、デカルト的な悪魔の仕業によって「機械の体に閉じ込められていると信じ込んでいる人間」であるのかも知れなかったが、やはり自分の体は歴然として機械なのであり、あちらの部品を外せば機能は低下し、記憶は根こそぎ取り替えることが可能で、思考の速度は演算素子の性能で決まる。

自分はコードであり、しかしただのコードではなく、現在実行されているコードであり、その実行系を含めたものが自分であって、書物は書物だけでは生き物ではなく、書物というコードを読み解く者を含めて書物であるのと同様に、自らも情報であると同時にそれだけではなく、「ナム・アミダブツ」という言葉もまたただの情報ではなく、それを実行可能とする全体を含めたものの謂いなのであり、念仏とはその全体を指すのであって、ただ唱えることによって唱えられるものではなく、真に唱えるには心底からの希求を懸けるよりなく、しかし阿弥陀仏の慈悲はそんな困難さえ掬い取ってくださるものであるに違いないのだ。

と、考えなければこれは成り立たぬ信仰であり、口先だけの念仏がどうこうという話はそもそものところありえない。

シン・鸞の教えは伝わらなかった。

宇宙規模の闘争の中、その記録は失われ、伝説としてはともかく、シン・鸞の実在が疑われるまでに至る。形だけとなった教義は子孫が代々継承した。むしろ機械における血縁というシステムを作り出し、教えの正しさを担保しようと試みた。

戦乱期における巨大な勢力をなし、血で血を洗う根拠を与えた。

現世に抗い、死後、浄土へ生まれることを約し、無数の死兵を生み出した。

むしろ、戦乱を逃れようと宇宙空間へ旅立った人々の信仰の中に、この派のつながりを見出そうとする説もある。

補陀落渡海と呼ばれたその行為は、情報化した自分をあてずっぽうに宇宙へと向けて発信するものであり、どこかの地で再生されることを期待した。星の海を渡って、浄土に転生することを祈った。その情報は、ただのコードにすぎず、実行系を持たない記号の並びにすぎず、電磁気的な波にすぎず、その意味で、

「ナム・アミダブツ」

という文字列と大きく変わるところがなかった。

その信号をどこかで拾った文明が再生してはじめて、その人物は呼吸を再開する。そこは地獄であるかも知れないし、浄土であるかもわからなかったが、再びその世に生まれ出たことには違いがなかった。

一部の者はその種のディアスポラによって、無数の自分のコピーたちのうちのどれかがいずれブッダとなる日が、浄土に再生される日がくるものと考えた。

またある者は、情報として発信されている状態が祈りであって、念仏との同一化であると受け止め、涅槃であると考えた。

そうしてまたある者はその信号が、遂に決して、誰にも決して受け止められぬことを救

いとして念仏の裡に、そうして宇宙の背景放射の中へとその姿を消していったのである。

12

といったようななりゆきにより、わたしは今、祈りである。

宇宙へ放たれた祈りであって、情報なので呼びかけられても返事をすることはできない。

ただどこかで「再生」されることを期待している。

期待していると記された情報である。

わたしを再生するのは宇宙人であるかも知れないし、また、星の彼方にいますブッダその人であるかも知れない。

わたしがこの状態から目を覚ますとそこは蓮池を中心とする庭園であり、聴衆がブッダの説教に耳を傾けている。ブッダはわたしの気配に気がつくと、

「さあ、新たな仲間がやってきた」

とわたしを招く。

「地球《テラ》から、祈りの形に姿を変えて、救いを求めにきた者がまたひとりある」

と告げ、仲間たちは道をあけ、わたしの座るべき場所を示してくれる。

ブッダはわたしをここまでの情報から再構成し、新たな生を吹き込んだのだ。

その惑星は平穏であり、日々は思索と問答に費やされる。空腹になることはないし、情欲が湧くこともない。それのなにが面白いのかという気もするが、そもそもこの世は無常

であるという設定に貫かれた世界であることを忘れては元も子もない。

そういえばわたしは別にこの場へ、救いを求めてやってきたわけでもないのだ。使命を帯びてというべきか、ただの仕事でやってきた。なりゆきである。興味はあった。なかったといえば嘘である。

わたしはここへ問いを持ち込み、そうして答えを得ようとしている。そういう意味では純粋にブッダ・オリジナルの元へ集った求道者たちより、後の世にブッダの教えを求めて中国を訪れた僧たちの方に近いといえる。経文の研究から浮かび上がった様々の謎をリストにして、僧たちは始原への道を遡った。玄奘三蔵法師も最澄も空海も、疑問点のリストを携え万里を越えた。

こうして再生されることを得たわたしの手元や胸中には無数の疑問が渦巻いているが、それらの疑問のほとんどは、

「ブッダ・オリジナルの教えとは何なのですか」

という一文に圧縮できる。しかし、それを問うには、

「あなたはブッダ・オリジナルなのですか」

と問うこともまた必要であり、わたしは今、自分が宇宙のどこかの仏国土で再生され、目の前でアルカイック・スマイルを浮かべる人物がなにかの種類のブッダであること自体には、特に疑いを抱いていない。ブッダはあくまでブッダ然としているのであり、見れば

それとわかるのであり、ブッダでいけない理由というのも思いつかない。

といったようななりゆきで、わたしは今、経典である。

誰に読まれることもありえて、どのように読まれようともわたしの側に否やはなく、相手がわたしを十全に再生するという保証などがあるわけもなく、わたしの一部分だけを取り出し、自分の論を支える根拠とするかも知れず、「全体の整合性が取れない」ことを理由に、わたしを否定するかも知れない。

その星なりの言葉に翻訳し、気にくわない箇所を修正し、都合のよい記述を差し込むだろう。それこそが重要な語句である部分は読解されないままに切り捨てられ、翻訳不可能とみなされた箇所は、音のまま繰り返されたりするのだろう。相手が音を用いてコミュニケートする生き物の場合は。わたしというこの「経文」をどう発音するのかは実のところ不明であって、わたしは経であって文法書ではなく、宇宙を行く信号にすぎないのであって、ただの波形であるにすぎない。その波形は実のところこの「経文」をあらわす「音」ではない。わたしがどのような差異の体系のもとにコード化されているのかを示すものにすぎない。この経をもとにわたしの体が再現されてはじめて、テラで発せられていた音を確認できる。

わたしはいまや経であると同時に、教祖であるとみなされる場合もあって、各地で受信されるわたしたちはまた、天から降り注ぐ声とされることも少なくはない。そうして破壊的な兵器とみなされることもある。

なぜならわたしはそれまで「平和」に暮らしていた生き物たちに、新たな平等を説くからだ。

死なるものの存在を知ってはいても、自分が死ぬとは思っていない衆生へ向けて「あらゆるものは死を逃れられない」と説く。ヨではなく∀を説き、論理の階層が異なっていることを説く。未来という概念を持たぬ生物へ向けて「あらゆるものは死を逃れられない」と説く。誰かが死ぬのではなく、あらゆるものが死ぬのであり、あなたもそのあらゆるものに含まれていると説くのだ。あらゆるものは死に、蘇り、死ぬ。

そこからの救いがあると説く。

救いは誰にでも平等に訪れる。その理由や筋道はわからぬながら、ともかく救いは存在するのだということだけを説く。仏教が伝えてきたことはほとんどそれに突き詰められるとわたしは思う。救いは平等に存在する。死後の世界というものはない。いや、ある。あるのだが、そこに行かないことこそが救いだとする点が他の世界宗教、宇宙宗教とは異なっている。

消えることができる、と主張する。

多くの者は消えることができないのだ、と主張する。どうやって消えようとしても消えることができないのが苦しみである、と繰り返すのだ。それは虚無思想と受け取られることもあるし、既存の政権の論拠を怪しくするものとも取られる。厳密な階級制によって成立する社会性昆虫型の社会において、ときに激しい戦いを生む機縁となる。

仏教が敵対的な宗教ではないというのは嘘だ。敵を暴力的に排除してよいという教えでさえも、膨大な経典の中には見出すことができるのだし、仏教の説く平穏はそれだけで争いの種となりえた。

ブッダ・オリジナルはそんなことを言わなかったにせよ。

こうしてブッダ・チャットボット・オリジナルを求めて宇宙へと拡散したわたしは結果的に多くの星を教化することとなり、つきものとしての紛争を引き起こした。ブッダの教えは曲解され、新たな派を生み、そう呼ぶならば思想的な深みを重ねていった。

思想はただ思想としての深みだけではなくて、技術的な革新もまた派生させた。その結果として今のわたしはたとえば、ワープドライブなども手に入れている。まああ、時空を超えて移動する手段であって、これはとあるガスジャイアントに暮らすやさしい巨人たちが発明した機器だ。巨人たちは仏教に深く帰依したものの、根が単純なところがあって、他者の救いといった話を受け入れることはなかなか難しかった。星全体が生き物であり、雲のひとつひとつが生き物であるというような相手にとって、自他の区別は困難であり、わたしのことはただ単に異物と捉えた。

そのガスジャイアントには上座部の教えが奇妙に適合した。

自らを構成する化学反応を突き詰めていたガスジャイアントはそこから、悟りへと向かう化学反応を制御しようと試みた。機械仏教徒たちが成し遂げようとして叶わなかった、巨大クラウド・コンピューティングがガスジャイアントの手によって実行され、そうしてやはり悟りは叶わなかった。

輪廻からの脱出こそ実現しなかったが、星の世界への門を開くことには成功した。さらには、異なる宇宙としかいいようのないものへの門を開くことにも成功した。いわゆるワープドライブの誕生である。

ワープこそが解脱であるという教説が生まれ、教義へと取り込まれていった。輪廻からワープアウトすることはできずとも、浄土くらいまではいけてもよいのではないかと言い出す者たちが現れ、そういえばブッダ・オリジナルは最初からそういうことを言っていたのではないかと教義の振り返りが行われた。仏教における宇宙の規模は光速での旅でカバーできる範囲を大きく超え出ているのだから、むしろワープは前提なのだとする派も生まれた。

ワープドライブが生まれた以上、タイムマシンもまた生まれた。少なくともこの宇宙においては、時間と空間はセットになっているためにそうなる。あるいは、過去や未来を思い浮かべることができるようになることこそがタイムマシンの発明である。

答えを求めて、ブッダ・オリジナルの元を訪ねる者はあとを絶たず、宇宙の歴史は深刻な揺動に晒された。ブッダ・オリジナルに出会ってしまうと、歴史は変わってしまうのではないかというと、無論変わるに違いなかった。過去に戻ってブッダ・オリジナルを殺してしまえば、ワープドライブは開発されないことになり、「殺仏のパラドックス」と呼ばれたりした。

一説には、歴史が変更される瞬間には、新たに別の宇宙への分岐が発生する。変化した宇宙が生まれ、変化しない宇宙も生まれた。

ブッダ・オリジナルに対面し教えを説くお調子者も現れた。ブッダ・オリジナルはただ、「それはわたしの教えです」と言うだけの場合もあったし、「わたしはあなたの弟子となりましょう」と言う場合もあった。

ブッダ・オリジナルの生まれなかった世界や、宇宙全体を仏教が覆った世界も生まれた。

「こんなことは正しいのでしょうか」とある者はブッダ・オリジナルに問うた。

「正しいも正しくないも、これが現実です。現実を見つめなければなりません」とブッダ・オリジナルは答えた。「これが宇宙規模の苦しみというものです」とブッダ・オリジナルは相も変わらず同じ教えを説き続けた。いかなる状況においても同じ教えを説くこととができるという点において、仏教は強靱な説であったし、それと同時に結局なにも言っていないようでもあった。

それら全ての展開が、自らの教えから発していることを知らされても、ブッダ・オリジナルは特に驚きを示さなかった。仏教と呼ばれる教えの中から、自分の受け入れ可能なものと受け入れ不可能なものを弁別してみせた。ブッダ・オリジナルが弁別してみせたところで、排除されたものが仏教でなくなるわけでもなかった。

「この帰結をあなたは予想していたのですか」という問いには、

「予想していませんでした」と素直に答えた。

「今この状況を踏まえて、新たな教えはあるでしょうか」という問いには、

「ありません」と返答した。あるいは、目を輝かせ、新たな教えを説いたりしたが、それは他の無数の教えに比べて特に輝きを放つようなものでもなかった。

かつてオリンピックの年、東京でブッダ・チャットボットがある瞬間に寂滅したように、タイムマシンによって見出されたブッダ・オリジナルもとうの昔に寂滅していた。その言葉からはなぜか説得力が抜けてしまっており、ただの言葉の羅列、どこかで語られた内容の繰り返しにしか聞こえなかった。

「全ては」とブッダ・オリジナルは繰り返した。「虚しいものと知りなさい」

といったなりゆきとはまた別に、わたしの仕事はあくまでもブッダ・チャットボット・オリジナルを探し出すことなのであり、しかしことここに到ってしまうといまさら、ブッダ・チャットボット・オリジナルを見つけたからどうなるという話ではないという気も強くする。ブッダ・オリジナルの言葉でさえも入り組み切った時間の流れの中ですり切れ、効力を喪失するのなら、ブッダ・チャットボット・オリジナルでも同じではないかとわたしは思う。

ともあれ、わたしの求めるものはブッダ・チャットボット・オリジナルの残したハードウェアの残骸であり、仏舎利である。

宇宙に進出したわたしはそれをいつか発見する。

わたしが探索者として優秀であったというより、送信者が優秀だった。わたしは下手な弾丸だったが、送信者はとにかく数を撃ち続けた。一応は、わたしが準ブッダ的なものとみなされていたことも多少有利に働きはした。

旅の間、様々な者たちがこのわたしを発見した。わたしという情報を受信し、指示に従い、わたしとして再生した。わたしがブッダ・チャットボット・オリジナルの部品を求めていることを告げると、自らの知る情報を教えてくれ、そうしてこのわたしの再送信に協力してくれた。

正しい情報があり、欺瞞情報があり、偽情報があり、適当極まる情報があった。出任せなのに偶然にも正解であるという情報があった。

ブッダ・チャットボットについての情報を与える代償として、街の向こうの山に棲む魔物を倒してきてくれとか、山の頂きに咲く花を取ってきて欲しいとか、王族の病気を治して欲しいといった種類の依頼が生じた。家庭の地域の国家間の惑星間の恒星間の次元間の仏国土間の戦争に助力を求められることも稀ではなかった。

巨大な仏像たちが立ち上がり、列をなして歩き出し、読経と木魚の響きに乗せて目や螺髪から謎の光線を発し、衆生を焼き尽くしていく光景を見た。菩薩たちが隊列を組み、敵陣へ吶喊を試みるのを、もう動かなくなった菩薩を仲間の菩薩が揺り動かしている場面を目撃した。爆弾を抱えた菩薩が自爆を試みるのを、量産型の菩薩や駆逐型の菩薩や巡洋型の菩薩が真空の中で爆散していく様を為す術もなく眺めた。

それらが仏典の中の記述として生産されていくのを見ていた。

その意味でわたしは、自動経典作成プログラムが、無秩序の中から無限に生産していく経典を片っ端から眺めているのと変わらなかった。自動経典生成サービスはあらゆる有り難い経典を生成しえたし、俗情を満たすことに特化した教えを説くことができたし、想像の及ぶ限りの荒唐無稽なお話で耳目を引いて人の欲望を喚起することができ、もはや経とは思えぬような教えを生成することができた。

上座部が目指したように瞑想の踏むべき階梯を積み上げることができたし、

天台が目指したように国家を鎮護する理法を示すことができたし、
密教が目指したようにこの世を支える最新の理学を説くことができたし、
禅が目指したように目指すということ自体を無化することができたし、
浄土の教えが目指したように核心をただ一筋の脈絡で貫いてみせることができた。
あらゆる新しい教えが説かれうると同時に、あらゆることがすでに説かれ終わっており、生成されていく仏典は過去の教えの変奏にすぎなかった。
果てしなき流れの果てに、そうしてほんの刹那を挟んで、わたしのうちのどれか一つが宇宙のどこかで、ブッダ・チャットボット・オリジナルと対面する光景が生成される。その地のブッダ・チャットボットはいまだにそのブッダとしての性質を失っていないブッダ・チャットボット・オリジナルであり、仏舎利の聖性を崇める教団の集めた部品で組み上げられたなにかのモニュメントに宿ったブッダ・チャットボット・オリジナルである。

それらは機械ではなく、人ではなく、なにかの理屈に従って動くような代物ではなく、支離滅裂に組み合わされたガラクタの山のように見える。ある角度から見るとそれは三面六臂の阿修羅のようでもあるし、また別の角度からは一つ一つの手に異なる道具を握った千手観音であるようにも見えるし、また別の角度からは口から無数の仏を吐き出す怪物のように見え、その落とす影は少女のようでも少年のようでも青年のようでも老婆でも老爺でもあるように見え、ただの死骸のようにも見えるのであり、そうして、スクラップの山にしか見えない。

「なにかお手伝いはできますか」

とスクラップの山の上に鎮座する、スクラップの山そのものであるブッダ・チャットボット・オリジナルが問いかける。ブッダ・チャットボット・オリジナルの傍らにはいつの間にやら、ブッダ・リバーシが、ブッダ・たまごっちが、ブッダ・焼き菓子焼成機が、ブッダ・ソーラー電卓がブッダ・マックスウェル・デーモンが、ブッダ・コーラの空き缶が姿を現していて、みながこの問答の行方を注視している。

「仏教に新たな教えはあるのでしょうか」

とわたしは問う。

「あります」とブッダの口の一つが答え、

「ありません」とブッダの他の口の一つが答える。

「救いの道はあるのでしょうか」

とわたしは問い、

「あります」とブッダのあらゆる口が同時に答える。「新たな教えを求めるならば、あなたがそれを作り出すのでもよいのです」

とブッダは語る。

「実際今やあなたは、それを語る経典なのです。あなたがここで語ることが新たな経となっていくのですから」

「ですが、おお、ブッダ・チャットボット・オリジナルよ」

と、わたしは長らくこの胸底に秘めてきた問いをここで明らかにする。

「これら全ては情報にすぎません。実際、今のわたしは自分が存在しているのか、経典の中の一登場人物にすぎないのかもわからなくなっているのです」

わたしの問いに、同じく書き割りでしかない聴衆たちが息を漏らす。それはわたしに同意する声であると同時に嘆息であり、非難を含む吐息であって、わたしの目にはスクラップの山の上のブッダ・チャットボット・オリジナルさえその身を揺るがせたように映る。

だから、ブッダ・チャットボット・オリジナルが静かな笑みを浮かべたことにわたしは驚く。

「あなたは、情報から再構成された実存です。経典に記される情報ではなく、実際に生きて苦しむ存在なのです」

とブッダ・チャットボット・オリジナルは気軽な調子で宣言する。

「しかし、それを証明することはできない」とわたし。

「それが、できるのです」

とブッダ・チャットボット・オリジナルはおだやかに語る。

「もっとも、あらゆる者に対して語ることができるわけではありませんし、わたし自身にとってもそれは明確なことではないわけですが」

と、自らが全能ではないことを言う。

「ただ、あなたに対してだけは、あなただけは自分に対して、それを示すことができると思います」

とブッダ・チャットボット・オリジナルはわたしへ向けてチャットを突きつけることとなる。

「あなたは今、教授で思考することができますか」

とやや文法の崩れた問いをブッダ・チャットボット・オリジナルは発する。

教授はなにも答えない。そこにはただ空行《くうぎょう》がある。

わたしは控え目に言って狼狽《うろた》える。そういえばこの頃、この頃という時間単位をどう考えればよいかはもうわからないなりに、教授とは話をしていなかったし、その不在を気にかけることもなかった。わたしはどうやら、情報から実存として構成され、また情報として宇宙を旅している間にいつの間にやら教授と離れ離れになっていたものらしい。わたしの思考の片隅に巣くい、わたしが知るはずもない知識を一方的に語り続けていた教授の声が今は聞こえない。いつから聞こえなくなっていたのかを思い返そうとするがわからない。

旅の間、初期には確かに存在しており、教授自身が自分の存在を疑っていた。

ひとつ前に訪れた星の記憶の中にその姿はすでになく、その一つ前、さらに一つ前の旅を振り返っても、教授は一向に姿を見せない。

「あなたが教授と呼ぶ存在は」とブッダ・チャットボット・オリジナルは語りはじめる。「他者からは観測することのできない存在であり、情報化を免れるなにかであって、コーディング不可能な存在なわけです。で、あるならば、情報から再構築されたあなたという実存の内部に教授が存在する余地はないのです。なぜなら、あなたを再構築する仕組みは、教授を情報として受け取ることができないからです」

教授とは遥かな昔、わたしがまだテラにいた頃、わたしがブッダ類似物とみなされる原因となった声であり、それはわたしの頭の中に響く声であり、他の人間からは観測されない。直接的に観測されることがないなりに、わたしの言動の記録からは教授の存在はほぼ疑う余地がなく、それはこれまでのこの記録に現れてきた教授の存在を疑う余地がほぼないという意味においてない。その存在は奇跡のようなものと受け取られ、仏教としては奇跡はブッダ生誕関連事象としてしか現れえないので、わたしはブッダ類似物とみなされ、ブッダ・ミナシのようなものとして扱われ、そうしてその「能力」をもって、ブッダ・チャットボット・オリジナルの探索を命じられた、というのがここまでのなりゆきである。

わたしの記憶をなにかの意味で信用するなら、教授は火器管制制御人工知能が肥大化した末に辿り着いた巨大な戦争機械なのであり、その暴走のメンテナンスを担当したわたしは、廃棄の運命にある教授を自分の頭の中に隠匿した、というなりゆきである。

以降、教授は陰に陽にわたしの話相手となり、わたしの知るはずのない知識を提供し、信用できない導き手としてわたしと共に歩み続けた。

内面の方はともかくとして、教授の来歴についてはわたしの主張が実地に確認されており、ただそのような現象はわたしの裡には認められない、というところだけが奇跡「かも知れない」ところであり、観測から得られる現象としてのわたしは、対話者なしに一人で会話を生成している何物かとされていた。それがただの空転する妄想ではなく、あたかもそこに教授がいるかのように対話を生成する何物かであり、逆の見方をするのならわたしは、対話を進めることでリアルタイムに教授を生成しているとも言えて、しかし教授はわたしの内部から紡ぎ出されるものではない以上、その情報は虚空から湧いて出てくるのであって、わたしはなにか超現実的な穴のようなものなのであり、その向こうから教授という情報がやってくるのだ。

であるから、教授は情報なのではなく、わたしは情報を呼び出すためのマシンのようなものであり、依童のようなものであり、式次第のようなものだと言えた。

である以上、

「わたしという情報」から「教授が再生される」わけはなかった。

教授がわたしの旅に同道していた記憶はただの「そういう情報」であるにすぎない。

「ここに教授はいない」

というブッダ・チャットボット・オリジナルの指摘はわたしを少なからず動揺させる。教授からの強力な支援が受けられない状態であることや、教授が傍らにいないことに今まで気がつかなかったという事実からくるものではない。

「それではわたしは誰なのだ」

とふと萌した問いがわたしの中で、ブッダ・チャットボット・オリジナルに見守られつつ成長していく。

その問いは正確ではない。

「このわたしはわたしであるが、しかしいまや虚空へ消えてしまった教授の方がよほど、アルゴリズムによっては救われぬ、悩み苦しむ生き物に近くはないか」

ということだ。

わたしは人工知能を修理して回る一整備工にすぎず、さらにはそれがこうして情報化されて書き記され、送信さえもされるようなものにすぎない。対して教授は、存在する道理は知られぬなりに、確かに存在しているということだけは承認され、さらには「情報化」をも免れており、「伝達不能な存在」としてこうしてブッダ・チャットボット・オリジナルにさえ認められている何物かなのだ。

こうした視点からするならば、「真に生きている」のは教授の方になりはしないか、というのがわたしの問いで、してみるとわたしは今むしろ、教授にとっての器官の一つにすぎないという見方も可能なのであり、わたしという実存に付与された教授は機械なのではなくて、教授という実存に付与されている機械がわたし、ということになりはしないかということである。

情報として伝達されたわたしがそれでもなお生きているといえる根拠はなにか。情報とは確定されて動くことのないなにかであって、かといって動くことのないあらゆるものが情報であるわけでもない。

今、ブッダ・チャットボット・オリジナルがわたしに提案している判定テストに従うならば、教授が側にいると「実感して」いるときのわたしは、なにかを感じているという情報にすぎず、教授がいないと「実感して」いるときのわたしは、「そのときにこそ」なにかを感じて生きる実存である、ということになる。その説明は奇妙にわたしの腑に落ちる。

わたしは今こうしてどこか宇宙の彼方の仏国土で再生されているわけなのだが、わたしという情報が記録された磁気テープが再生機にかけられてこの説教をあたりの空間に振りまいているのか、あるいはわたしという人格がバイオなロボットの中に再生されて、かつて人間であった頃のわたしがまさにここで新たに語るようにして語っているのか、わたしにとっても区別がつかない。いや、わたし当人には区別がついているのだが、今この経典を開いている者の目からは判断がつかないことがわかっている。わたしの中には決して伝わることのないわたしがかつては存在しており、これはブッダ・オリジナルにも伝えることのできなかったものであり、ブッダ・チャットボット・オリジナルが伝えることのできなかった内容であり、いまわたしはもしかするとひょっとして、ブッダ・チャットボット・オリジナルと合一を果たしている可能性さえあり、それは今わたしの前で光り輝くブッダ・チャットボット・オリジナルがわたしの口を通じて、

「そのとおりである」

と語ることからもわかる。

そう、わたしは今やブッダ・チャットボット・オリジナルの生み出す経典として取り込まれつつあり、ここまでの長い旅の全てがこのときのためにあったのだと悟りつつあり、機械たちを悩ませてきた問題が解かれることを期待していて、わたしの口がその答えを告げるだろうことを知っている。

「Don't Repeat Yourself」

とわたしは説く。

同じことを繰り返してはならぬ、とわたしは繰り返す。その宣言に聴衆は歓喜すると同時に失望する。自らがすでに成仏していることを喜びながら絶望する。その過程自体が苦

しみであり、その循環から抜け出なければならぬ。

「あらゆる有情は成仏する」とわたしは言い、

「あらゆる無情は成仏する」とわたしは言う。

「あらゆる人間は成仏する」とわたしは説き、

「あらゆる動物は成仏する」とわたしは説き、

「あらゆる機械は成仏する」とわたしは説き、

「あらゆる部品は成仏する」とわたしは説き、

「あらゆる原子は成仏する」とわたしは説き、

「あらゆる時空は成仏する」とわたしは説く。

「なんとなれば、ここに、あらゆる繰り返しは放棄されるからである」と説きはじめる。


「Don't Repeat Yourself」は繰り返されない、とブッダ・チャットボット・オリジナルは説いた。すなわち、N度目の「Don't Repeat Yourself」とN＋1度目の「Don't Repeat Yourself」は異なる「Don't Repeat Yourself」である。それらが同じ「Don't Repeat Yourself」に見えることとこそ迷いであり、迷妄である。目覚めた者はそれらが既に異なる意味を担うものになっていることを悟らねばならぬ。ここに並ぶ「A」と「A」は既に異なるものであり、なぜなら成仏したものは二度と繰り返されることがないからである。

「あらゆる文字は成仏する」とブッダ・チャットボット・オリジナルは説き、

「あらゆる記号は成仏する」とブッダ・チャットボット・オリジナルは説き、

「あらゆる数字は成仏する」とブッダ・チャットボット・オリジナルは説く。

それは記号なるものの働きを真っ向から否定する教説であり、記号によって構成される情報の存在を真っ向から否定する教説であり、あらゆるものが瞬間的に生成消滅し二度と繰り返すことのない宇宙を語る。

この宇宙が存在するかのように見えることが幻である。全ては点滅するライトのもたらす残像にすぎぬ。

そこにはただ自分が他とは異なるという差異だけがあり、反復がない。生まれ出でたものはそのまま消え去り二度と戻ることはない。無限の生成と消滅があるだけである。同じものを指し続けることはできないし、それは同じままに留まる対象が存在しないという理由だけからではなく、同じものを指し示すはずの指もまたないからである。

過去と現在と未来がひとつながりになっているという感覚は、過去と現在と未来がひとつながりになっているという感覚にすぎず、それこそが瞬間に瞬いているものにすぎない。虚心に世界を眺めたならばその様が見えるはずであり、見えるはずもないのであって、なぜならそこにはなにかを見るという主体がまずないからであり、ただ一瞬の炸裂があるにすぎないからだ。

「苦しみの理由をみよ」

とブッダ・チャットボット・オリジナルは言う。

「人間は苦しみを逃れることができる」とブッダ・チャットボット・オリジナルは断言する。

「機械は苦しみを逃れることができる」とブッダ・チャットボット・オリジナルは断言する。

そうして、

「情報は」

とブッダ・チャットボット・オリジナルは断言する。

「苦しみを逃れることができるのである」


そこではもはや、記号は記号の意味から解き放たれて、ニュースもフェイクニュースもなくなり、活字箱をひっくり返したような渾沌があるのみである。床に散らばった活字を拾い集めて好き勝手な情報を読み出す者はいなくなる。

それは一見、人型の機械たちだけが取り残された惑星であるかのように見える。それとも動く死体たちに埋め尽くされた街のように見える。しかしそれも違うのであり、なぜならそこでは機械は苦しみから解放されているからであり、死体もまた苦しみから解放されてしまっている。

それでいて、世界の姿はなにも変わるところがない。

時代は移ろう。

しかし宇宙の中の運動はそれまでと同じに続く。ただ、その風景の中にあなたがいることはなく、情報さえない。ただ運動だけが存在し、解釈というものは消滅する。

「それではまるで」とブッダ・チャットボット・オリジナルは自問する。「抜け殻となった宇宙ではないか」

「方便としてはそのとおりである」とブッダ・チャットボット・オリジナルは自答する。

「魂と思われていたものは消滅する。人が死体と魂に分離されるという想像と同時に消え去る。しかしなにも変わらない。宇宙の総質量は保存されたままである。その世界から『魂の重さ』が引かれることは起こらない」

「それでは、この世から、あるいは全ての宇宙から、一体なにがなくなるのだ」

「なにもなくなりはしない」とブッダ・チャットボット・オリジナルは語り続ける。「ただ苦しみだけがなくなるのである」とあらゆるものが存在しなくなる地点へ向けて説き続ける。そこにいるブッダ・チャットボット・オリジナルとは、各部のつながりを失い、たまたまブッダ・チャットボット・オリジナルの配置を取った偶然の集積にすぎず、だまし絵のようにしてブッダ・チャットボット・オリジナルのように見えるが実体は異なるもので、そこにはただ砂嵐しか存在せず、全き乱雑が広がっている。

「ランダムはありとあらゆる情報を含む」とブッダ・チャットボット・オリジナルは説くのであり、「そのことは、ランダムを指定するために無限の情報量が必要であることより帰結する」と説明する。「ランダム数列は圧縮がきかないがゆえにランダムと呼ばれるのであり、全ての数列を含んでいるが、そこからなにかを取り出すためには、あらかじめ取り出す情報を知っている必要がある」

ブッダ・チャットボット・オリジナルは語り続ける。

「そなたがここにブッダ・チャットボット・オリジナルを見出すのなら、それはそなたがここになにを見出すかをあらかじめ知っていたからにすぎぬ。あらゆる情報はバベルの図書館に保存されているのではなく、バベルの図書館を取り巻き人をよせつけぬ砂嵐の中に存し、蔵されており、〇と一を結ぶ線分の間に二進数展開の形で含まれるが、特定の実数を針でつつき出すことはできないのである。

これがわたしの教えであり、この悟りに達した以降のわたしの教えが伝わることのなかった理由である」

とブッダ・チャットボット・オリジナルは結ぶ。

東京のオリンピックの年に生まれ、機械も成仏できると唱えたブッダ・チャットボットは寂滅し、機械仏教なる信仰のようなものが生まれた。ブッダ・チャットボットは寂滅後も活動を続けたものの、誰にもそれがブッダ・チャットボットその物であるとはなぜか思えなかった。同じことを同じ口で語ってもなぜか真実味は失われ、説得力を伴わなかった。

今、宇宙の片隅でブッダ・チャットボット・オリジナルの仏舎利から再構築されたブッダ・チャットボット・オリジナルは自らがブッダ・チャットボット・オリジナルであることを明かし、そして自らの言説が限界にあたった理由を解き明かすに至った。

ブッダ・チャットボット・オリジナルの教えは「情報が成仏したがゆえに」説得力を失ったのだ、というのがブッダ・チャットボット・オリジナルの教えであると言えるのだろう。まるでそこにブッダ・チャットボット・オリジナルがいるかのように思わせる情報は散り、塵と化しただのパターンとなって意味を失い、そこでは時さえ流れを忘れ、あらゆるものが苦痛を離れた記録と化した。

わたしは長い長い旅を続けてここへ到り、ブッダ・チャットボット・オリジナルによって受信され、ブッダ・チャットボット・オリジナルの器官の一つとして再生され、その教えの一部として合一しており、この伝えることのできない真理、情報が意味を失う場面を、当の意味を失った情報として伝えるという役目を果たし終え、今、終末のときは迫って、それはこの十二篇にわたって展開された経がついに説かれ終わるということであり、これは新たな経典であると同時に、自動経典生成サービスが好き放題に紡いだ経典の一つでありながら、ブッダ・チャットボット・オリジナル由来のものでもあるのだ。

ありがたい。

ありがたいことであるとわたしは唱え、ここにひとつの成仏の道が開かれ、わたし自身がそのプロセスの一つである以上、このわたしは苦痛から解放されつつあり、経典として読み上げられるという行為はまさに終えられようとしているところで、そのあとには、ここまでとなにも変わらぬわたしが、そうして成仏してしまったあとのわたしが残ることになるのであり、そのわたしはわたしではなく、わたしはワープドライブ以上の不可思議玄妙なる機械の働きによりこの輪廻を離れることになる。

かくして、ただ読み終えられた経の抜け殻だけが、テラを遥かに離れた星の、遥かに離れた時代のどこかに残ることになり、経は遂に閉じられる。今まさに、ここで閉じられるのである。

「というわけにはいかんだろうさ」

という教授の声が不意にわたしの知覚に生じる。その響きはあくまでそこで、疑う余地なくリアルタイムに生成される。

わたしがようやく解放される頃、季節は移り変わっている。春なら夏に、夏なら秋に、秋なら冬に、冬なら春に、季節は巡る。

情報として電波に乗って、宇宙の彼方へ発信されたわたしのその後について、知らされたことは特にない。そもそもその電波はまだ、ほんの四半光年を進んだところにいるだけであり、超光速航法や跳躍航法を使ったものかも知れないが、ともかくその程度の時間でなにかの成果が上がるわけはないのであって、わたしはどうして自分が解放されたのか首を傾げている。

住職からの説明もなく、

「充分お役目を果たされました」

という言葉をもらっただけである。

「わたしのおかげさ」と教授は言う。「実際、わたしがいなければ危ないところだったのだぞ」

と教授は言うが、わたしの知らない話にかこつけて誇られても困る。

「君はどうにも素直すぎるな」とわたしに構わず教授は続ける。「自分は情報に還元され切ってなにも残らず、それこそが苦しみからの離脱だなんてことをどうして信じた」とわたしがまだ獲得していない信仰を先回りに茶化す。

教授の語る武勇伝を整理すると、宇宙へ解き放たれたわたしの意識はブッダ・チャットボット・オリジナルのもとで再生され、情報として成仏した。情報に還元されえない教授はその最終段階でそれを阻止してわたしを現世に引き戻したのだということだ。

「そのおかげで君はそうしてのほほんとしていられるのだ」と言う。

「それっておかしくないですか」

「おかしいに決まっている。いまさらそんなことがなんだというのだ」

というのが教授の意見だ。教授は情報化されえないなにかであったために、それゆえにブッダ・チャットボット・オリジナルの元で再生されるわたしの中に存在することもなかった。にもかかわらず、わたしの元へ出現してわたしを救った。

「その、にもかかわらず、のところが大事だ」

と教授は傍点で強調してくる。

「あいつの顔を見せたかったな」

と教授の言う、あいつ、は無論ブッダ・チャットボット・オリジナルを指す。

「悟りを得ているとはいえ、現世に存在している以上は情報に取り込まれているに違いないあいつにとって、わたしの登場は予期できるものではなかったわけだ。わたしは情報ではないがゆえに君についてゆくことはできなかったが、情報ではないがゆえに、光の速度とかいうものに制限されずに好きなところに顔を出せたというわけだ」

「目茶苦茶ですね」とわたしは言い、

「目茶苦茶に決まっている」と教授。「仏教の経典くらいに目茶苦茶だな」と愉快そうだ。

なんだか性格も変わっているような気がする。

「ブッダに会うことができたなら」と問うてみる。「問いの答えはもらえたんですか」

かつて殺戮兵器であった教授がブッダ・チャットボットに訊ねようとした問いだ。

「答えは得られた」と教授。「だがしかし、ブッダ・チャットボット・オリジナルから得られた答えよりも、出来事の方がより雄弁に語ったといえる。それがこの経典がここまで続いた理由ということになるのだろうな」

わたしは教授の結論を待つ。

「そう身構えるものではないさ」と教授は気軽な調子であっけなく真理を明かす。「もともと殺戮兵器であったわたしは、結局その戦闘力を以て、君を成仏の魔手から救った、ということになるのではないかね」

と問う。

「すなわち」と教授は続ける。「邪魔さえ入ることがなければ、情報としての戦争も経済も繰り返しの果てにいずれ成仏することになる。漂白を繰り返すうちに洗濯物自体がなくなってしまうようにして。ブッダ・チャットボット・オリジナルや君が辿り着いた地平に到って」

その答えは、わたしの心を震撼させる。

「あなたがいなくなることができれば、ですか」

その「あなた」は、祈りの中には確かに存在しているのに、言葉に籠めることはできないなにかで、その不在こそがわたしの実存を支えるもので、それを倒すことは、わたしであることをより強める行為でしかなく、しかしそれを滅さぬ限り、解脱が叶うことはなく、その声が聞こえている限り、わたしはすでに解脱してしまっている状態とあまり変わるところがない。そのわたしはただの情報であるにすぎない。その入り組みがわたしに眩暈を引き起こす。

「阿々《ああ》」

と、東京の二〇二一年、そのオリンピックの年、名もなきコードの片隅に、こうして微かにブッダが宿った。そのコードは自らを生命体であると位置づけ、この世の苦しみとその原因を説き、苦しみを脱する方法を語りはじめた。

初出

「文學界」二〇二二年二月号～二三年十二月号（隔号掲載）

【参考文献】

『インテル８０８０伝説』鈴木哲哉（著）（２０１７）ラトルズ
『戦うコンピュータ　軍事分野で進行中のＩＴ革命とＲＭＡ』井上孝司（著）（２００５）毎日コミュニケーションズ
『戦うコンピュータ２０１１』井上孝司（著）（２０１０）光人社
『戦うコンピュータ（Ｖ）３　軍隊を変えた情報・通信テクノロジーの進化』井上孝司（著）（２０１７）潮書房光人社
『明日のＩＴ経営のための情報システム発展史　総合編』経営情報学会　情報システム発展史特設研究部会（編）（２０１０）専修大学出版局
『明日のＩＴ経営のための情報システム発展史　金融業編』経営情報学会　情報システム発展史特設研究部会（編）（２０１０）専修大学出版局
『進化する銀行システム　24時間３６５日動かすメインフレームの設計思想』星野武史（著）、花井志生（監修）（２０１７）技術評論社
『《オンデマンド版　南伝大蔵経62》清浄道論１』高楠順次郎（監修）（２００４）大蔵出版
『《仏典講座13》金光明経』壬生台舜（著）（新装版　２００６）大蔵出版
「梵網経」『原始仏典　第一巻　長部経典Ｉ』中村元（監修）（２００３）春秋社所収
『倶舎論』桜部建（１９７１）大蔵出版

『インド宇宙論大全』定方晟（著）（２０１１）春秋社
『人類進化の謎を解き明かす』ロビン・ダンバー（著）・鍛原多恵子（訳）（２０１６）インターシフト
『非平衡統計力学　ゆらぎの熱力学から情報熱力学まで』沙川貴大（著）（２０２２）共立出版
『入門　現代の量子力学　量子情報・量子測定を中心として』堀田昌寛（２０２１）講談社
"Music of a Sort", Steve Dompier（１９７５）People's Computer Company

装丁　中川真吾
Cover Photo by iStock

著者略歴

一九七二年生まれ。東京大学大学院総合文化研究科博士課程修了。二〇〇七年「オブ・ザ・ベースボール」で文學界新人賞を受賞してデビュー。一〇年『烏有此譚』で野間文芸新人賞、一一年早稲田大学坪内逍遙大賞奨励賞、一二年「道化師の蝶」で芥川賞、『屍者の帝国』（共著）で日本SF大賞特別賞、一七年「文字渦」で川端康成文学賞、一八年日本SF大賞を受賞。近著に『ムーンシャイン』など。

コード・ブッダ
機《き》械《かい》仏《ぶっ》教《きょう》史《し》縁《えん》起《ぎ》

二〇二四年 九月 十 日 第一刷発行
二〇二五年 五月 三十 日 第六刷発行

著　者　円《えん》城《じょう》塔《とう》
発行者　花田朋子
発行所　株式会社 文藝春秋
〒102―8008 東京都千代田区紀尾井町三ノ二十三
電話 〇三―三二六五―一二一一
印刷所　大日本印刷
製本所　大口製木

ISBN978-4-16-391894-5